Le Livre de Poche Jeunesse

Katy Cannon

Née à Abou Dabi, Katy Cannon a grandi au pays de Galles. Après des études universitaires à l'université de Lancaster, elle a voyagé aux quatre coins du monde. Elle vit aujourd'hui près de Cambridge.

KATY CANNON

L'ÉTÉ D'UNE AUTRE

Traduit de l'anglais (Royaume-Uni) par Sarah Dali

Titre original : *The Switch Up*, book 1

WILLA

Je suis une spécialiste du comportement parental. Après avoir observé mes propres parents pendant quatorze ans, je connais l'intégralité de leurs stratagèmes pour nous contrôler. Et au cours des six derniers mois, je crois qu'ils les ont tous essayés. (Heureusement, grâce à mon statut d'experte, je suis aussi *excellente* en contre-attaque. Je connais les meilleures stratégies de vengeance... comme ma dernière virée shopping avec la carte de crédit de Maman.)

Voici la première leçon que j'ai retenue : les parents vous disent toujours qu'ils font ce qu'il y a de mieux pour vous, alors qu'en réalité, ils font ce qu'il y a de mieux pour eux.

– Je ne vois pas pourquoi tu fais la difficile comme ça, soupire Maman.

Je lui jette un coup d'œil et constate qu'elle arbore son expression qui signifie « je suis une grande incomprise ». Stratagème numéro vingt-sept : « Faire pitié à ses enfants. »

– À ton âge, j'aurais *adoré* passer un été en Italie. C'est tellement romantique !

– Et tellement loin de tout, je riposte.

Elle n'obtiendra aucun soutien de ma part cette semaine. Sur aucun sujet.

En plus, je ne crois pas du tout à son argument de « l'Italie, pays de l'amour ». Non, elle utilise simplement le stratagème numéro quarante-deux : « Chercher à se déculpabiliser de m'envoyer là-bas en faisant mine de m'envier. »

Je sais ce qui m'attend. Mon été ne ressemblera pas à ce film avec Audrey Hepburn que Maman adore. Je ne me baladerai pas dans les rues de Rome en Vespa.

Au lieu de ça, dans une étonnante démonstration de communication et de coopération, mes parents ont convenu de m'expédier chez un membre éloigné de la famille. Je dois admettre que j'étais trop occupée à bouder pour prêter vraiment attention aux détails, mais j'en ai assez entendu pour avoir les certitudes suivantes :

1. La tante en question vit dans une ferme.

2. Cette ferme se trouve dans un coin perdu de l'Italie.

3. L'Italie n'est pas Londres, où j'étais *censée* passer l'été.

J'avais tout prévu. Maman avait même accepté ! Enfin, à force de persuasion.

Nous devions rentrer ensemble de Los Angeles début août, une fois qu'elle aurait terminé le tournage de ses scènes de *guest star* dans une série télé américaine. Je l'y ai rejointe après la fin des cours, début juillet – un avantage de l'école privée dans laquelle mon père a tenu à m'inscrire[1]. Les longues vacances compensent presque l'horrible uniforme.

Elle m'aurait alors confiée à Papa, avec qui j'aurais passé l'été en ville : une vraie aventure. Ç'aurait été la première fois que je l'aurais revu depuis leur séparation, plus d'un mois auparavant, et son escapade à Londres pour jouer dans une pièce de théâtre pendant la pause de son feuilleton, *Heatherside*. Nous avions même prévu que je fasse un stage dans un théâtre londonien, ce qui était énorme pour moi. Je les tanne pour qu'ils me laissent suivre leurs traces depuis mes onze ans, soit depuis trois bonnes années. Mais, d'après eux, le show-biz n'est pas fait pour leur enfant.

Alors, quand ils m'ont donné leur accord pour ce stage, j'ai cru qu'ils comprenaient *enfin* que je n'étais plus une enfant. Comment ai-je pu me tromper à ce point ?

C'est l'un des acteurs avec qui joue mon père dans *Heatherside* qui m'en a parlé. Apparemment, c'est *la* formation à suivre si l'on envisage sérieusement une carrière à la télé – d'autant plus qu'un agent est toujours invité à la représentation finale. Et puisque mes parents ont insisté pour que j'aille dans un collège privé ennuyeux plutôt que dans une école de théâtre, c'était là ma meilleure chance d'intégrer le milieu du spectacle. Après avoir

1. En Angleterre, les vacances d'été commencent en général fin juillet (NDLT).

trouvé le site Internet, je me suis donc inscrite en utilisant ma propre adresse e-mail, puis j'ai fait signer l'autorisation parentale par ma mère avant de l'envoyer.

Mais la comédie dans laquelle Papa jouait à Londres a alors été choisie pour remplacer à la dernière minute une pièce déprogrammée du festival Fringe d'Édimbourg, et le rôle de *guest star* de Maman dans la série télé américaine est devenu récurrent, avec davantage d'heures de tournage. Soudain, tout a changé. Londres n'était absolument plus à l'ordre du jour – même si mes parents savaient à quel point je tenais à suivre ces cours de théâtre.

À l'évidence, Papa a désormais d'autres priorités que sa fille unique. Il ne veut pas que je le rejoigne à Édimbourg, car il aura soi-disant un emploi du temps trop chargé pour s'occuper de moi. Et le nouveau rôle de Maman est aussi plus important à ses yeux que mes propres souhaits.

Pourtant, rester avec elle aurait pu me convenir. Passer l'été en Californie n'est pas vraiment une punition, si ? Mais finalement, je ne serai pas à Los Angeles cet été. Ni à Édimbourg avec Papa. Et certainement pas à Londres pour cette formation de théâtre. À la place, on m'envoie en Italie, chez cette tante inconnue.

Franchement, c'était suffisant pour me faire chercher sur Internet « comment divorcer de ses parents ». (Ce que j'ai fait, plusieurs fois. La mentalité de Los Angeles déteint clairement sur moi.)

Même en devant renoncer à mes projets londoniens, j'aurais eu des opportunités à Los Angeles – suffisamment pour que cet été ne soit pas un fiasco total en termes de lancement de carrière. Tous les jeunes acteurs et membres de l'équipe de tournage ont décidé de passer leur journée de repos à la plage et m'ont invitée à les y rejoindre – ma première véritable occasion de réseauter.

Mais suis-je à la plage ? Non. Je suis dans un taxi avec la clim à fond, devant l'aéroport de Los Angeles, prête à embarquer pour ce trou perdu en Italie.

– Bon, je vais te laisser avec la personne responsable des MNA, d'accord ?

Maman essaie manifestement de se faire passer pour le genre de mère qui se soucie du bien-être de sa fille. Bien sûr, si elle s'en souciait réellement, elle ne m'obligerait pas à aller en Italie. (Ce que je lui ai fait remarquer à plusieurs reprises hier soir. Elle a alors rétorqué que je devais arrêter ma comédie. Un peu hypocrite de la part d'une actrice…)

– Les MNA ?

– Willa, on en a déjà parlé ! La responsable des mineurs non accompagnés !

Ah, voilà la mère exaspérée que je connais si bien et dois supporter.

– On dirait le nom de l'un de ces stupides morceaux de classique que Papa fait semblant d'aimer, je marmonne.

Si quelqu'un se trouve à portée de voix, mon père écoute toujours de la musique classique. Le reste du temps, ce n'est que de la pop des années 1980. Il me suffit d'entendre le groupe Wham! pour qu'il me manque.

Maman m'ignore, comme d'habitude.

– Cette personne veillera sur toi jusqu'à ce que tu retrouves ta tante Sofia à Londres. Après, vous partirez ensemble en Italie.

Tante Sofia. Une femme que je n'ai jamais rencontrée, dont je ne sais presque rien et qui est sans doute aussi contrariée que moi par cet arrangement. Enfin, il paraît qu'elle accueille des enfants chez elle. Une personne de plus ne changera donc pas grand-chose. (L'un d'eux a à peu près mon âge mais, à mon avis, c'est le plus grand. J'espère vraiment qu'elle ne compte pas sur moi pour l'aider à s'occuper des autres, car je ne suis pas douée avec les petits.)

Malgré tout, ce n'est pas sa faute si je dois venir chez elle, dans une ferme à des kilomètres du moindre divertissement ou de la moindre boutique convenable, dans un pays dont je ne parle pas la langue. Tante Sofia est sûrement une personne adorable.

Contrairement à mes parents.

– Ouais, d'accord, je lâche.

Après avoir attrapé ma veste en cuir sur le siège à côté de moi, j'ouvre la portière du taxi pour descendre sur le trottoir brûlant. Je sens aussitôt la chaleur traverser la semelle de mes tongs.

Ce n'est qu'au moment où ma mère sort que j'aperçois le photographe.

– Sarra ! Sarra ! appelle-t-il. Par ici, Sarra ! Un sourire ?

Maman lui accorde un sourire poli, puis se protège le visage de la main pour l'empêcher de prendre d'autres clichés. Avec le nombre de paparazzi qui essaient de la photographier depuis que l'histoire de Papa a été révélée, il y a environ un mois, elle a rapidement appris cette astuce.

– Vous avez parlé à Scott, Sarra ? lance le photographe.

À ces mots, nous nous figeons toutes les deux.

Scott est mon père, au cas où vous ne l'auriez pas deviné.

– Comment avez-vous appris l'existence de sa nouvelle petite amie ? crie le paparazzi, partageant allègrement la vie privée de ma famille avec tous les voyageurs de l'aéroport de Los Angeles.

Sa question nous sort brusquement de notre sidération. Maman m'agrippe le bras pour me tirer vers l'arrière du taxi, où le chauffeur sort ma valise du coffre.

– C'est lui qui vous en a parlé ? insiste le photographe.

Je connais la réponse : non. Maman l'a appris de la même façon que moi – et que la plupart des gens : quand les journaux ont publié des photos de Papa embrassant sa partenaire de série.

Toutefois, je ne confierais jamais cette info au paparazzi. Règle numéro un quand on est la fille d'une célébrité : ne rien dire à la presse. Et je ne suis pas simplement la fille d'une célébrité. Je suis Willa Andrews, la fille de Scott et Sarra Andrews, coqueluches de la télévision britannique. Du moins, jusqu'à cette année.

Maintenant, je suis Willa Andrews, la fille indésirable de deux stars en conflit, trop occupées à gérer les retombées de leur propre bêtise pour se soucier de moi.

Non, je ne suis pas amère.

– Sarra ! Et une photo avec votre amie, alors ?

Un débutant, de toute évidence, s'il ne me reconnaît pas comme sa fille. Cela dit, Veronica, la nouvelle agente américaine de Maman, serait ravie. D'après elle, je n'aide absolument pas la carrière florissante de ma mère.

– Allons à l'intérieur, Willa, marmonne Maman, les dents serrées.

Après avoir pris ma valise des mains du chauffeur, je la suis et franchis les portes automatiques du terminal.

L'aéroport international de Los Angeles est animé, comme d'habitude. Une fois assez loin de l'entrée, Maman s'arrête et repasse du mode star au mode mère.

– Bon, tu as tout ce qu'il te faut ?

– J'espère, je réponds en enfilant ma veste.

Si j'ai oublié quoi que ce soit, je pourrai toujours l'acheter à mon arrivée. Avec la carte de crédit de Maman, bien sûr. À condition qu'elle l'ait débloquée après ma virée shopping de la semaine dernière.

Elle me regarde en fronçant les sourcils, avant de lisser de nouveau ses traits. Je l'entends presque penser : *Attention aux rides !*

– Tu as vraiment besoin de prendre cette veste ? Elle a coûté une fortune et je ne veux pas que tu l'oublies quelque part. De toute façon, il fera beaucoup trop chaud en Italie pour la porter.

Je serre mes bras sur ma poitrine, sous la veste en cuir – grâce à la clim, je n'ai pas trop chaud. J'*adore* ma veste. C'est celle que je portais pendant la séance photo que Maman et moi avons faite pour un magazine, juste après notre arrivée à Los Angeles au début de l'été. Avant que Veronica ne décide qu'avoir une fille adolescente nuisait à l'image de ma mère. Apparemment, ça la vieillit trop maintenant qu'elle a ce grand rôle, et surtout la possibilité de jouer dans la saison suivante.

Je ne sais pas si Veronica a partagé ce point de vue avec Maman, mais elle en a parlé à quelqu'un lors d'une conversation téléphonique que j'ai surprise par hasard. (Bon, d'accord, j'écoutais.)

« Elle pourrait vraiment réussir ici, maintenant qu'elle a largué son boulet de mari. Les gens adorent les battantes. Par contre, la fille n'aide pas. Trop grande pour être mignonne. On va devoir trouver une stratégie pour ça, si elle veut décrocher d'autres rôles que celui de La Mère. »

Mais pendant la séance photo – toutes les deux en jeans troués et vestes en cuir assorties (la sienne bleu marine, la mienne rouge cerise) –, j'ai eu l'impression que c'était Maman et moi contre le reste du monde. Contre tous les amis et les journaux qui parlent de notre famille. Contre Papa et sa crise de la quarantaine.

J'ai cru que ce pouvait être le début d'une nouvelle vie pour nous.

Je me trompais.

Maman pousse un nouveau soupir. Une petite victoire pour moi. J'esquisse alors un sourire en coin.

– Allez, viens, lance-t-elle. Je t'emmène prendre cet avion.

Mon sourire disparaît aussitôt. Dix mille kilomètres de victoire pour Maman.

ALICE

J'ai eu beaucoup de surnoms en quatorze ans. Quand j'étais petite, mon père m'appelait son Étoile de mer. Ma mère, elle, utilisait mon nom complet chaque fois que ça chauffait : « *Alice Josephine Wright !* » Ça ne m'arrivait pas souvent, mais je savais que je devais accourir dès que je l'entendais.

À l'école, mes amis ont essayé toutes sortes de diminutifs : Allie, Al, Liss... ce genre-là.

Pour mes professeurs, je suis une élève modèle, la meilleure de la classe, voire de l'école. (Sauf la prof de sport, pour qui je suis un cas désespéré. Elle n'a pas tort.)

La psy que je suis allée voir après la mort de Maman avait d'autres « surnoms » pour moi. Enfant angoissée (le plus récurrent). Planificatrice compulsive. Perfectionniste. Craignant de décevoir. Évitant les conflits. Enfin, le plus souvent, je suis simplement Alice.

Aujourd'hui, toutefois, j'ai gagné un nouveau surnom, qui ne me plaît *vraiment* pas : « mineure non accompagnée ». Tous les mots sont pourris. Non accompagnée. Seule. Abandonnée. Mineure. Oui, techniquement, ce terme désigne juste une personne de moins de dix-huit ans, mais aussi insignifiante. Abandonnée et insignifiante, c'est bien moi. Et coincée à l'aéroport de Los Angeles en attendant le vol de correspondance pour rentrer en Angleterre.

En temps normal, j'aime bien les aéroports. Ce sont des endroits excitants, remplis de gens qui partent à l'aventure ou en reviennent. Seulement, aujourd'hui, j'aurais vraiment préféré être à la plage, à écouter le bruit du vent sur l'eau en sentant les vagues me lécher les orteils.

Avant la mort de ma mère, nous n'allions à l'aéroport que pour de rares vacances à l'étranger. Mais au cours des quatre dernières années, j'y ai passé beaucoup plus de temps, suivant mon père là où le mène son dernier terrain de recherche en date.

Cet été, il travaille sur son plus gros projet : contribuer à la recherche en biologie marine sur la Grande Barrière de corail. En m'envolant vers l'Australie il y a deux semaines, je ne me suis intéressée à aucun des autres voyageurs autour de moi, bien trop excitée à l'idée de passer du temps avec mon père dans un lieu aussi incroyable.

Ce retour sans lui est une tout autre histoire.

Mandy, la représentante de la compagnie aérienne, m'a accueillie à mon arrivée d'Australie (prenant ainsi le relais d'une autre femme du nom de Fran). Elle est à présent responsable de moi – et sûrement des autres MNA –

jusqu'à notre prochain vol. Tandis que nous nous éloignons de la porte de débarquement, elle m'adresse un petit sourire. J'ai l'impression qu'elle veut me tapoter la tête comme à une gamine.

– Tu as peur de prendre l'avion toute seule ? demande-t-elle en reniflant comme si elle avait un rhume.

– Non, pas vraiment.

À son avis, qu'est-ce que j'ai fait entre l'Australie et Los Angeles ? Si Fran est venue me voir une fois ou deux, le reste du temps, je suis restée seule à côté d'un homme d'affaires qui ronflait.

Beaucoup de choses me rendent anxieuse ou nerveuse, mais j'ai découvert que ce n'est pas souvent ce qui, d'après les autres, devrait m'inquiéter.

– Eh bien, notre programme pour les mineurs non accompagnés est là pour aider tous nos jeunes passagers, poursuit Mandy comme si elle lisait un texte sur son porte-bloc. Il nous reste un peu de temps avant ton vol pour... (Elle consulte sa feuille.) ... Londres, alors pourquoi nous n'irions pas nous asseoir avec les autres dans notre *lounge* spécial ? Tu t'y feras peut-être de nouveaux amis.

Sa voix est dénuée d'enthousiasme, mais peu importe, car je ne me sens pas très enjouée non plus.

Le « *lounge* spécial » est en réalité une toute petite pièce située près de l'une des portes d'embarquement, adjacente à un vrai *business lounge*. Trois autres jeunes s'y trouvent déjà : une fille d'à peu près mon âge, penchée sur une tablette, et deux garçons plus petits, sans doute des frères. Au milieu est installée une table avec des bouteilles d'eau, des sodas et quelques biscuits.

– Et voilà !

Mandy désigne la pièce comme si c'était le Taj Mahal. Je me contente d'un sourire docile.

– Fais comme chez toi.

Sur ces mots, elle s'assied à côté de la porte et sort son portable pour taper furieusement sur l'écran. Je me retrouve de nouveau seule. Ce qui, après des heures passées avec l'homme d'affaires qui ronflait, est en fait un soulagement.

Je m'installe près des biscuits et tire un livre de mon sac. Mais avant que je puisse me plonger dans l'histoire, une voix annonce par haut-parleur : « Le vol BA344 à destination de Londres est retardé. »

Je pousse un grognement.

– Hé ! lance la fille à la tablette en retirant son casque (un gros, le genre de modèle qui recouvre les oreilles). C'était le vol pour Londres ?

– Oui, il est retardé.

– Quelqu'un devrait peut-être aller se renseigner à ce sujet, déclare-t-elle d'une voix forte avec un regard insistant en direction de Mandy.

Cette dernière ne s'aperçoit de rien. La fille lève les yeux au ciel avant de changer de place pour s'asseoir à mes côtés.

– Tu t'ennuies autant que moi ?

– Je viens d'arriver. Mais ça ne devrait pas tarder.

– Je m'appelle Willa, ajoute-t-elle avec un grand sourire.

Puis elle me fixe. Je mets un moment à comprendre qu'elle attend que je me présente aussi.

– Moi, c'est Alice.

– Hé, vous êtes jumelles ? demande le plus âgé des deux garçons en nous observant de l'autre côté de la table.

Willa et moi échangeons un regard, chacune jaugeant l'autre. Nous avons toutes les deux les cheveux bruns, mais ses yeux sont mordorés, pas verts comme les miens. Elle est aussi un peu plus petite, et puis elle a clairement plus de formes. Je suis prête à parier qu'elle n'est pas la risée des garçons de son école comme moi.

Malgré ces quelques différences, on se ressemble effectivement. C'est d'ailleurs surprenant. La forme du visage, la longueur des cheveux, et même un peu le sourire. Je ne peux vraiment pas en vouloir au garçon d'avoir posé la question.

Willa, elle, se montre moins compréhensive.

– Bien sûr, on est carrément jumelles. C'est pour ça qu'on n'est pas arrivées en même temps et qu'on vient *juste* de se présenter.

Je dissimule un sourire tandis que le garçon se détourne en grommelant.

– Alors toi aussi, tu vas à Londres ? s'enquiert-elle. (J'acquiesce.) Pour les vacances ?

– En quelque sorte, je réponds en secouant légèrement la tête. C'est compliqué.

– M'en parle pas, lâche Willa avec un soupir exagéré avant d'éteindre sa tablette. Je *devrais* passer l'été à Los Angeles avec ma mère, ou à Édimbourg avec mon père.

– Moi, j'étais censée rester en Australie avec mon père pendant qu'il travaillait.

– Il bosse en Australie ? C'est cool.

Je souris. En effet, c'est cool. C'est même son rêve.

– Ouais. Il est chercheur en biologie marine.

Willa écarquille légèrement les yeux. L'intitulé du poste de mon père est impressionnant tant qu'on ne l'a pas rencontré.

– Alors qu'est-ce qui s'est passé ? je demande. Pourquoi tu vas à Londres ?

– Je n'y vais pas, réplique Willa en rejetant ses cheveux derrière son épaule. Londres serait la destination parfaite. C'était d'ailleurs le plan, *au départ*, avant que mes parents fichent tout en l'air. Maintenant, c'est simplement là qu'une tante que je n'ai jamais vue va venir me chercher. Après, elle m'emmène dans une ferme dans un coin paumé de l'Italie.

Une ferme. Mon esprit s'emplit aussitôt de souvenirs de nos dernières vacances en famille avant la mort de Maman. Une petite maison sur la côte italienne. Nous passions nos journées à la plage pendant qu'elle se reposait dans une chaise longue. Le soir, nous mangions d'énormes assiettes de pâtes sur la terrasse en écoutant Papa nous raconter des histoires sur les étoiles qui scintillaient au-dessus de nos têtes. Maman s'assoupissait souvent, alors il la portait au lit. Malgré tout, c'était parfait.

Pendant notre séjour, elle voulait cocher le dernier point sur sa liste de choses à faire – aller voir une cascade près de la côte censée posséder un pouvoir magique –, mais finalement, elle n'était pas en état de s'y rendre.

Si j'ai un jour l'occasion de retourner en Italie, c'est là que j'irai. À la cascade qui, selon Maman, peut effacer tous vos soucis.

– C'est près de la mer ? je demande.

Willa me dévisage, avec le genre de regard que me lancent mes amis quand je dis quelque chose de bizarre, souvent à propos de la vie marine.

– Ouais, je pense, répond-elle. Bon, je n'écoutais pas vraiment quand ma mère me rabâchait que ce serait super, mais je crois qu'elle a parlé d'une plage. Sûrement un stupide coin rocheux où on ne peut pas bronzer.

– Ça m'a l'air plutôt chouette, j'avoue. Enfin, c'est peut-être simplement parce que c'est tout sauf Londres.

– T'es folle ? Il n'y a pas mieux que Londres ! Cette ville a des tonnes de théâtres, de boutiques, les studios *Harry Potter*... La totale ! J'y allais tout le temps avec mes parents avant...

Elle s'interrompt, mais je ne lui demande pas : « Avant quoi ? » Je m'interromps aussi souvent quand je suis sur le point d'évoquer Maman. Quel que soit l'*avant* de Willa, elle ne veut pas en parler. Tout comme j'ai tendance à raconter aux gens qui posent la question que je vis seule avec mon père ces derniers temps, sans préciser où est ma mère.

– Ce n'est pas Londres, le problème, j'explique. C'est la personne chez qui je dois aller.

– Pire qu'une tante inconnue ? s'étonne Willa, les sourcils haussés.

– Oh, oui ! Une femme avec qui mon père travaillait avant, que je n'ai jamais rencontrée, dont je ne sais rien, et qu'il n'avait même pas *mentionnée* avant de devoir se débarrasser de moi pour le reste de l'été !

Et ce n'est même pas le pire. Le pire, c'est la façon dont il m'a parlé d'elle.

Willa paraît décontenancée par mon soudain éclat de colère.

– Waouh ! Je ne suis pas la seule à avoir des parents pourris en ce moment. Pourquoi il doit se débarrasser de toi ?

Je me sens aussitôt coupable d'avoir critiqué mon père. Il s'est donné tellement de mal pour maintenir autour de moi un environnement stable et chaleureux depuis que Maman nous a quittés. Et puis, ce n'est pas comme s'il pouvait déclarer à son patron : « En fait, non, je n'ai plus envie de faire mon boulot, mais pourriez-vous, s'il vous plaît, continuer de me payer pendant que je vais à la plage avec ma fille ? »

– Ce n'est pas vraiment sa faute. Il doit partir sur un navire de recherche étudier le récif corallien pendant trois semaines. Et je n'avais pas le droit de l'accompagner.

– Tu lui as dit que ça t'embêtait ?

– Pas tout à fait…

Et par là, j'entends : « Pas du tout. » En fait, je lui ai même dit qu'il n'y avait aucun souci et que je comprenais parfaitement.

Sauf que c'est faux.

– D'accord.

Willa me lance le genre de regard qui signifie qu'elle ne comprend pas ma réaction. Je connais bien ce regard.

– Alors pourquoi cette inconnue ? Il n'avait vraiment personne d'autre vers qui se tourner ?

– D'habitude, si. Mais apparemment, tout le monde est parti en vacances.

Nous avons tout un réseau de personnes qui m'accueillent volontiers pour une nuit ou deux.

Mais cette fois, il a choisi Mabel.

Willa écarquille les yeux. À l'évidence, elle a suivi le même fil de pensées que moi quand Papa m'a annoncé la nouvelle.

– Oh ! Tu crois que cette femme est sa nouvelle copine ?

Bingo ! Voilà la raison principale pour laquelle je ne veux pas passer mon été avec elle.

– Je le sais, je réplique. Parce que je lui ai posé la question.

Il a paru gêné et s'est mis à bégayer, ce qui n'est pas du tout le genre de mon père, plutôt détendu et éloquent.

« Mabel et moi… on est de vieux amis. Et maintenant, on voudrait voir si peut-être, eh bien… On croit qu'on pourrait, en fait, euh… aller un peu plus loin. »

« Alors c'est ta copine ? »

Leur relation doit durer depuis un moment, pourtant c'était la toute première fois que j'entendais parler d'elle.

C'est ça qui m'a fait le plus mal.

« Je ne voulais pas te l'annoncer avant d'être sûr que cette histoire nous menait quelque part. On avait prévu de t'en parler après le voyage en Australie, a-t-il avoué, tout penaud. Pour vous présenter comme il se doit, vous laisser passer du temps ensemble avant… Enfin, bref. »

Il s'est interrompu, seulement je sais ce que cet « avant » signifie : « avant qu'on se marie ». Car je connais mon père mieux que personne maintenant que ma mère n'est plus là. Il me répète depuis des mois que j'ai besoin de plus d'« influences féminines » dans ma vie, comme il dit. (Je le crois surtout terrifié à l'idée de devoir avoir la fameuse conversation avec moi. Vous savez, sur les règles, les garçons et tout. Sauf que Maman s'en est déjà chargée, avant sa mort.)

Bref. S'il m'envoie chez Mabel, ce n'est pas qu'une simple petite amie, mais une potentielle « nouvelle mère ». Et quoi qu'il en pense, je n'ai *vraiment* pas besoin de ça.

Willa m'examine. Pour une raison que j'ignore, je suis certaine qu'elle lit toutes mes inquiétudes sur mon visage. Et, encore plus étrange, qu'elle les comprend.

– Waouh ! s'exclame-t-elle. J'imagine que tu n'as pas très envie d'avoir une belle-mère, hein ? En tout cas, moi, je n'en voudrais pas.

– Alors, qu'est-ce qu'elle a de si terrible, cette tante italienne ? je demande pour changer de sujet.

Willa lève les yeux au ciel de façon théâtrale et se tortille légèrement sur son siège avant de se pencher vers moi.

– Fais-moi confiance. Si tu veux connaître ma triste vie, il nous faut des pâtisseries d'abord. Allez, viens !

WILLA

J'ai visité suffisamment d'aéroports dans le monde entier pour savoir qu'à n'importe quelle heure du jour ou de la nuit, on y trouve *toujours* des pâtisseries.

Mandy, soi-disant responsable de nous, traverse à l'évidence une crise existentielle, vu la façon dont elle tape furieusement sur son portable, les sourcils froncés. C'est à peine si elle lève la tête quand Alice et moi franchissons la porte qui donne sur le *vrai lounge* et ses pâtisseries.

– On revient dans une minute, je lance par-dessus mon épaule pour devancer toute question.

Mais je doute qu'elle m'ait entendue. Les yeux légèrement rougis, elle tend la main vers les biscuits sur la table.

J'ai envisagé de m'enfuir pour éviter le Cauchemar italien (comme je l'ai surnommé), mais le problème, avec les aéroports, c'est qu'à moins de monter dans un avion, il n'y a pas beaucoup d'autres issues. Même Mandy donnerait l'alerte si je disparaissais complètement, ce qui ruinerait mes chances de trouver un autre vol, à condition d'ailleurs de réussir à acheter un billet avec la carte de crédit de Maman.

Le buffet de pâtisseries se trouve à l'autre bout du *business lounge*, alors, pour l'atteindre, Alice et moi passons devant un tas de gens en costume et quelques familles avec de jeunes enfants.

– J'imagine que son copain vient de la larguer par texto.

Alice cligne plusieurs fois des paupières, essayant manifestement de reconstituer le sens de mes propos.

– La responsable des MNA ? Je pensais qu'elle jouait juste à un jeu sur son téléphone. Tu crois qu'elle va mal ?

Je lève les yeux au ciel. De toute évidence, ma nouvelle copine n'est pas très fine psychologue.

Ma mère évoque souvent les « motivations » des gens – ce qui les pousse à faire ce qu'ils font. D'habitude, elle parle d'un personnage qu'elle joue, mais ça s'applique aussi à la vie réelle. Les gens ont souvent une raison d'agir, et j'aime bien trouver quelle est cette raison.

Prenez Alice, par exemple. Elle boude clairement parce que son père a une nouvelle copine – c'est de bonne guerre. Je suis un peu dans la même situation avec le mien. Mais il y a autre chose que je n'ai pas encore saisi. Où est sa mère ? Elle l'a abandonnée quand elle était petite ? Elle est partie avec son prof de piano ? Elle a été enlevée par des extraterrestres ? J'aurai résolu cette énigme avant notre arrivée à Londres.

– Elle va s'en remettre, j'en suis sûre, je lui dis. Allez, viens, Alice.

Après avoir emporté nos assiettes remplies de pains au chocolat et de tartelettes aux noix de pécan, nous regagnons nos places dans la pièce réservée aux MNA. Mandy lève la tête de son portable juste assez longtemps pour que je voie ses yeux rouges et humides.

– Bon, commence Alice en grignotant un pain au chocolat. Maintenant qu'on a des pâtisseries, c'est quoi, ta triste histoire ?

J'ai répété ma tragédie à de nombreuses reprises ces derniers jours, surtout devant le miroir, alors je suis fin prête à répondre à cette question.

– Je suis la fille de Sarra et Scott Andrews.

J'attends l'expression de stupéfaction sur le visage d'Alice. En vain. Je décide donc de mentionner leur série la plus connue.

– Ils ont joué ensemble dans *Heatherside*, pendant des années, avant que les scénaristes ne tuent le personnage de ma mère.

– Le feuilleton ? demande-t-elle avant de secouer la tête. Je ne l'ai jamais regardé, désolée.

– Ma mère a tourné dans plein de séries et films depuis, trop nombreux pour que je les cite.

Mais si Alice ne regarde pas *Heatherside* (tout le monde regarde *Heatherside*, non ?), elle n'a sans doute pas vu les autres.

– Alors ils sont tous les deux acteurs, conclut-elle.

Je commence à croire qu'elle est un peu longue à la détente.

– Oui, Alice, ils sont acteurs. Mon père prend une sorte de congé sabbatique de la série depuis à peu près un mois. (Pour des raisons dont je n'ai pas vraiment envie de parler, qui consistent surtout à attendre que le scandale retombe.) Maintenant, il est à Édimbourg pour le festival. Tu sais, le Fringe ?

– Oui, j'en ai entendu parler.

Comme si je pouvais le deviner, venant de la fille qui n'a jamais regardé *Heatherside*.

– Enfin bref, j'étais censée passer les prochaines semaines avec lui à Londres, mais maintenant il est à Édimbourg pour jouer dans une comédie bizarre.

– Qu'est-ce que tu fais pendant les vacances, d'habitude, si tes parents travaillent ?

– *D'habitude*, mon père est chez nous dans le Cheshire, pour le tournage de sa série, alors ce n'est pas un problème.

Du moins, jusqu'à ce qu'il décide de partir avec sa partenaire beaucoup plus jeune que lui. Le cliché par excellence de l'acteur.

– Mais cette année, tout s'est compliqué.

– Qu'est-ce qui s'est passé ?

Alice se rapproche de moi. À l'évidence, ma vie la fascine. Ça ne m'étonne pas.

– Eh bien, au départ, mon père était censé passer l'été à Londres et je devais rester avec lui. J'étais même inscrite à une formation de théâtre à deux pas de chez lui.

Je ressens un nouveau pincement au cœur à l'idée de rater ce stage – j'ai eu tellement de mal à convaincre Maman d'accepter. Elle affirmait que j'étais trop jeune pour déjà envisager une carrière d'actrice, mais qu'est-ce qu'elle en sait ?

Il y a une autre raison pour laquelle je voulais suivre cette formation – une raison que je n'ai confiée à personne. D'après la rumeur qui circule parmi les participants, l'agent invité à la représentation finale serait la nouvelle directrice de casting d'*Heatherside* ! Apparemment, ils vont intégrer une nouvelle famille au feuilleton et auront donc besoin de deux adolescents. Si je décrochais le rôle, je travaillerais avec mon père tous les jours. Il ne pourrait alors plus oublier mon existence, comme il semble l'avoir fait depuis son départ.

– Mais finalement, il est parti en Écosse, c'est ça ? demande Alice.

– Voilà. La pièce dans laquelle jouait mon père à Londres a été déplacée à Édimbourg, et le rôle de *guest star* de ma mère à Los Angeles est devenu récurrent, avec un planning de tournage de dingue. Elle a dit à mon père que c'était à son tour de trouver une solution, puisque de toute façon, je devais passer l'été avec lui. À mon avis, elle espérait qu'il m'emmènerait avec lui à Édimbourg, mais à la place, je vais…

– En Italie, chez cette tante inconnue, conclut Alice, les sourcils froncés.

Je me demande si c'est seulement le planning de tournage qui inquiétait Maman, ou si Veronica la Diabolique lui a expliqué que je nuisais à sa carrière. Quand j'étais là, elle n'a pas pu se rendre à toutes les soirées hollywoodiennes, or Veronica insiste sur l'importance du réseautage.

Quant à Papa… il ne veut pas de moi. Il n'a même pas pris la peine d'inventer une excuse et m'a juste expédiée chez sa demi-sœur en Italie, comme un cadeau de Noël indésirable.

Le pire, c'est que j'ai beau lui en vouloir, il me manque quand même. Et l'idée de le perdre pour de bon… me terrifie.

Mais je ne compte pas l'avouer à Alice. Je reprends donc en haussant les épaules :

– En tout cas, moi, je vais chez ma tante, et toi, à Londres. On peut déprimer ensemble jusqu'à l'autre côté de l'Atlantique.

– Ça craint.

– À fond !

– Peut-être qu'on devrait échanger nos vacances, lance Alice en riant. Comme ça, tu pourrais suivre ta formation de théâtre, et moi, j'éviterais Mabel. En plus, j'adore l'Italie, où tu n'as aucune envie d'aller. Et vu l'attitude de notre surveillante, je doute que la compagnie aérienne s'en rende compte.

Elle désigne de la tête Mandy, qui continue de pianoter sur son portable en reniflant sans retenue.

– C'est clair, j'acquiesce. Alors quoi, on échangerait nos valises et nos passeports, et on se ferait passer l'une pour l'autre ?

Les possibilités tournoient dans mon esprit.

– Willa, c'était une blague ! s'exclame Alice dans un nouvel éclat de rire.

– Je sais.

Mais c'est beaucoup mieux qu'une blague. C'est une opportunité. Et nous avons toute la durée du vol pour nous préparer.

ALICE

– Bienvenue à bord !

À la porte d'embarquement, Mandy nous a confiés – Willa, les deux garçons et moi – à une hôtesse de l'air, Oonagh, qui nous fait monter dans l'avion avec un large sourire.

– Comme c'est mignon, poursuit-elle tandis que nous défilons devant elle. Deux frères et deux sœurs. Quel plaisir pour moi de m'occuper de vous aujourd'hui !

Willa et moi répliquons en chœur :

– On n'est pas sœurs !

– C'est vrai ? demande Oonagh, comme si nous n'étions pas les mieux placées pour le savoir.

Willa lève les yeux au ciel pour la quinzième fois depuis que je l'ai rencontrée (j'ai compté), puis elle m'attrape par le bras et me tire vers nos sièges.

– On devrait vraiment le faire, chuchote-t-elle pendant que l'hôtesse s'occupe d'attacher les ceintures des garçons de l'autre côté de l'allée.

Nous sommes les premiers passagers dans l'avion, à l'avant de la classe économique, là où le personnel pourra garder un œil sur nous.

– Tu n'es pas sérieuse ? je rétorque.

– Si ! On devrait carrément échanger nos places pour l'été.

L'excitation dans les yeux de Willa me rend nerveuse. C'est le même genre d'étincelle que je vois dans ceux de Papa quand il s'enthousiasme pour un voyage de recherche dans un endroit ridicule perdu au milieu de nulle part, connu pour ses créatures marines mortelles ou ses catastrophes naturelles.

Elle a radoté sur cet échange de vacances dans la file d'attente pour l'embarquement, et même depuis que nous avons quitté notre *lounge* avec Mandy la Triste, mais j'ai fait la sourde oreille. Je pensais qu'elle exagérait sur ses vacances forcées en Italie, quand elle parlait de « vivre sa vie loin de ses parents, ces tyrans ». Il faut croire que non.

– Tu réalises que c'est… de la folie ?

Qui se fait passer pour quelqu'un d'autre pendant tout un été ? Bon, d'accord, la perspective de passer mes vacances en Italie est merveilleuse, mais aussi totalement impossible. N'est-ce pas ?

– C'était ton idée, fait remarquer Willa.

– Oui, mais je plaisantais.

Vraiment. C'était une blague. Juste une blague.

– Ouais, mais pas moi.

Elle me regarde dans les yeux tandis que, derrière elle, les autres passagers commencent à monter dans l'avion.

La plupart paraissent fatigués, ennuyés ou résignés. Aucun ne semble envisager de projet délirant. Contrairement à Willa.

Et à moi aussi, même si je pense que c'est une erreur. C'est absolument impossible, je le sais. Mais ça ne m'empêche pas de rêver. L'Italie, la liste des choses à faire de Maman…

C'est ridicule.

– Tu crois vraiment qu'on y arriverait ? On se ferait prendre, non ? Enfin, ce n'est pas pour rien qu'il y a des contrôles de passeports.

– Je te parie que non, réplique Willa avec un sourire diabolique pendant qu'elle attache sa ceinture de sécurité. Et on ne le saura jamais si on n'essaie pas.

– Après quoi on ira en prison.

C'est à ça que je me force à penser. Et à quel point Papa serait furieux contre moi.

Sinon, c'est trop facile d'imaginer tous les avantages que j'aurais à me retrouver à des milliers de kilomètres de ma future belle-mère. Je pourrais simplement… éviter cette situation en espérant qu'elle disparaisse d'elle-même. Papa se désintéressera peut-être de Mabel, une fois réellement plongé dans son projet de recherche. Après tout, il change constamment de centre d'intérêt. Il ne l'avait même pas *mentionnée* jusqu'à récemment, alors comment cette histoire peut-elle être vraiment sérieuse ? Même sa façon de parler d'elle : « de vieux amis… peut-être aller plus loin… une possibilité… » Rien de tout ça ne me fait penser au grand amour.

Peut-être que si j'attends un peu, il se rendra compte que je n'ai pas besoin d'une nouvelle figure maternelle et que, de toute façon, Mabel ne l'intéresse pas tant que ça.

Quoi ? C'est plausible. (Au fond de mon esprit, j'entends ma psy demander : « Alice, as-tu parfois l'impression de trop en faire pour éviter les situations compliquées ou perturbantes ? »)

Eh bien, s'il y a une situation qui vaut la peine d'être évitée, c'est ma rencontre avec Mabel.

Willa agite la main devant moi.

– En prison ? On pourrait s'en sortir sans problème, en prétendant que c'était une erreur ou une farce. Tout s'arrangerait.

Pour la première fois de ma vie, j'envisage de faire quelque chose d'incroyable. De fou. Voire de dangereux.

Ce n'est pas le genre d'Alice Wright. Je travaille dur à l'école, je ne pose pas de soucis à mon père, j'adresse un sourire triste aux gens qui me présentent leurs condoléances pour ma mère, et je ne montre même pas à mes amis proches combien j'ai peur, tout le temps. Enfin, je n'ai plus vraiment d'amis proches.

J'ai essayé d'expliquer à Papa que je préférais rester seule en Australie, à attendre son retour, plutôt que de partir à l'autre bout de la planète chez une femme que je n'avais jamais rencontrée. Il m'a rétorqué que je ne serais pas en sécurité. Comme si on l'était où que ce soit dans ce monde.

– Réfléchis, insiste Willa d'une voix douce et convaincante. Je peux passer l'été à Londres avec ton horrible belle-mère, et peu m'importe comment elle est puisque je ne la reverrai plus jamais. D'ailleurs, je peux la décourager de sortir avec ton père ! Tu vois, jouer à l'horrible ado jusqu'à ce qu'elle décide que fréquenter un père était la plus mauvaise idée qu'elle ait jamais eue. C'est la solution idéale à ton problème !

Je dois admettre que c'est tentant.

Si Mabel *décidait* qu'elle n'était pas faite pour le rôle de belle-mère et qu'ils se séparaient... ce ne serait pas la pire chose au monde. Et même si je ne connais Willa que depuis une heure ou deux, je devine déjà qu'elle serait une invitée bien plus difficile que moi.

– Et moi, qu'est-ce que je ferais pendant que tu découragerais Mabel de devenir belle-mère ?

Je n'arrive pas à croire que je parle de cette idée folle comme d'un plan concret. Mais je sens que Willa va continuer sur ce sujet jusqu'à Londres si je ne trouve pas d'arguments solides pour prouver que ça ne fonctionnerait pas. Quelque chose de mieux que « c'est de la folie ».

– Je vais chez ta tante en Italie et je me fais passer pour toi ? Elle ne va pas remarquer que sa nièce a tout à coup changé de couleur d'yeux et perdu plusieurs centimètres de tour de poitrine ?

– Je ne l'ai jamais rencontrée, tu te rappelles ? réplique Willa en haussant les épaules. Elle me rejoint à Londres pour m'accompagner en Italie, alors la suite du voyage ne sera pas un problème pour toi. Et je doute qu'elle ait vu des photos récentes de moi. D'après ma mère, mon père lui-même connaît à peine tante Sofia. C'est sa demi-sœur et ils n'ont jamais été proches. Apparemment, papi Andrews est parti en Italie avec une femme plus jeune que lui quand mon père était ado et, depuis, Papa ne lui a presque plus jamais reparlé. Je ne savais même pas qu'il était en contact avec tante Sofia.

Je m'imagine m'enfuir en Italie. J'explorerais les plages, puis je trouverais un village où je me ferais des amis de mon âge et j'apprendrais l'italien. Peut-être même que j'aurais une histoire d'amour...

– Il paraît qu'elle accueille d'autres enfants. L'un d'eux a à peu près notre âge. Un ami parfait pour l'été..., ajoute Willa d'un ton engageant.

Bien sûr, ça ne peut pas être *aussi* tentant si elle-même ne veut pas y aller, mais je suppose qu'elle a ses raisons. Et ce serait sympa d'avoir une autre compagnie que Mabel...

– Par contre, je parie que Mabel a vu des photos de moi. Mon père lui en a probablement envoyé, au moins pour qu'elle me reconnaisse à l'aéroport. Le tien a sans doute fait la même chose avec ta tante.

Et voilà ! Une raison parfaitement logique pour laquelle ce plan ne fonctionnerait pas. Je devrais être ravie.

Pourtant, je me sens au contraire un peu triste.

– C'est vrai, reconnaît Willa en fronçant les sourcils.

Puis elle se penche soudain en avant et attrape mon portable sur mes genoux.

– Bon, montre-moi les photos de toi les plus récentes qu'il aurait pu envoyer.

Elle tient mon téléphone pendant que je le déverrouille avec l'empreinte de mon pouce et fais défiler les photos.

– Euh... celle-ci, sûrement ?

J'incline l'écran pour que Willa voie le cliché de Papa et moi sur le pont de Sydney, pris au début de notre voyage, quand nous avons joué les touristes.

– Et peut-être celle-là.

Une photo de moi en train de décorer le sapin de Noël l'année dernière. Il l'adore tellement qu'il en a fait une carte de vœux électronique pour ses amis et collègues. Il l'a aussi imprimée pour l'afficher dans son bureau. Je la fixe de nouveau, les yeux plissés, en essayant de comprendre pourquoi elle lui plaît autant.

– Oh, elle est bien, commente Willa en rapprochant le portable pour mieux la voir. D'abord, tu souris.

– Je suis souriante, je proteste sans trop de conviction.

Je reconnais que mon expression au repos est plutôt… pensive.

Willa envoie les deux photos sur son propre téléphone avant de les réexaminer.

– Bon, c'est facile. Sur celle de Sydney, tu portes un jean, un tee-shirt et cette veste par-dessus, hein ?

Je hoche la tête. C'est ma tenue habituelle.

– C'est en gros ce que tu portes aujourd'hui. On s'échangera nos vêtements dans les toilettes, pour que j'aie le même look que toi sur cette photo. Aucune des deux n'est prise d'assez près pour voir la couleur de tes yeux, et si je me fais une raie dans les cheveux comme toi, on se ressemblera assez pour que ça marche. Et ta photo de passeport ?

Je sors le document de mon sac et l'ouvre à la bonne page, pour me retrouver face à mon propre regard glacial. À sa vue, Willa éclate de rire.

Je m'empresse de le refermer, mais elle me l'arrache des mains.

– Ne t'inquiète pas, la mienne est pire.

Willa me donne son passeport et j'y jette un coup d'œil. Elle n'a pas menti.

– De toute façon, qui ressemble à sa photo de passeport ? poursuit Willa. On peut échanger nos pièces d'identité, personne ne le remarquera. Ce sera facile.

Elle a peut-être raison. C'est vrai, les garçons et l'hôtesse de l'air nous ont bien prises pour deux sœurs. Ça *pourrait* fonctionner.

Stop !

– Je n'ai pas dit que j'acceptais.

– Ouais, mais tu vas quand même le faire, réplique Willa avec un grand sourire.

– Comment tu le sais ?

Même moi, je l'ignore.

– J'ai du flair pour ces choses-là, répond Willa d'un ton supérieur.

Calée dans mon siège tandis que l'avion commence à rouler sur la piste, je me creuse la cervelle avant de conclure :

– Ça ne marchera jamais. On va se faire prendre.

C'est inévitable.

– Pas forcément, rétorque Willa, qui se penche vers moi en tirant sur sa ceinture de sécurité. Quand est-ce que tu revois ton père ?

– Son vol arrive à Londres dans trois semaines. Le 29. Je dois le rejoindre à l'aéroport, puis on prend le train ensemble pour rentrer à Cambridge.

– Parfait ! Je suis censée rentrer et retrouver mon père le 30 ! C'est clairement un signe.

– Un signe de quoi ?

Elle a bien conscience que ce n'est pas le même jour ?

– Du destin ! s'exclame Willa en trépignant sur place. Voilà ce qu'on va faire. Tu vas rentrer d'Italie le 29. On se rejoindra à l'aéroport et on pourra reprendre nos places respectives avant l'arrivée de ton père !

– Et Mabel, alors ? Elle voudra sûrement venir voir mon père, elle aussi.

– Pas quand j'en aurai fini avec elle, rétorque Willa avec un sourire sournois. Laisse-moi m'en charger. Je trouverai une solution. Il faudra juste que je passe une nuit à l'aéroport avant de retrouver Papa. Mabel va larguer ton père, le mien va ignorer tante Sofia comme avant, et personne ne saura jamais qu'on n'a pas passé nos vacances à l'endroit prévu.

Sauf si nous l'avouons. Et je dois admettre que ça ferait une super histoire. On ne pourrait plus me traiter de fille chiante. Je ne plonge peut-être pas dans l'océan du pont d'un bateau comme mon père, et je ne suis pas invitée à des fêtes de lycéens comme mon ex-meilleure amie Claire. Mais je pourrais avoir vécu ma propre aventure.

Il nous reste cependant beaucoup de détails à régler. Il faut trouver un plan pour chaque éventualité, penser à tous les obstacles qui pourraient nous faire trébucher – je sens que c'est moi qui vais devoir gérer cette partie. Et même avec un plan parfait, il y a encore *un tas de choses* qui pourraient mal tourner.

En fait, quand je les aurai toutes trouvées, je suis presque sûre qu'aucune de nous deux ne voudra plus procéder à cet échange.

Malgré mes doutes et mes inquiétudes, une phrase familière tourne en boucle dans ma tête.

– *La mort ou la gloire, pense à l'histoire*, je murmure.

C'est ce que déclarait mon père avant de partir en expédition à l'autre bout du monde, jusqu'à la mort de ma mère.

– Qu'est-ce que ça veut dire ? demande Willa.

Je me redresse sur mon siège avant de répondre :

– Ça veut dire qu'il nous faut un plan.

WILLA

La mort ou la gloire. Ça me plaît bien. Soit on se fait attraper au premier contrôle de passeports, soit on s'en sort et…

Ce serait formidable. Pas seulement parce que je pourrais passer l'été à Londres et suivre ma formation de théâtre.

J'imagine déjà la tête de mes parents quand ils apprendront ce que j'ai fait.

Parce que bon, d'accord, j'ai affirmé à Alice que personne ne le saurait jamais. Mais c'était juste pour qu'elle accepte mon plan. À quoi bon faire un coup pareil si personne ne s'en aperçoit ?

J'en parlerai à *tout le monde.* À mes amis, aux gens que je rencontrerai pendant la formation, et peut-être même aux journalistes si mes parents persistent à se montrer aussi cruels. Ils vont péter un câble.

Sauf qu'à ce moment-là, j'aurai déjà passé mes vacances à Londres et décroché un rôle dans *Heatherside.* Cet été pourrait tout changer. Après, impossible que mes parents continuent de m'ignorer et de me maltraiter comme ça.

– Alors… comment on va faire ? En théorie, bien sûr, s'empresse d'ajouter Alice.

Au-dessus de nos têtes, le voyant lumineux « attachez vos ceintures » s'éteint. En temps normal, je m'installerais confortablement avec un truc à grignoter et un film naze. Mais notre avion atterrit à Londres dans moins de dix heures et Alice a raison : il nous faut un plan. Un plan concret.

Après avoir détaché ma ceinture, je me tourne vers elle, les jambes repliées sous moi.

– D'accord, alors voilà ce qu'on va faire, je commence à voix basse. Au milieu du vol, quand ils éteindront les lumières, on filera aux toilettes pour s'échanger nos vêtements. Ensuite, à notre retour, on échangera aussi nos places et toutes nos affaires.

– Sauf nos téléphones, précise aussitôt Alice. On aurait besoin de notre propre portable, si on se lançait vraiment. Mon père ne pourra pas faire d'appels vidéo sur le bateau, mais il voudra quand même m'appeler dès que possible.

– Ouais, c'est une bonne idée.

Apparemment, elle a déjà trois longueurs d'avance sur moi – même si elle continue de faire comme si elle n'était pas encore décidée. Je vois bien qu'elle est aussi emballée que moi.

– Et pour l'argent ? je poursuis. Tu peux toujours prendre ma réserve d'euros, et puis je suppose que mon père s'est arrangé avec ma tante. Ah oui, je pourrai aussi utiliser la carte de crédit de ma mère. Normalement, c'est pour les urgences, mais j'imagine que ça en fait partie. Elle a dû la débloquer maintenant que je suis à l'étranger sans elle, et j'ai encore du shopping à faire pour me venger.

– Elle ne va pas trouver ça louche si elle voit apparaître des transactions à Londres sur son relevé bancaire ? demande Alice, les sourcils froncés.

Elle n'a pas tort. Malheureusement.

Je souris lorsqu'une nouvelle idée me vient à l'esprit.

– Alors c'est toi qui devras t'en charger ! je m'exclame en sortant mon portefeuille de mon sac pour lui montrer la carte de crédit. Il y a un bout de papier avec le code secret quelque part là-dedans... Tiens. Et promets-moi que si tu t'approches de la *moindre* bonne boutique, tu t'en serviras pour acheter des fringues.

– D'aaaccord, concède Alice en étirant le mot avant de remettre la carte dans mon portefeuille.

Elle ne va clairement pas le faire. Bon, tant pis. De toute façon, la ferme de tante Sofia se trouve au milieu de nulle part, alors ce n'est pas comme si elle allait avoir beaucoup d'occasions.

Et dans le cas contraire... Eh bien, j'ai encore trois semaines pour la convaincre de faire des achats à ma place pour me venger.

Alice continue de planifier.

– Mon père m'a dit qu'il avait fait un virement à Mabel pour tout ce dont j'aurai besoin cet été, sans compter mon argent de poche, donc tu devrais être tranquille. En plus, ma mère insistait toujours pour que je garde un billet de vingt livres quelque part en cas d'urgence, surtout en voyage, alors si c'est nécessaire, tu le trouveras caché dans mon étui de passeport.

Elle sort de son sac un carnet et un stylo-bille, dont elle commence à mordiller le bout en feuilletant le carnet pour trouver une page vierge.

– Bon, il va falloir qu'on en sache autant que possible l'une sur l'autre. Et tu vas devoir perdre cet accent américain.

– Je l'ai pris facilement, je réplique en exagérant l'intonation avant de reprendre mon habituel accent britannique. Donc je peux le perdre sans problème.

– Tant mieux.

Alice lisse la page de son carnet. Je tourne la tête pour essayer de lire ce qu'elle a écrit sur celle d'en face, mais elle la couvre de son bras avant que j'arrive à déchiffrer quoi que ce soit. Je me détourne alors en feignant le désintérêt.

Ce qui compte, c'est qu'elle parle enfin de notre plan comme d'une réalité. Alors qu'elle tapote la page blanche de son stylo, je suggère :

– On pourrait s'envoyer une sorte de profil par e-mail. « Tout ce que tu dois savoir sur moi », tu vois le genre ?

En tout cas, suffisamment pour qu'on puisse faire semblant.

– C'est une bonne idée.

Je hausse les épaules.

– Un jour, ma mère a repris le rôle d'une autre actrice dans une série, en espérant que les téléspectateurs ne remarquent pas qu'elle ne lui ressemblait pas du tout. Le réalisateur lui a envoyé une sorte de bible du personnage, pour qu'elle sache tout ce qu'il fallait pour jouer le rôle. C'est un peu pareil pour nous.

– C'est vrai, reconnaît Alice avec un sourire. Tu m'as dit que tu devais suivre une formation de théâtre à Londres. Alors tu veux devenir actrice comme tes parents ?

– Peut-être.

Ou plutôt : « Carrément, essayez un peu de m'en empêcher. » J'ai grandi dans des studios de télévision, sur des plateaux de cinéma et dans des coulisses de théâtres. J'ai regardé mes parents et leurs collègues interpréter des centaines et des centaines de personnages différents, qui faisaient des métiers différents, aimaient des personnes différentes et menaient des existences différentes. Avoir un emploi de bureau ordinaire me paraît donc… chiant. Quel autre métier au monde vous permet d'endosser une nouvelle vie à chaque changement de poste ?

Interpréter Alice pour l'été sera mon premier rôle principal.

– Et toi ? je demande à mon tour. Tu veux devenir chercheuse comme ton père ?

– Pour être franche, répond-elle en haussant une épaule, je ne sais pas vraiment ce que je veux faire plus tard. Pourquoi pas un métier dans les langues ? J'aime bien les cours de français et d'espagnol. Je regrette de ne pas avoir appris l'italien...

Soudain, Oonagh surgit devant nous.

– Alors, comment vont mes deux chéries ? Vous êtes bien installées ? Vous n'avez besoin de rien ?

Avant que nous puissions répondre, un type se met à l'appeler d'un ton agacé.

– Donc tout va bien ? Super ! s'exclame-t-elle avec un nouveau sourire avant de filer s'occuper du passager qui continue de l'interpeller.

– Ouais, je ne crois pas qu'elle remarquera qu'on s'est échangé nos vêtements, chuchote Alice tandis que l'hôtesse s'affaire plus loin dans l'allée. Elle a à peine eu le temps de nous regarder depuis qu'on est montées dans l'avion.

– Alors tout ce qu'on a à faire, c'est en apprendre suffisamment l'une sur l'autre pour s'en sortir jusqu'à ce qu'on puisse s'envoyer tous les détails par e-mail, c'est ça ?

– J'imagine, acquiesce-t-elle. Enfin, si on allait vraiment jusqu'au bout.

– Alice, je réplique en la fixant avec insistance. On se lance pour de bon, là, non ?

Elle se mordille la lèvre, l'air toujours hésitante. Mais je vois bien dans ses yeux qu'elle le souhaite autant que moi.

– Franchement, qu'est-ce qu'on risque si ça tourne mal ? j'insiste.

– On pourrait être arrêtées, jetées en prison, et avoir gâché notre avenir.

C'est une vraie pessimiste. Je rectifie :

– Le pire qui puisse nous arriver, c'est de nous faire enugeuler. Dans ce cas, je dirai à nos parents que je t'ai forcée à accepter. D'accord ?

– Tu porterais le chapeau ?

Je hausse les épaules.

– Au moins, si j'étais arrêtée, mes parents devraient m'accorder un peu plus d'attention, non ?

Ma remarque la fait esquisser un sourire.

– Alors, où on en était ? je reprends.

– Euh... on parlait de ce qu'on devait savoir l'une sur l'autre avant de s'envoyer un récapitulatif.

En entendant le mot « récapitulatif », je lève les yeux au ciel. Il n'y a qu'Alice pour sortir un nom aussi ridicule.

– Bon, qu'est-ce qu'on sait *déjà* ?

Elle baisse les yeux sur la page blanche de son carnet, comme si ça pouvait l'aider, puis les relève vers moi.

– Tout ce que je sais pour l'instant, c'est que tu t'appelles Willa Andrews, que tu veux devenir actrice comme tes parents, et que tu vas chez ta tante Sofia quelque part en Italie.

– Je crois que c'est près de Naples, si c'est utile, j'ajoute avec une grimace en essayant de me rappeler ce que m'a dit ma mère. Je ne me souviens de rien d'autre.

– Si tu ne sais pas où c'est, ce n'est pas grave si moi non plus.

– Bien vu.

– Bon, qu'est-ce que je dois savoir d'autre ? demande-t-elle.

Je me rends compte que c'est bizarre de répondre à cette question : « Que dois-je savoir pour me faire passer pour toi ? »

Alice aura mes vêtements, mon passeport et tous mes papiers. Ainsi que ma tante, déjà persuadée qu'elle est moi.

Que suis-je d'autre, en dehors de mes possessions et de ma famille ?

– Euh... j'ai quatorze ans.

– Moi aussi, ajoute Alice.

– Super, ce sera plus facile de s'en souvenir. Donc tu viens de finir la quatrième, comme moi ? (Elle acquiesce, alors je poursuis.) J'ai grandi dans le comté du Cheshire, avec mes deux parents, et je vais au collège de Croftdean. Mes meilleures amies sont – enfin, étaient – Noemi et Tara, et puis toute une bande, mais les autres ne comptent pas vraiment...

– Attends. Pourquoi « étaient » ? demande Alice. Qu'est-ce qui s'est passé ?

Je soupire. J'ai eu tort de croire qu'elle pourrait se faire passer pour moi sans connaître l'horrible histoire de la séparation de mes parents.

– Eh bien, mes amis s'intéressaient plus au fait que j'ai des parents célèbres qu'à moi-même, j'explique. Quand mon père a quitté *Heatherside* pour prendre un congé sabbatique au printemps, il a aussi quitté ma mère. Définitivement. Il est parti avec l'actrice qui jouait sa fille dans la série quand son personnage d'ado a disparu. Enfin, elle a vingt-sept ans en vrai, mais c'est quand même dégoûtant.

Et je n'ai pas non plus apprécié qu'il m'abandonne.

– Bref, à ce moment-là, mes amis ont décidé que c'était beaucoup plus drôle de parler de moi dans mon dos plutôt que de m'adresser directement la parole.

– Pas sympa, lance Alice avec une grimace. Je suis désolée.

– Ouais. C'est sûrement pour ça que ma mère est aussi déterminée à réussir à Los Angeles. Pour lui démontrer qu'elle n'a pas besoin de lui. Et aussi lui prouver qu'elle peut être une plus grande star sans lui.

Je sors une photo de Maman et moi pour la montrer à Alice.

– Elle est belle, commente-t-elle en fixant le portrait de ma mère et moi en jeans troués et vestes en cuir assorties.

Maman l'a posté sur Twitter après leur rupture avec la légende : « Les filles Andrews débarquent à L.A. »

Je me demande ce qu'elle va poster maintenant que je suis partie. Veronica aura sûrement des idées. Au moins, j'ai pu emporter la veste. Elle sera parfaite pour un été à Londres.

Sauf qu'elle ne sera pas à Londres avec moi. C'est Alice qui l'aura, avec le reste de mes affaires. Et moi, j'aurai sa veste en toile kaki usée.

En baissant les yeux sur le blouson, le jean et le tee-shirt d'Alice, je réalise que je n'ai peut-être pas réfléchi à tous les aspects de ce plan. Tant pis si ma famille me manque, mais ma garde-robe, c'est une autre histoire ! Dans ma valise se trouve le plus fantastique des hauts rouges Forever 21, acheté avec la carte de crédit de Maman et que je n'ai pas encore eu l'occasion de porter…

Mais à la vue de cette photo, au souvenir de cette journée avec elle, je me souviens d'une chose très importante à savoir au sujet d'Alice avant qu'on s'échange nos vies.

– Alice… qu'est-ce qui se passe avec ta mère ?

Elle a beau s'être détournée, je vois qu'elle a blêmi.

– Elle… est morte. Il y a à peu près quatre ans.

Je me mords la lèvre. Rien d'étonnant à ce qu'elle ne veuille pas qu'une inconnue vienne prendre sa place. C'est déjà assez dur comme ça que mon père soit parti avec une autre femme, mais au moins, j'ai encore mes deux parents.

– Je suis désolée.

C'est ce qu'il faut dire quand quelqu'un vous annonce une horrible et triste nouvelle, non ? Maman est plus douée que moi pour ça. Elle prend la main de la personne, émet des bruits compatissants et dit tout ce qu'il faut. Moi, je me sens juste gênée et pas à ma place.

Alice secoue la tête et m'adresse un sourire légèrement tremblant.

– De toute façon, il fallait que tu le saches avant que tu rencontres Mabel. Bon, envoie-moi cette photo de ta mère et toi.

– Pourquoi ? je demande, les sourcils froncés, avant d'obéir malgré tout.

Alice ne répond pas. Quelques clics plus tard, elle lève son portable pour me montrer l'écran d'accueil, où s'affiche la photo.

– Personne n'imaginerait que ce n'est pas ton téléphone, hein ? lance-t-elle avant de jeter un nouveau coup d'œil au cliché. Et je pourrais très bien passer pour toi, tant que je porte tes vêtements…

Mon regard oscille entre Alice et la photo.

– Je peux peut-être t'aider à arranger tes cheveux, je lui suggère.

– Ce serait sympa, réplique-t-elle, soulagée. Je ne sais jamais quoi en faire, ajoute-t-elle en soulevant une longue mèche brune.

– Regarde des tutos en ligne. Je t'enverrai des liens. En attendant, raconte-moi tout sur toi. Ou plutôt, sur moi, pour les prochaines semaines.

Il est temps d'entrer dans la peau du personnage.

ALICE

L'échange de vêtements au milieu de la nuit se déroule sans problème, même si, tout en enfilant les habits de Willa, je ne cesse de me répéter que c'est de la folie.

Nous troquons aussi nos passeports et nos bagages à main. À part mon téléphone et mon ordinateur portable, tous mes biens matériels appartiennent soudain à Willa.

Et les siens à moi.

Je constate rapidement qu'elle n'a pas de livres dans son bagage cabine, qui contient juste quelques magazines ainsi qu'un casque, sans doute pour écouter de la musique sur son portable. Quand je le sors, elle tend aussitôt la main pour me le prendre. Utiliser mes écouteurs bon marché, cela va un peu trop loin pour elle.

Je me retiens de glousser à cette idée. Willa va porter mes vêtements, y compris mes sous-vêtements, et vivre ma vie pendant les trois prochaines semaines, mais ce qui dépasse la limite, c'est les *écouteurs* ?

Willa hausse les épaules quand je le lui fais remarquer.

– Je peux te donner beaucoup de choses, mais pas mon casque Beats.

Ça se comprend. Son gros casque sans fil coûte sans doute plus que tout le contenu de mon sac à dos.

– Il y a autre chose que tu veux récupérer là-dedans ? je chuchote.

J'ai sorti une trousse de maquillage remplie de produits chers que je n'ai jamais vus de ma vie sauf dans des pubs à la télé. Je ne sais donc pas trop ce que Willa va faire de ma propre trousse, qui contient un brillant à lèvres et un mascara « pour les grandes occasions ».

Elle tend la main vers le kit à sourcils posé sur le dessus, puis la retire en secouant la tête.

– Et toi, tu veux garder quelque chose dans ton sac ?

Je me mords la lèvre et, après un instant de réflexion, je récupère mon carnet et ma petite trousse à crayons. Je vais peut-être me faire passer pour Willa mais, en réalité, je reste Alice, et je suis... perturbée si je n'ai nulle part où noter toutes mes pensées.

C'est la psy que j'ai vue après la mort de Maman qui m'a suggéré l'idée du journal intime et, près de quatre ans plus tard, il fait tellement partie de moi que je ne peux pas m'imaginer sans. Je vais juste devoir faire très attention à ce que personne ne le trouve pendant mon séjour en Italie. Et peut-être écrire en code. Ou bien seulement en anglais, en fait, puisque je serai dans un pays étranger.

Une horrible pensée me vient soudain à l'esprit.

– Ta tante parle bien anglais, hein ?

Comment n'y ai-je pas songé plus tôt ?

Willa hausse les épaules, comme pour dire : « C'est pas mon problème. »

– Je suppose. Je ne parle pas italien, alors elle ne s'attendra pas à ce que tu parles sa langue.

Ça ne veut pas dire qu'elle parle anglais pour autant. Enfin, tant pis. Je vais me débrouiller. De toute manière, l'immersion dans une langue étrangère est la meilleure façon de l'apprendre. Et je suis douée pour les langues, d'après mes professeurs.

– Bon, il est temps de te coiffer, lance Willa.

J'essaie de ne pas grogner. Je lutte depuis des années pour que mes cheveux fassent autre chose que pendouiller de chaque côté de mon visage. Ces derniers temps, je me contente d'une raie sur la droite en espérant que ça passe.

Apparemment, ça ne suffit pas pour Willa. Sa raie est de l'autre côté, avec une partie en zigzag, et ses cheveux retombent en boucles souples sur ses épaules. Les miens ne ressembleront jamais à ça, j'en suis sûre.

– Ce n'est pas grave, réplique-t-elle quand j'exprime mon inquiétude. Écoute, je vais te faire une simple tresse, d'accord ? Là-bas, tu trouveras d'autres idées grâce aux tutos sur Internet.

– Tu as conscience que ta tante ne sait sûrement pas comment tu te coiffes, ou bien qu'elle s'en fiche ? je fais remarquer.

Willa sépare le dessus de mes cheveux en trois parties, qu'elle commence à tresser en intégrant à chaque fois une mèche sur le côté, à partir de mon front jusque derrière mon oreille gauche.

– J'ai les cheveux longs et bruns comme toi, j'ajoute. Ça devrait suffire, non ?

– Qui a dit que je le faisais pour ma tante ? réplique Willa en attachant ma tresse en dessous de mon épaule gauche avant de tirer sur quelques mèches pour la faire paraître plus lâche. Je trouve juste que c'est joli comme ça. Tu vois ?

Elle sort un miroir de son – ou plutôt, mon – sac pour que j'examine le résultat. La tresse ressemble au genre de coiffure complexe qui demande des heures de travail, mais Willa l'a réalisée en un rien de temps et, je dois bien l'admettre, c'est joli. En revanche, je ne réussirai jamais à la recréer toute seule, j'en suis certaine.

– C'est une tresse hollandaise, explique-t-elle. Ça paraît plus compliqué que ça ne l'est.

– J'adore !

Je n'ai jamais été aussi bien coiffée. Je ressemble à quelqu'un d'autre.

À Willa.

Soudain, je commence à croire que je pourrais y arriver, après tout.

Trois heures plus tard – 1 heure du matin à Los Angeles et 9 heures à Londres –, nous atterrissons à l'aéroport d'Heathrow, toutes les deux épuisées par le manque de sommeil mais aussi complètement surexcitées. Oonagh nous confie à un nouveau responsable des mineurs non accompagnés, qui coche nos noms sur sa liste lorsque nous nous présentons l'une à la place de l'autre. Le nom de Willa sonne bizarrement dans ma bouche, mais elle semble au contraire n'avoir aucun problème à déclarer : « Je suis Alice Wright. »

Nous passons ensuite au contrôle des passeports.

Ma poitrine se serre au moment de rejoindre la courte file d'attente. La veste en cuir rouge me paraît étrange et trop lourde sur mes épaules. En tenant le passeport de Willa, je me rends compte que j'ai la main moite. C'est notre premier vrai test.

Qu'est-ce qui pourrait arriver de pire ? résonne la voix de ma mère dans ma tête. C'est ce qu'elle me demandait toujours quand je m'inquiétais – pour l'école, mes amis, un concert de la chorale ou autre.

Cette fois, le pire serait d'être prises sur le fait. Nous prétendrions alors avoir confondu nos passeports (Willa y a déjà pensé dans l'avion) et nous les échangerions de nouveau. Même si on ne nous croyait pas, nous pourrions faire semblant d'avoir joué un tour au responsable des MNA, comme elle l'a suggéré. D'une manière ou d'une autre, je passerais finalement l'été à Londres.

Maintenant, qu'est-ce qui pourrait arriver de mieux ?

Maman voulait toujours qu'on voie le bon côté de la vie. L'excitation, la magie. Les meilleures choses au monde.

Ici, la meilleure chose qui puisse m'arriver serait... de passer un merveilleux été en Italie. Je me ferais de nouveaux amis, j'apprendrais une nouvelle langue, je visiterais de nouveaux lieux... comme cette cascade. Puis, avec un peu de chance, à mon retour à Londres pour retrouver Papa, Mabel ferait partie du passé.

En plus, il est trop tard pour revenir en arrière. Avec un sourire forcé, je remets donc le passeport de Willa à l'agent et j'attends pendant qu'il l'examine.

Est-ce qu'il prend trop de temps ? C'est l'impression que j'ai. Je me mords l'intérieur de la joue pour empêcher la vérité de s'échapper.

– Bon retour au Royaume-Uni, mademoiselle Andrews, déclare l'agent en me rendant le passeport.

J'essaie de le prendre sans le lui arracher, puis je regarde Willa, qui récupère le mien au guichet voisin. Curieusement, elle me ressemble davantage avec ses cheveux coiffés différemment. C'est alors qu'elle m'adresse un grand sourire typique de Willa.

Nous avons réussi. Première partie terminée.

Maintenant, nous devons convaincre tante Sofia et Mabel.

– À quoi ressemble ta valise ? me chuchote Willa à l'oreille pendant que nous approchons du tapis à bagages.

– Bleu marine avec un ruban bleu clair sur la poignée. Et la tienne ?

– Rose avec des fleurs vert citron.

– Bien sûr.

Je dois faire un réel effort pour ne pas attraper ma valise bleue en la voyant arriver. À la place, je donne un petit coup de coude à Willa. Quand, quelques minutes plus tard, j'aperçois une valise rose fluo à fleurs, je n'ai pas besoin qu'elle me fasse signe.

– Bien, on va retrouver vos familles ? demande le responsable à tous les MNA.

– Mabel ne fait pas partie de ma famille, réplique Willa, déjà dans son rôle. C'est la copine de mon père.

Son ton laisse clairement deviner son – ou plutôt, mon – avis sur la question.

C'est aussi bien que nous ne restions pas dans le même pays, car ça devient déjà compliqué !

Le hall est rempli de gens venus chercher leurs proches et de chauffeurs de taxi avec des noms inscrits sur des pancartes. Notre guide nous conduit à un petit stand d'information. Willa et moi restons en retrait pendant qu'il se prépare à s'adresser aux personnes qui se pressent tout autour.

Je sens alors la panique monter de nouveau en moi, soudain consciente que ça y est : je suis Willa maintenant. Ma respiration s'accélère et je n'arrive pas à la ralentir. Je serre les poings jusqu'à ce que la vraie Willa m'attrape la main.

– La mort ou la gloire, pas vrai ? chuchote-t-elle.

– Pense à l'histoire, je conclus à voix basse. Tu m'enverras un texto dès que tu pourras ?

– Avant même que tu atterrisses en Italie, promet-elle. Bonne chance dans mon rôle !

– À toi aussi !

Puis le responsable des MNA prend la parole et nous n'avons plus le temps d'ajouter quoi que ce soit.

– Bien, puis-je vous demander de sortir vos documents et pièces d'identité avant de venir chercher vos mineurs non accompagnés ?

S'ensuit un froissement de papiers au sein du groupe.

– Willa Andrews, appelle-t-il.

Willa me pousse légèrement en avant tandis qu'une femme plutôt jeune, brune aux yeux marron, s'approche du stand.

– Bonjour, je suis Sofia Toscana et je viens chercher ma nièce Willa.

Elle remet au type un formulaire et un passeport italien, puis attend qu'il les vérifie.

Je me retourne vers Willa, qui lève rapidement les pouces avant de se glisser derrière d'autres passagers.

– C'est bon, déclare l'homme en rendant les documents à Sofia avec un hochement de tête.

À moi de jouer !

– Bonjour, tante Sofia, je lance d'un ton un peu nerveux.

Heureusement que Willa se cache. Sinon, la ressemblance aurait été trop évidente pour être ignorée. Demi-tante ou non, Sofia a les mêmes yeux et les mêmes cheveux.

– Willa !

Le visage fendu d'un large sourire dénué de toute méfiance, elle me serre fort dans ses bras.

– C'est vraiment formidable de te rencontrer ! Je n'arrivais pas à y croire quand ton père m'a dit que tu avais déjà quatorze ans. Tu as tellement grandi !

– Oui, ce sont des choses qui arrivent, je réplique avec un sourire prudent.

– Et tu ressembles tellement à ta mère sur les photos que j'ai vues !

Elle me prend la valise des mains et commence à la tirer dans le hall. Je risque un nouveau coup d'œil vers Willa et la découvre, droite comme un piquet, dans les bras d'une grande femme blonde.

Mabel.

Le cœur battant la chamade, je me détourne rapidement avant qu'elle me surprenne en train de l'observer.

– Antonio garde nos sacs au restaurant. On a un peu de temps avant notre vol de retour, alors on s'est dit qu'on irait prendre un brunch !

– Super ! je réponds en essayant désespérément de me rappeler si Willa m'a parlé d'un Antonio. Euh… Antonio est l'un des enfants que tu accueilles ? (Je devine.) Wi… enfin, Papa m'a dit qu'il y avait d'autres enfants chez toi.

– Exactement ! Antonio est l'aîné. Tu rencontreras son frère et sa sœur quand on arrivera à la maison. On est venus visiter l'université de Londres pour Antonio l'année prochaine. Il est à moitié anglais, comme moi, et il envisage de s'inscrire dans une université britannique. Tiens, le voilà !

Sofia désigne un restaurant où un grand type brun absolument canon, un peu plus âgé que moi, se lève et lui répond d'un signe de la main.

Ouais, je suis presque sûre que Willa ne savait pas pour Antonio. Apparemment, quand son père lui a parlé des enfants, il n'a pas précisé que l'un d'eux était un splendide garçon de dix-sept ans. Impossible qu'elle ait laissé passer l'occasion de séjourner en Italie avec lui ! Finalement, je ne suis peut-être pas si folle d'espérer cocher la case « premier amour » sur ma Liste des choses à faire dans ma vie.

Je jette un dernier coup d'œil derrière moi, mais Willa et Mabel sont déjà parties.

Ma tresse fouettant mon épaule, j'arbore un sourire à la Willa. J'ai déjà l'impression d'être quelqu'un d'autre.

Ne pas être Alice pendant quelque temps sera peut-être bénéfique pour moi. Une chance d'essayer une nouvelle personnalité, plus assurée et spontanée. Voire plus heureuse.

WILLA

– Alice Wright ?

Quand le responsable des MNA appelle Alice, je cesse de la regarder s'éloigner avec ma tante pour me concentrer sur mon propre rôle, même si je n'arrive pas à oublier la ressemblance entre tante Sofia et Papa. Elle est juste plus jeune et beaucoup plus jolie.

Après avoir glissé mes cheveux derrière mes oreilles, comme j'ai vu Alice le faire chaque fois que notre plan la rendait nerveuse, je m'avance et tente d'arborer son sourire timide, en espérant que sa nouvelle belle-mère ne remarque pas l'absence de taches de rousseur sur mon nez ou la couleur foncée de mes yeux.

Une femme plus grande que moi, aux cheveux blonds ondulés à longueur d'épaules, accourt pour me serrer maladroitement dans ses bras.

– Alice ! Je suis ravie de te rencontrer enfin. Ton père m'a tellement parlé de toi. Je suis Mabel, comme tu l'as sûrement déjà deviné.

Son étreinte devient d'autant plus gênante qu'elle n'est pas réciproque, mais ça fait aussi partie de mon rôle, non ? Détester ma potentielle marâtre.

– Je me suis dit qu'on pourrait rentrer chez moi en métro ?

Elle recule, son regard passant de moi à ma valise, puis par-dessus mon épaule, là où j'ai vu un panneau indiquant le métro. Elle écarte nerveusement ses cheveux de son visage. Hmm, Mabel et Alice ont peut-être plus de points communs qu'elle ne le pensait.

– Sauf si tu veux manger ici d'abord ? Tu as faim ? Ou tu veux rentrer faire une sieste pour te remettre du décalage horaire ? Enfin, les deux me vont. C'est comme tu veux.

Elle a même tendance à trop parler comme Alice quand elle est nerveuse.

– Le métro, c'est bien, je réponds en hissant le sac à dos sur mon épaule.

C'est un sac pratique, imperméable, bleu foncé avec de minuscules pâquerettes. Alice tout craché. Qui sait ce qu'il contient ? En tout cas, il pèse une tonne. Je suppose que je le découvrirai en l'ouvrant. Elle a examiné le moindre recoin de mon sac dans l'avion, alors que je n'ai jeté qu'un rapide coup d'œil au sien. Je n'ai pas vu d'haltères, mais je les ai peut-être ratés…

Mabel prend ma valise et nous nous dirigeons côte à côte vers l'escalator qui mène au métro. Quand je voyageais avec mes parents, nous allions à la gare d'Euston en taxi pour ensuite rentrer chez nous en train. C'est plutôt amusant de prendre le métro comme une vraie Londonienne.

Je me demande où habite Mabel. Est-ce près d'Oxford Street et de toutes les bonnes boutiques ? Car il faut *vraiment* que je fasse quelque chose au sujet des vêtements d'Alice, si ceux que je porte sont représentatifs de ce que contient sa valise. Nous n'avons pas pu échanger quoi que ce soit de nos bagages en soute. Je n'ai donc que ses soutiens-gorge pour les trois prochaines semaines, à part celui que je porte en ce moment. Or un soutien-gorge trop petit ne donne pas une bonne image, sans parler des faux pas vestimentaires que contient sûrement le reste de sa garde-robe. Ses vêtements lui vont très bien, j'en suis certaine. Ce n'est simplement pas trop mon style.

J'ai beau incarner Alice, ça ne veut pas dire que je ne peux pas améliorer son sens de la mode – juste un petit peu.

– Mon appartement est dans le nord de Londres, indique Mabel en traînant ma valise – ou plutôt, celle d'Alice – sur les marches. Mais c'est pratiquement direct en métro à partir d'ici, tant que ça ne te dérange pas de marcher un peu après.

– J'ai passé dix heures assise, je fais remarquer. Donc ça me va.

– Super !

Mabel semble excessivement ravie de ma réponse.

Nous négocions assez facilement les portiques et les escalators. Elle m'a acheté un passe, qu'elle a déjà chargé avant de le glisser dans un joli porte-cartes orné de coquillages.

– Ton père m'a dit que tu adorais le bord de la mer, explique-t-elle en me le donnant.

– Ouais, ouais.

La plage, c'est sympa pour bronzer et tout, mais je préfère la ville. Puis je me rappelle soudain le métier du père d'Alice : chercheur en biologie marine.

– J'adore la mer, j'ajoute. Comme Papa.

L'expression nerveuse de Mabel se transforme aussitôt en un sourire chaleureux.

– L'eau est clairement son élément, n'est-ce pas ?

Oh mon Dieu ! Elle veut me parler de son petit ami.

Alors que le métro s'arrête sur le quai dans un bruit de ferraille, je comprends que je vais devoir prendre la conversation en main.

– Parle-moi de ton appartement, je m'empresse de lancer lorsque nous nous asseyons. Il est beau ?

– Je l'aime bien.

À son ton, je comprends que je ne devrais pas en attendre trop. Certainement pas le niveau des hôtels quatre et cinq étoiles auxquels je suis habituée.

– Ce n'est pas immense, mais il y a deux chambres, donc tu auras la tienne. Et on est juste au-dessus d'un fleuriste, ce que j'adore. Le matin, le parfum des fleurs monte et embaume tout l'appartement. Mais attends, se reprend-elle, les yeux brusquement écarquillés. Tu n'es pas allergique au pollen, si ? Je ne crois pas que ton père m'en ait parlé…

Alice est-elle allergique au pollen ? Je n'en sais rien. Voilà peut-être un sujet à aborder dans nos profils : les problèmes de santé. En plus de tout le reste. Mais puisque c'est moi qui vais habiter au-dessus d'un fleuriste, heureusement que je n'ai pas d'allergies.

– Non, pas de souci.

– Ah, tant mieux, réplique Mabel, plus détendue.

Je me demande ce qu'elle aurait fait dans le cas contraire. Peut-être aurait-elle déménagé. Elle semble tellement déterminée à rendre ce séjour parfait que j'ai presque pitié d'elle. Elle aura beau tout faire pour m'impressionner, ça ne changera rien à sa relation avec le père d'Alice ou Alice elle-même.

Mabel sort de son sac un épais dossier rempli de brochures et de flyers.

– Bon, comme je ne savais pas ce que tu avais prévu pour ces prochaines semaines, ou ce que tu avais déjà vu ou fait à Londres, j'ai tout apporté, lance-t-elle en déposant le dossier sur mes genoux avec un large sourire. D'après ton père, tu aimes planifier les choses. Et je sais que ta venue chez moi n'était pas prévue – pour aucune de nous deux, d'ailleurs. Mais je pense que c'est une excellente occasion pour qu'on fasse connaissance, et je veux te faciliter la vie autant que possible. On a un long trajet devant nous, alors je me suis dit qu'on pourrait en profiter pour planifier ton séjour ensemble !

Je suis réveillée depuis plus de vingt-quatre heures, j'ai voyagé pendant environ la moitié de ce temps et, quelque part en chemin, j'ai changé d'identité. La dernière chose que j'ai envie de faire, c'est d'organiser toutes mes vacances – d'autant plus que je suis plutôt du genre à improviser au fur et à mesure.

Mais pas Alice. Or je suis Alice, maintenant. J'affiche donc un grand sourire et ouvre le dossier.

– Génial.

Mabel me rend mon sourire.

Comme je commence à avoir mal aux joues, je me cache derrière une brochure sur le palais de Buckingham pour arrêter de sourire et commencer à réfléchir à la façon dont je vais la décourager de jouer à la belle-mère.

ALICE WRIGHT

De : AliceJWright@mymail.co.uk
À : WillaMayAndrews@purpleworld.com
Objet : Récapitulatif

Salut Willa,

Je suppose que tu es à Londres en ce moment… J'espère que ça se passe bien avec Mabel.

Voici tous les renseignements sur moi auxquels j'ai pu penser. Envoie-moi les tiens quand tu peux. Ta tante me demande déjà des choses que je ne sais pas.

Bises,
Alice

★

ALICE JOSEPHINE WRIGHT

Âge : 14 ans, comme toi. Mon anniversaire est le 9 juin.

Taille : 1,62 m.

Couleur des yeux : Verts.

Bien sûr, puisque tu ne peux pas changer de taille ni de couleur d'yeux, ça ne sert sûrement à rien de te dire tout ça. Alors passons aux choses plus intéressantes.

Famille : Je suis fille unique. Mon père est chercheur en biologie marine à l'université Anglia-Ruskin de Cambridge. Ma mère... Comme je te l'ai confié dans l'avion, elle est morte il y a quatre ans d'un cancer du sein.

Mes grands-parents paternels (Sheila et Dave) vivent en Écosse, et mon grand-père maternel (John) en Espagne. Il est parti là-bas après la mort de ma grand-mère (Wendy). J'ai une tante (Louise) à Newcastle, mais on ne la voit pas souvent. Et c'est à peu près tout pour ma famille.

Amis : Ma meilleure amie s'appelle Claire et on se connaît depuis le CM1. En fait, on n'est plus « meilleures » amies depuis un ou deux trimestres, quand elle a commencé à traîner avec les troisième et les seconde de son cours de danse. Mais mon père n'est pas au courant (ça ne ferait que l'inquiéter), alors ça n'a pas vraiment d'importance. J'ai rencontré la plupart de mes autres amis dans mon club de natation, à la chorale ou chez les scouts.

Centres d'intérêt et loisirs : J'aime lire, regarder la télé, écouter de la musique, les trucs habituels. Je nage presque chaque semaine, je vais chez les scouts le jeudi, je chante dans la chorale de l'école et je joue de la flûte dans l'orchestre scolaire (mais je ne suis pas très douée).

Passé : Je suis née à Southampton. On a habité à Bristol et au pays de Galles du Nord avant de déménager à Cambridge quand j'avais dix ans.

Renseignements médicaux : Je suis allergique aux fraises et je parie que mon père l'a dit à Mabel, alors n'en mange pas devant elle. À part ça, je suis en parfaite santé.

Autres informations : C'est tout. Sauf que… je ne sais pas ce que mon père a confié à Mabel, ou ce qu'elle te dira. Alors au cas où… J'ai vu une psy après la mort de ma mère, parce que j'avais des problèmes d'anxiété. Elle était super et m'a appris des techniques pour ne pas m'angoisser. Je crois que je vais en avoir besoin cet été ! Donc bon, si Mabel t'en parle, c'est vrai. Et si jamais tu en as besoin, je t'enverrai les détails.

Bonne chance !

ALICE

Sofia bavarde pendant tout le brunch. Elle me parle de la visite de l'université avec Antonio, de notre itinéraire de voyage à partir de Londres, et du fait que sa famille lui manque – surtout Mattias, son mari, mais aussi Luca et Rosa, le frère et la sœur d'Antonio.

– On est partis depuis seulement deux jours, Sofia, intervient ce dernier avec un magnifique accent italien.

Il n'a pas dit grand-chose du repas, sûrement car il est difficile d'en placer une avec Sofia. Ou peut-être qu'il est simplement du genre froid et silencieux… (En temps normal, c'est Claire qui est obsédée par les garçons. Moi, je suis plus raisonnable. D'un autre côté, Antonio ne ressemble pas aux garçons de notre collège. C'est presque un homme – ce qui n'est qu'une des très nombreuses raisons pour lesquelles il ne s'intéressera jamais à moi. Même si j'étais vraiment Willa, qui s'en voudra d'ailleurs à mort pour l'échange quand je lui aurai parlé d'Antonio.)

– C'est vrai ? J'ai l'impression que ça fait plus longtemps. Tiens, prends-en un autre, ajoute Sofia en me tendant la corbeille de croissants. On a un long voyage devant nous.

J'accepte tout en pensant qu'à ce rythme, je vais appeler ces vacances l'« été des viennoiseries ».

Sofia est aimable, gentille, pleine d'entrain… et n'arrête pas de parler, ce qui ne me dérangerait pas si elle ne posait pas autant de questions. Des questions dont j'ignore les réponses, car elles concernent des personnes que je n'ai jamais rencontrées, des lieux que je n'ai jamais visités, une vie que je n'ai jamais vécue.

– J'ai lu un article sur la nouvelle série de ta mère, Willa. Ça a l'air palpitant ! Tu sais quand se termine le tournage ?

– Euh… à la fin de l'été, je crois.

J'ai répondu totalement au hasard, mais Sofia semble satisfaite.

– Et la pièce de ton père à Édimbourg a l'air hilarante. J'aurais bien aimé pouvoir aller la voir, maintenant qu'on a repris contact après toutes ces années, mais bon…

Elle hausse les épaules et prend une nouvelle viennoiserie.

– Peut-être l'année prochaine. Tu crois qu'il y retournera ?

– Peut-être ? je lance d'un ton hésitant.

Il faut *vraiment* que Willa m'envoie son e-mail. Les informations de base que nous avons échangées dans l'avion ne vont clairement pas me suffire pour tenir jusqu'à la fin de l'été si Sofia continue de poser ce genre de questions.

Heureusement, après le brunch, elle se plonge dans son livre, et Antonio dans un film sur sa tablette, pendant que nous attendons devant la porte d'embarquement notre vol pour Naples. J'évite ainsi de devoir répondre à de trop nombreuses questions en écoutant de la musique sur mon portable. Puis, après le décollage, je prétends que mon précédent vol m'a fatiguée et fais semblant de dormir. Apparemment, j'ai arrêté de faire semblant à un moment donné car, tout à coup, Sofia me secoue pour me réveiller juste avant l'atterrissage.

C'est Antonio qui nous conduit de l'aéroport à la ferme.

– Il a besoin de s'entraîner, raille Sofia en lui donnant les clés avec un sourire taquin.

Vu les embardées de la voiture, elle ne plaisantait pas vraiment.

Les routes sinueuses nous mènent de la ville à la campagne. J'admire la vue par la vitre, oubliant quelque temps que je suis à présent Willa pour me remémorer plutôt tous les merveilleux moments que j'ai passés en Italie quand j'étais Alice.

L'air n'a pas la même odeur ici. En Australie, il sentait la mer et le frais, tandis que chez moi, à Cambridge, il sent le café, les vélos et les bus, avec en fond sonore le bruit des conversations et des musiciens de rue.

En Italie, il est chaud et doux, empli du parfum des feuilles et du soleil, comme dans mes souvenirs. Je ne trouve pas les mots pour décrire les émotions qu'il fait naître en moi, mais j'ai l'impression de revenir à ma place. Là où j'ai été vraiment heureuse pour la dernière fois, cet été-là, avant la mort de Maman.

– On est arrivés, annonce Sofia d'une voix douce.

Après un dernier virage, sa maison apparaît. La ferme ressemble à un puzzle mal reconstitué, avec des cheminées et des fenêtres dans toutes sortes d'endroits bizarres. Des annexes ont manifestement été ajoutées au bâtiment principal au fil du temps, l'agrandissant ainsi dans toutes les directions. C'est une maison hétéroclite, qui me plaît au premier regard.

Antonio se gare devant, juste au moment où trois personnes sortent en trombe par la porte d'entrée.

La première est une fillette de huit ans environ, avec d'immenses yeux bleus et des cheveux châtain clair qui lui arrivent presque à la taille. Le deuxième est un garçon d'à peu près mon âge, au regard plus sombre et méfiant, qui ressemble à Antonio en plus jeune et moins beau. Le troisième est un grand Italien, dont les yeux et la bouche s'éclairent d'un sourire à la vue de Sofia. Rosa, Luca et Mattias, j'imagine.

– Tu es rentrée, *cara* !

L'homme avance à grands pas, puis, lorsque Sofia descend du siège passager, il la serre dans ses bras.

– Tu nous as manqué.

– Mattias ne cuisine pas aussi bien que toi, lance le garçon à Sofia.

Mais c'est moi qu'il regarde, et je comprends qu'ils doivent parler anglais à mon intention, même si on ne m'a pas encore présentée.

Sofia se retourne dans les bras de Mattias pour s'adresser à moi.

– Willa, voici mon mari, ton oncle Mattias. Et ces fripouilles sont Luca et Rosa, le frère et la sœur d'Antonio.

– Ravie de vous rencontrer, je réponds poliment.

Rosa se précipite vers moi pour me prendre par la taille.

– On peut être amies ? J'ai huit ans. Et toi ?

– Quatorze ans.

– Comme Luca, fait-elle remarquer en fusillant son frère du regard. Mais à mon avis, tu es plus gentille.

Je n'ai jamais eu de frère ni de sœur (Willa non plus), alors je ne connais pas la rivalité fraternelle. Malgré tout, je peux imaginer qu'être la benjamine, avec deux grands frères, n'est pas toujours très drôle.

– Je vais essayer, je lui promets.

Rosa m'adresse un grand sourire tandis que, derrière elle, Luca lève les yeux au ciel.

– C'est vrai que ton papa et ta maman sont des stars de cinéma ? chuchote-t-elle d'une voix émerveillée.

– Euh, oui… enfin, des stars de la télé… En tout cas, ils sont tous les deux acteurs.

Pourquoi n'ai-je pas posé plus de questions à Willa sur les rôles de ses parents ?

Par chance, Rosa ne semble pas avoir besoin de connaître les détails.

– Waouh ! s'exclame-t-elle avec un nouveau sourire. Alors toi aussi, tu es une star !

– Non, vraiment pas, je réplique en riant.

Ça, au moins, j'en suis sûre.

– Bon, tu as mis les lasagnes au four ? intervient Sofia, les yeux levés vers son mari qui la dépasse d'une bonne tête.

– Bien sûr, répond-il. J'étais justement en train de préparer la salade en accompagnement.

– Il y avait des lasagnes ? demande Luca. Pourquoi on ne pouvait pas manger *ça* hier soir ?

– Les lasagnes de Sofia sont les meilleures, me chuchote Rosa.

– Parce que sinon, il n'y aurait pas eu de dîner spécial pour l'arrivée de Willa, explique Sofia d'un ton calme avant de se dégager de l'étreinte de Mattias pour frapper dans ses mains. Allez, tout le monde à l'intérieur ! Antonio, Luca, vous pouvez rentrer les bagages ?

– Je peux porter ma propre valise, je proteste en m'approchant de la voiture.

Mais Antonio m'arrête d'un sourire qui me noue l'estomac. Ou c'est peut-être simplement le décalage horaire.

– Tu es notre invitée. Je m'en occupe.

Sofia glisse son bras sous le mien et me conduit dans la maison.

– Ce soir, tu es notre invitée. Demain, tu seras de la famille.

– Et là, tu auras ta part de corvées, ajoute Luca en passant devant moi avec l'éblouissante valise à roulettes de Willa pour entrer dans le vestibule carrelé.

À l'évidence, son frère lui a passé le relais malgré ses belles paroles.

– Tu pourras m'aider à nourrir les poules ! s'écrie Rosa, qui file devant nous en tapant dans ses mains.

– À les entendre, on croirait un camp de travail ! s'exclame Sofia en riant. Ce seront de vraies vacances pour toi, Willa, je te le promets. Mais c'est vrai que dans une ferme, les tâches ne manquent pas.

– Ça ne me dérange pas.

Ce sera sympa de partager une expérience et de se sentir utile – plutôt que de rester sans rien faire à attendre le retour de Papa pour qu'il me raconte sa journée.

En plus, en donnant un coup de main, je culpabiliserai un peu moins de mentir à tout le monde.

– Parfait ! Tu sais, Willa, je crois qu'on va passer un merveilleux été tous ensemble.

Sofia me serre le bras, ce qui fait renaître mon sentiment de culpabilité.

– Viens, je vais te montrer ta chambre, ajoute-t-elle.

La pièce se trouve au fond d'une des annexes de la ferme, en haut d'un étroit escalier en bois brut. Alors que nous commençons à monter, Luca redescend à toute vitesse – je suppose que ma valise est déjà en haut – avant de disparaître Dieu sait où. Je ne sais pas combien de chambres compte cette maison, mais Sofia doit en avoir besoin pour les trois enfants – et d'autres qu'elle pourrait accueillir.

– Antonio, Luca et Rosa sont chez toi depuis longtemps ? je demande en grimpant les marches.

– Dix-huit mois seulement. Et Antonio part à l'université l'année prochaine.

– Luca et Rosa vont rester ?

– Ça dépend, répond Sofia avec un haussement d'épaules. On verra.

Qu'est-ce qui les a amenés tous les trois dans sa ferme ?

Je l'apprendrai peut-être au cours de l'été.

Une fois en haut de l'escalier, Sofia ouvre une lourde porte en bois, et nous sommes soudain baignées d'une lumière chaude.

– Oh !

Bouche bée, je découvre l'immense pièce. Le parquet est nu mais peint en blanc, assorti aux draps qui recouvrent le vieux lit au cadre en fer poussé contre un mur. Un dessus-de-lit en patchwork décoloré, dans des teintes bleues et vertes, est étendu au bout. Contre l'autre mur se trouve une coiffeuse blanche avec un tabouret assorti, surmontée d'un grand miroir ovale. Et derrière la porte, une lourde penderie en bois sombre, deux fois plus grande que ma minuscule armoire IKEA. La valise de Willa est posée à côté.

Mais le mieux, c'est encore la grande baie vitrée qui surplombe une banquette couverte de coussins. De fins rideaux vaporeux flottent dans la brise qui entre par la fenêtre ouverte. Je traverse la pièce pour admirer le paysage, des champs d'oliviers jusqu'à la mer au loin.

– Ça te convient ? demande Sofia.

Je me retourne vers elle avec un grand sourire.

– C'est absolument parfait. Merci !

– Bien, réplique-t-elle en me rendant mon sourire. Je veux que tu te sentes ici chez toi cet été, Willa.

Bien que ce prénom ne soit pas le mien et qu'elle ne soit pas ma tante, j'acquiesce.

– Je pense que ce sera le cas.

C'est alors que Mattias nous appelle d'en bas pour nous prévenir que le dîner est prêt. Mon estomac réagit en gargouillant et Sofia éclate de rire.

– Viens. D'abord les lasagnes, ensuite les bagages !

WILLA

J'ai loupé la majeure partie de l'appartement de Mabel à notre arrivée. Enfin, je me rappelle avoir monté des marches métalliques à l'arrière de l'immeuble et traversé le toit-terrasse du fleuriste pour atteindre la porte d'entrée. Mais ensuite, elle m'a conduite vers l'escalier intérieur qui mène à ma chambre (C'est toujours un appartement s'il a un étage ? Comment ça marche ?), et je me suis écroulée comme une masse sur le lit.

À mon réveil, l'après-midi est déjà bien avancé. Je me redresse en me frottant les yeux et découvre ma nouvelle résidence pour l'été. La pièce est petite, et le lit sur lequel je me suis endormie est en réalité un canapé-lit. On a installé un portant dans un coin avec quelques cintres dessus, et la valise d'Alice est posée à côté. Il y a aussi une petite commode et un énorme secrétaire surmonté de nombreuses étagères remplies de livres.

Je suppose que c'est le bureau de Mabel quand elle n'accueille pas d'ado chez elle. Mais pour les prochaines semaines, il est tout à moi.

Après avoir décidé que défaire mes bagages pouvait attendre, je descends l'escalier et trouve Mabel dans la petite cuisine carrée, occupée à couper des crudités.

– Ah, tu es réveillée, lance-t-elle avec un sourire. J'espère que tu ne m'en voudras pas, mais j'ai juste pris quelques trucs chez le traiteur pour le dîner. Je ne savais pas si tu aurais très faim avec le décalage horaire. C'est un long voyage depuis l'Australie, surtout toute seule.

J'ouvre la bouche pour lui répliquer que je viens seulement de Los Angeles, avant de la refermer rapidement. *Alice* a en effet voyagé depuis l'Australie.

– Je crois que mon corps ne sait plus quel jour on est, j'admets.

Ni même qui il est.

– Mais j'ai un peu faim, j'ajoute en m'asseyant à la table de bistrot.

Le dîner est à la fois délicieux et gênant. Pendant que nous mangeons des lasagnes avec de la salade (sérieusement, je pourrais aussi bien être en Italie), Mabel me pose des questions sans fin dont j'ignore les réponses. Lorsqu'elle apporte le dessert (de la glace – excellent choix), j'ai déjà fait illusion sur plusieurs sujets :

– l'Australie (je n'y suis jamais allée, mais ma mère regardait souvent *Summer Bay*, une série télé australienne, alors je m'en suis servie en espérant que Mabel ne l'ait pas vue et qu'affirmer avoir passé tout mon temps à la plage soit crédible) ;

– mon père (je me suis tortillée, l'air gênée, dans l'espoir qu'elle me croie flippée à l'idée qu'elle sorte avec lui) ;

– l'école (en gros, j'ai raconté mes propres cauchemars scolaires, en les rendant juste plus barbants pour qu'ils fassent davantage « Alice ») ;

– les livres (j'ai hoché la tête en souriant comme si je savais de quoi elle parlait).

Le repas enfin terminé, je lui propose de l'aider à débarrasser la table (tout à fait le genre d'Alice), mais Mabel m'envoie dans le salon pendant qu'elle remplit le lave-vaisselle.

La main sur la bouche pour dissimuler mon bâillement, je me rends donc dans la pièce voisine, où se trouvent deux fauteuils plutôt qu'un grand canapé comme à la maison. (À vrai dire, notre canapé ne tiendrait pas ici. Disons que le salon de Mabel est... douillet.) Je choisis un fauteuil pour m'y pelotonner.

C'est étrange d'être chez quelqu'un d'autre, quelqu'un que je viens de rencontrer et qui ne connaît même pas mon vrai nom. Alors que je m'attendais à avoir l'impression de vivre une aventure, la situation m'apparaît comme... je ne sais pas. Une grosse erreur. Un mensonge.

Mabel me rejoint, avec toujours le même sourire nerveux, et s'assied dans l'autre fauteuil.

– Tu veux regarder la télé ? Ou peut-être lire ? Sinon, on peut jouer à un jeu de société ?

J'étudie mes options quand mon portable vibre dans ma poche. Je le sors et vois un message de « Willa » (Alice a insisté pour qu'on échange aussi nos noms dans nos répertoires, au cas où).

Je t'ai envoyé mon récapitulatif. Tu m'envoies le tien bientôt ?

Il m'aurait bien servi, disons… il y a deux heures, avant le dîner.

Évidemment, je n'ai pas commencé le mien, alors je devrais peut-être m'y mettre.

En plus, j'ai un plan à préparer. Contre toute attente, je suis arrivée à Londres, sans même avoir eu besoin de fuir ma mystérieuse tante à l'aéroport en déclenchant ainsi une sorte de « chasse à l'ado disparue » dans toute la ville (ce qui aurait fait une super histoire, mais, avec des avis de recherche à mon nom, j'aurais eu du mal à conserver mon anonymat au théâtre). Maintenant que je suis là, j'ai du travail.

Je dois trouver le moyen d'échapper à Mabel trois jours par semaine pour suivre ma formation. Celle-ci ne commence que lundi, alors il me reste encore quelques jours. Je suis sûre que quelque chose va arriver d'ici là – le destin a déjà œuvré pour me faire venir à Londres. C'était censé être le plus dur.

Malgré tout, ça ne coûte rien de revérifier mon inscription en ligne et de contacter le groupe de participants pour que nous fassions tous connaissance avant le début du stage. Je me suis inscrite sous le pseudonyme de Willa Martyn, le nom de jeune fille de ma mère, car je ne voulais pas que quiconque prétende que j'ai été admise parce que je suis la fille de Scott et Sarra Andrews. (Enfin, ils changeraient d'avis en me voyant jouer, j'en suis certaine. Ma vidéo d'audition était *d'enfer*. L'un des membres de l'équipe de tournage de Maman m'a aidée à la réaliser sur le plateau.)

Bref, il me reste des choses à régler. Or je ne peux pas m'en occuper avec Mabel qui regarde par-dessus mon épaule ou me demande ce que je fais sur ma tablette.

– En fait, je suis encore un peu fatiguée.

Je lève les yeux de mon portable et lui souris, pour qu'elle sache que je ne l'évite pas. Enfin, pas trop.

– Ça ne t'ennuie pas si je vais dans ma chambre ? J'aimerais bien, euh… défaire mes bagages avant de me coucher.

Ça sonne mieux que « trouver la prochaine étape de mon plan ».

– Bien sûr !

Mabel se relève d'un bond, puis me sert un verre d'eau de la carafe filtrante dans le réfrigérateur et me montre les affaires de toilette dans la salle de bain (comme si je n'avais pas apporté les miennes – enfin, celles d'Alice). Après avoir refermé la porte de ma chambre derrière moi, je me retrouve enfin seule.

Je m'effondre sur le lit et sors mon portable pour ouvrir le récap d'Alice. Je pourrais baser le mien dessus, non ? Ensuite, je consulterai le groupe de messagerie.

Je bâille de nouveau. Il est temps de se mettre au travail.

WILLA ANDREWS

De : WillaMayAndrews@purpleworld.com
À : AliceJWright@mymail.co.uk
Objet : Re : Récapitulatif

Salut Alice,

Merci pour le profil. Mabel pose une TONNE de questions, alors je pense qu'il me sera très utile.

Au fait, au cas où je ne te l'aurais pas déjà dit, je suis désolée pour ta mère. C'est vraiment nul.

Voici « Tout ce que tu as toujours voulu savoir sur Willa Andrews » (mais que tu n'as pas eu le temps de demander dans l'avion).

Bises,
W.

*

WILLA MAY ANDREWS

Âge : 14 ans, comme tu le sais déjà. Mon anniversaire est le 7 octobre (dans seulement deux mois, alors commence à réfléchir au cadeau !).

Taille : 1,58 m (la dernière fois qu'on m'a mesurée).
Couleur des yeux : Chocolat, comme mon père.

Famille : Je suis aussi fille unique. Mes parents ont toujours dit qu'un seul enfant était plus que suffisant quand cet enfant, c'était moi. À part ça... tu rencontres en gros plus de membres de ma famille cette semaine que moi dans toute ma vie. Ma mère s'est brouillée avec ses parents avant ma naissance et, comme je te l'ai raconté, mon grand-père paternel s'est remarié et a déménagé en Italie quand mon père était ado, et ils ne se sont plus vraiment parlé depuis. Je ne suis même jamais allée en Italie. Et ma grand-mère paternelle est morte quand j'étais petite.

Amis : Mon groupe d'amis a plus ou moins explosé au printemps dernier, quand la nouvelle sur mon père est sortie et que je suis peut-être devenue un peu lunatique. Enfin bref, ils ne méritent pas qu'on parle d'eux. Mais si tu as besoin de citer des noms, tu peux mentionner Noemi et Tara.

Centres d'intérêt et loisirs : Jouer la comédie, évidemment. Faire les magasins. Traîner avec mes amis. Je faisais aussi de la danse jusqu'à l'année dernière.

Passé : Je suis née à Chester et j'ai passé presque toute ma vie dans le Cheshire, jusqu'au déménagement à Los Angeles pour cet été.

Renseignements médicaux : J'ai six orteils au pied gauche. (C'est une blague. Bien sûr que non ! Mais je n'ai pas d'allergies ni de problèmes médicaux à te communiquer.)

Autres informations : Je fais attention à ce que je porte, alors n'aie pas peur d'essayer de nouvelles combinaisons avec mes affaires. Et je ne sors jamais sans maquillage, donc entraîne-toi à te dessiner les sourcils.

ALICE

Le lendemain matin, je descends sans bruit de ma chambre mansardée, car je ne connais pas encore le rythme de vie chez Sofia ni ce que je suis censée faire. Je ne suis même pas tout à fait sûre de la tenue que j'ai enfilée. J'ai préféré jouer la prudence avec un short en jean et un top, mais le short tombe trop bas sur mes hanches et le top, avec ses épaules découpées, ressemble à ce que portent les filles de mon collège le week-end. Or j'ai toujours pensé que j'aurais l'air stupide avec ce genre de haut, comme si j'en faisais trop.

Le pire, et de loin, ce sont les sous-vêtements de Willa. À la place de mes brassières élastiques en coton blanc, ou même de mes deux ou trois soutiens-gorge plus classiques, je découvre des push-up rembourrés rose vif, violets, voire à imprimé zèbre – et je n'ai absolument pas ce qu'il faut pour les remplir.

Ils sont affreux, même sous mes vêtements. Je voulais remettre le mien – bien que je l'aie porté pendant deux jours et des milliers de kilomètres –, mais Sofia a déjà emporté tous mes habits de voyage pour les laver.

Je n'ai donc pas eu le choix. J'ai beau avoir opté pour le moins large, je le sens flotter autour de ma poitrine. J'ai enfilé un gilet en dentelle blanc par-dessus le top rouge, en espérant ne pas avoir l'air trop ridicule.

Willa m'a envoyé son récapitulatif hier soir, tard, même à l'heure anglaise, et je l'ai lu au lit ce matin – grâce au code Wi-Fi que Luca m'a récité de mémoire après le dîner. Je n'en ai pas appris beaucoup plus que dans l'avion, sauf peut-être qu'elle semble plus seule que je ne le pensais pour une fille de son genre. Elle est tellement belle et sûre d'elle que je l'imaginais avoir des amis et de la famille dans le monde entier qui ne demandaient qu'à passer du temps avec elle.

Ce qui est le cas, d'une certaine façon, puisque juste au moment où j'arrive en bas de l'escalier, Rosa passe la tête par la porte de la cuisine et m'adresse un grand sourire.

– Willa est réveillée ! crie-t-elle d'une voix étonnamment forte pour une si petite fille. Bon, on peut sortir ? *S'il te plaît* ?

Le visage souriant de Sofia apparaît derrière elle.

– Tu ne crois pas que Willa veut prendre un petit déjeuner d'abord, Rosa ? demande-t-elle gentiment.

– Elle peut manger sur le chemin du village, intervient Luca, qui les pousse toutes les deux pour passer, un sac en bandoulière et une pomme dans la main. Attrape !

Il me lance la pomme et je cligne rapidement des yeux avant de la rattraper.

– Bons réflexes, commente-t-il avec un sourire. J'ai aussi des muffins dans mon sac. Allez, viens.

Du regard, je demande la permission à Sofia, qui hoche la tête avec un petit haussement d'épaules. Il semble donc que j'accompagne Luca et Rosa. Je jette un coup d'œil derrière moi en me demandant où est Antonio ce matin.

– Où va-t-on ? je m'enquiers tandis que nous descendons le sentier qui part de la ferme.

Même s'il est encore tôt, le soleil est déjà chaud et haut dans le ciel, passant au-dessus des oliveraies que nous avons traversées en voiture hier.

– Eh bien, on a le choix, me répond Luca. La plage ou la ville.

Je sais ce que moi, je choisirais : la plage, à tous les coups. Sauf que je ne suis pas Alice aujourd'hui. Et Willa, qui adore le shopping, préférerait sans aucun doute la seconde option. Enfin, sa famille ne le sait probablement pas, si ?

– Ton père a dit à Sofia que tu étais une fille de la ville, me devance Luca, alors tu veux sûrement aller voir les magasins d'abord, non ?

Tant pis pour la plage.

– Oui, la ville serait clairement mon premier choix, je mens.

– D'accord, acquiesce-t-il.

Rosa, en revanche, a l'air déçue.

– Mais peut-être... qu'on pourrait aller à la plage un autre jour, j'ajoute, ce qui la ragaillardit aussitôt. J'aimerais explorer les environs. C'est la première fois que je viens en Italie.

Du moins, c'est vrai pour Willa. Je vais devoir faire attention à ne pas parler de mes dernières vacances italiennes.

– On peut faire ça, répond Luca en haussant les épaules. Le port est plutôt sympa.

– Mais les glaces sont meilleures en ville, reconnaît Rosa.

Le soleil me chauffe le dos alors que nous franchissons le portail qui délimite la propriété, avant de commencer à grimper la colline en direction du village, que j'aperçois perché au sommet. Les maisons en pierre brillent dans la lumière matinale.

– Ça vous plaît de vivre avec Sofia et Mattias ? je demande en chemin.

Je pense qu'il n'y a aucune raison d'éviter le sujet de leur placement en famille d'accueil.

Rosa hoche énergiquement la tête.

– J'adore Sofia. Et Mattias aussi, même s'il ne sait pas cuisiner.

Luca, lui, met plus de temps à répondre d'une voix lente :

– Ils sont très gentils. Et j'aime bien la ferme, m'occuper des animaux.

Je me rappelle que Rosa a parlé de poules hier soir.

– Antonio a dit que c'était une oliveraie, non ?

J'essaie de ne pas rougir en prononçant son nom, et au souvenir de son regard qui a croisé un instant le mien dans le rétroviseur pendant qu'il conduisait et que Sofia bavardait.

Je sais qu'Antonio est trop vieux pour moi et, même s'il s'est montré sympa, ce n'est pas comme s'il avait flirté avec moi. Alors pourquoi je n'arrête pas de penser à lui ? Et, encore plus ridicule, de *rougir*.

Peut-être qu'essayer de ressembler à Willa affecte mes facultés mentales.

– Il y a aussi des oliveraies, réplique Luca, qui ne se rend compte de rien. Mais Sofia adore les animaux et, d'après elle, quand on habite dans un endroit comme celui-ci, c'est normal d'en avoir quelques-uns. Alors il y a des poules, une chèvre, une vache laitière… Et aussi un chien de berger, même si on n'a pas de moutons.

– Et des chats ! ajoute Rosa. N'oublie pas les chats ! Mattias les surnomme les « chasseurs de souris les mieux payés d'Italie ».

J'éclate de rire.

– Tu parles vraiment bien anglais, Rosa. Toi aussi, bien sûr, Luca.

– On est à moitié britanniques, me rappelle-t-il. Notre père ne nous parlait qu'en anglais, alors on n'a pas eu le choix.

À son ton, qui a quelque chose de sombre, je comprends qu'il ne faut plus poser de questions.

– Je suis désolée de ne pas connaître l'italien, je reprends en me détournant. Mais j'apprends vite et j'adore les langues. Alors vous pourrez peut-être m'aider, tous les deux ?

Je me souviens, trop tard, que c'est Alice qui adore les langues, pas Willa.

Même si Luca et Rosa l'ignorent sûrement, je dois vraiment m'efforcer d'être « plus comme Willa ». Je ne peux pas savoir avec certitude ce que Sofia et les autres connaissent déjà sur elle – après tout, son père leur a bien confié qu'elle préférait la ville à la plage. Que leur a-t-il dit d'autre ? Sans doute davantage qu'il n'en a dit à Willa sur eux.

Rosa glisse son bras sous le mien et sautille légèrement pour suivre mon rythme.

– Oui, je vais t'aider. D'abord, on va apprendre à dire « bonjour ». C'est *buongiorno.* À toi !

– *Buongiorno*, je répète en prononçant délibérément assez mal pour la faire soupirer.

– Ça va prendre du temps.

Luca et moi échangeons un regard et il esquisse un sourire en coin.

– Il faudra que je sache commander une glace en italien quand on arrivera en ville, non ?

– Absolument, acquiesce-t-il. Pas de temps à perdre, Rosa.

Cette dernière me lance un regard patient.

– Je crois que tu ferais mieux d'apprendre à commander *trois* glaces.

– Très bien, je réplique en riant. Je t'écoute !

★

Après avoir marché encore une dizaine de minutes jusqu'au village de Tusello, je sais commander correctement des glaces, à la grande joie de Rosa. Mais au lieu de nous conduire directement chez le glacier – qui n'ouvre pas avant 11 heures, comme m'en a informé la fillette dès que j'ai maîtrisé la phrase –, Luca nous fait visiter le village.

Pour quelqu'un qui ne vit ici que depuis un an et demi, il s'est clairement donné pour mission de connaître le lieu dans ses moindres recoins. C'est avec assurance qu'il nous fait traverser des *piazze* – de petites places où convergent les rues du village et où des maisons pastel aux balcons en fer forgé donnent sur des bancs, des arbres, ainsi que de minuscules et sombres boutiques qui vendent de tout. Il nous fait passer devant des cafés où des clients sirotent leurs boissons en terrasse, ainsi que quelques vieux monuments et églises. Mais quand je l'interroge sur l'histoire de ces bâtiments, il se contente de hausser les épaules.

– J'aime savoir où mènent tous les chemins et les routes, répond-il simplement. Le reste n'a pas d'importance pour moi. Venez, le glacier devrait être ouvert maintenant.

Après avoir sauté du muret où nous étions assis à regarder passer les gens, Luca traverse la rue et descend une autre ruelle qui – j'en suis presque sûre – conduit à la place principale.

Rosa glisse sa main dans la mienne tandis que nous le suivons.

– On a habité dans beaucoup d'endroits, me confie-t-elle, assez bas pour ne pas être entendue par son frère, quelques mètres devant nous. Quand on arrive dans un nouveau lieu, Luca part toujours l'explorer pour trouver les meilleurs chemins pour s'échapper. Et les meilleures cachettes. C'est pour ça qu'il adore les arbres. Il est capable de grimper plus haut que tout le monde, même qu'Antonio.

Je m'interroge alors sur les circonstances qui ont conduit ces trois enfants à être placés chez Sofia et Mattias. Alors que je vois Luca filer devant les voitures, les épaules voûtées sous ses cheveux bruns qui brillent au soleil, j'ai le sentiment que ces circonstances devaient être terribles.

Enfin, quelles qu'elles soient, je sais que je ne lui poserai jamais la question. Mais peut-être que si nous devenons amis, il m'en parlera au moment voulu.

Moi, en revanche, je ne pourrai jamais lui confier la vérité sur ma propre famille.

– Bon, répète-le une dernière fois pour t'entraîner, m'ordonne Rosa alors que nous arrivons devant chez le glacier. Et rappelle-toi, j'en veux une à la fraise.

– *Fragola.*

– Tu vois ? lance Luca. Willa est prête. Venez, on va commander. Ensuite, on ira manger nos glaces près des remparts.

★

Rosa ne doit m'aider qu'une seule fois pour la commande – je suis déstabilisée quand il est question de choisir entre cornet et pot. Peu après, munis de nos trois glaces (fraise pour Rosa, vanille pour Luca et pistache pour moi), nous retournons dans les ruelles ombragées.

– Alors, pourquoi tu n'as jamais rendu visite à Sofia et Mattias avant ? demande Luca, me prenant par surprise tandis que je savoure ma glace. Tu es leur nièce, non ? Pourtant, Sofia a dit qu'elle ne t'avait jamais rencontrée avant hier.

Je prends une grosse bouchée en espérant qu'avoir la bouche pleine me laissera assez de temps pour me souvenir des détails dans le récapitulatif de Willa. Mais j'ai surtout mal aux dents.

– Ouille ! Aïe, aïe, aïe ! je gémis.

– Tu as les dents sensibles, fait sagement remarquer Rosa. Comme Antonio. Tu devrais lécher, pas mordre.

– C'est vrai.

J'avale ma bouchée. Maintenant, j'ai mal à la tête, et toujours pas de bonne réponse à donner à Luca, qui attend toujours. Mon numéro avec la glace ne l'a absolument pas détourné de sa question.

– Je… ne sais pas vraiment pourquoi, je réponds franchement. Mon père ne m'a jamais parlé de Sofia. C'est sa demi-sœur, tu vois. (Au moins, j'ai retenu ce détail.) Je ne crois pas qu'ils se connaissaient quand ils étaient petits. Ils viennent juste de reprendre contact.

Tout est vrai, en tout cas si ma mémoire est bonne. Pour autant, je ne suis pas sûre que ma réponse ait totalement convaincu Luca.

Nous quittons finalement les ruelles sombres pour retourner sous le soleil de plomb.

– On est arrivés, annonce Rosa d'un ton ravi.

Elle bondit en avant pour s'asseoir contre le mur d'enceinte, le meilleur endroit pour déguster une glace selon Luca.

Le mur est un peu délabré par endroits. Toutefois, ce n'est pas la maçonnerie qui s'effrite que je regarde, mais au-delà – en bas de la colline, loin du village, en direction de la mer.

La mer Tyrrhénienne miroite au soleil, scintillant jusqu'à l'endroit où elle rejoint la Méditerranée. (Pendant ma correspondance à Londres, j'ai étudié sur mon portable des cartes de la région autour de la ferme de Sofia, pour connaître au moins les noms des endroits que j'allais voir. En revanche, je n'ai pas réussi à retrouver la cascade de Maman.) En contrebas, j'aperçois le port, ainsi qu'une enfilade d'hôtels, de restaurants et de boutiques, qui bordent une plage de sable blanc menant jusqu'aux falaises rocheuses au bout de la crique.

– C'est magnifique !

Quand j'inspire l'air salé montant de la mer, je me sens aussitôt chez moi.

Luca m'observe avec attention.

– Il y a des grottes au bout de la plage. L'une d'elles est même traversée par une mini-cascade qui vient d'une rivière souterraine. Elle est petite, mais plutôt cool.

Celle que Maman voulait voir – qui, selon elle, a le pouvoir d'effacer tous vos soucis – n'est pas ce qu'on appellerait « mini », alors ça ne peut pas être la même. Malgré tout, cela reste une cascade.

Je souris, car j'ai assurément fait le bon choix en décidant de prendre la place de Willa cet été.

– Ta glace est en train de fondre, fait remarquer Rosa.

Je cesse de fixer la mer pour lécher le bord de mon cornet avant que la pistache ne commence à couler sur mes doigts déjà collants.

Nous terminons nos glaces en silence, adossés au rempart médiéval, tournés vers le village où vivent Luca et Rosa – pour l'instant.

Alors que nous redescendons le chemin sinueux autour de la colline, Rosa part devant pour cueillir des fleurs sauvages sur le bord de la route et ramasser des cailloux colorés qu'elle stocke dans ses poches.

Côte à côte, Luca et moi l'observons.

– Pourquoi tu n'as pas choisi la plage ce matin ? demande-t-il au bout d'un moment.

Devant mon regard perplexe, il explique :

– Je t'ai vue la regarder. Tu avais l'air… nostalgique. Je n'aurais pas cru qu'une fille de la ville comme toi ressemblerait à ça.

Oups ! Je me suis autorisée à être Alice au lieu de Willa seulement quelques instants. Je ne peux plus me le permettre – surtout avec Luca, apparemment. Les chemins et les cachettes ne semblent en effet pas être les seules choses qui retiennent son attention. Il cerne aussi bien les gens.

Avec lui, je vais devoir veiller à être *toujours* Willa.

– Je ne peux pas aimer les deux ? En plus, Rosa a dit que les meilleures glaces étaient en ville, j'ajoute d'un ton léger en espérant qu'il ne se rappelle pas qu'elle l'a précisé *après* que j'ai fait mon choix. Et je voulais *vraiment u*ne glace ce matin.

– D'accord.

Luca ne paraît pas convaincu, mais ne pose pas d'autres questions.

Ce qui est tout aussi bien, car je ne connais pas les réponses. Quant à celles que j'ai, je ne peux pas les partager avec lui.

WILLA

– Je suis vraiment désolée, répète Mabel pour la quinzième fois depuis le petit déjeuner. Ça ne devrait pas me prendre trop de temps, et ensuite, au plus tard après le déjeuner, on pourra faire autre chose.

Elle s'arrête brusquement et je dois revenir sur mes pas jusqu'à découvrir la plaque sur le bâtiment devant lequel elle a fait halte : *Queen Anne University.*

Hier soir, j'ai cherché sur Internet l'université où travaille Mabel et elle ne ressemblait pas à ça. Les photos du site montraient un imposant édifice avec des marches et des colonnes.

Cet endroit n'a pas de colonnes. Juste des briques et une plaque.

– C'est l'entrée arrière, précise Mabel en voyant mon expression. Je te promets que l'avant du bâtiment est plus impressionnant, mais j'ai tendance à être alpaguée par des doctorants qui ne sont pas rentrés chez eux pour l'été. C'est bien plus facile d'entrer et sortir par ici, si je suis pressée.

Futé !

Mabel est mortifiée de devoir travailler le lendemain de mon arrivée mais, en réalité, ça ne me dérange pas tellement. D'abord, elle sera occupée et ne me posera donc pas trop de questions sur ma vie ou mes *sentiments* (ce qui est encore pire). Pour moi, on partage ses sentiments avec ses amis ou son copain. Pas avec la potentielle belle-mère d'une quasi-inconnue. D'autant plus que les sentiments dont elle veut parler sont ceux d'Alice. Non, merci. Beaucoup trop compliqué.

Alors je me dis que je vais explorer un peu l'université pendant qu'elle travaille, peut-être rencontrer des gens avec qui discuter. Avec un peu de chance, je trouverai quelque chose qui m'aidera à réaliser mon plan pour suivre en douce ma formation de théâtre la semaine prochaine. Si Mabel travaille beaucoup, ce sera utile…

Ou bien je vais simplement réétudier le récapitulatif d'Alice, pour tenter de trouver les réponses à la prochaine fournée de questions. Enfin, ce n'est pas comme s'il contenait un tas d'informations. Juste l'essentiel, mais ça *ressemble* à Alice et c'est ce qu'il me faut. J'ai passé moins d'une journée avec elle et j'ai beau avoir essayé d'être attentive, les détails commencent déjà à m'échapper. Ses expressions, sa façon de parler, de jouer avec ses cheveux… J'ai même du mal à conserver son accent – qui n'est pourtant pas très différent du mien, du moins avant mon séjour de quelques semaines aux États-Unis.

Lire un texte qu'elle a écrit m'aide un peu, et me donne d'ailleurs une idée. Je sors mon portable de ma poche pour taper un rapide message à Alice tout en suivant Mabel dans un étroit escalier, puis dans un long couloir aux portes fermées, chacune ornée d'une petite plaque en cuivre.

Comment ça va en Italie ?

J'envoie le texto, puis j'attends de voir qu'elle l'a reçu. Mais pas de coche bleue pour m'indiquer qu'elle l'a lu, alors je range mon téléphone dans ma poche. Quand elle finira par le lire, nous pourrons discuter. Même par textos, ce sera mieux que rien. Nous avons convenu que c'était important de rester en contact pendant qu'on se faisait passer l'une pour l'autre.

– On est arrivées, annonce Mabel en s'arrêtant devant l'une des nombreuses portes avant de glisser une clé dans la serrure. Mon deuxième chez-moi.

Son bureau ressemble beaucoup à son appartement, avec des livres partout, surtout sur le grand secrétaire en bois sous la fenêtre. Il y a un fauteuil dans un coin et un aquarium sur l'une des étagères. Je l'observe de plus près. *Des étoiles de mer ?*

Mabel surprend mon regard et sourit.

– C'est ton père qui me les a offertes, au cas où tu ne l'aurais pas deviné.

Eh non, mais j'aurais sans doute dû.

Mabel retire une pile de livres du fauteuil et me fait signe de m'asseoir.

– Il faut juste que j'aille discuter un moment avec un collègue. Je peux te laisser toute seule ?

– Ouais, bien sûr, je réponds en brandissant mon portable. Je voulais aller sur Instagram de toute façon.

Alice a refusé tout net de reprendre mon compte pendant qu'elle se faisait passer pour moi, ce qui n'est sûrement pas plus mal, car je doute qu'elle aurait poursuivi ma palette de couleurs choisie avec soin. En même temps, ce serait sympa de partager quelques photos d'Italie pour exhiber mes prétendues vacances là-bas... Je réessaierai peut-être de la convaincre quand elle sera un peu mieux installée. Je ne voudrais pas perdre mes followers.

En attendant, je peux au moins consulter mes notifications.

– Je reviens le plus vite possible, lance Mabel.

Puis, avec les mêmes gestes agités qu'elle a toujours avec moi, elle s'en va. La porte reste entrouverte derrière elle.

Peut-être que ce n'est pas seulement la visite d'Alice qui la rend nerveuse. Peut-être qu'elle est juste tout le temps comme ça.

J'ai à peine parcouru la moitié de mes notifications sur les réseaux sociaux qu'on frappe à la porte. Qui que ce soit, l'intrus n'a clairement aucune manière, car il n'attend pas qu'on l'invite à entrer.

– Professeur Jennings ? Tim m'a dit qu'il vous avait vue passer discrètement. Mon père m'envoie vous demander...

Le garçon sur le seuil s'interrompt brusquement, cligne des yeux, puis pointe une liasse de papiers vers moi.

– OK, tu n'es pas le professeur Jennings.

– Sans blague !

Je le regarde dans les yeux. Il a à peu près mon âge et il est plutôt mignon, dans le genre geek avec des lunettes aux épaisses montures en écaille et des cheveux noirs qui lui tombent devant un œil. Pas mon type, mais probablement celui d'Alice.

– Alors, qui es-tu ?

Sans me laisser le temps de répondre, il me dévisage comme si j'étais une énigme à résoudre.

– Tu es trop jeune pour être étudiante et le professeur Jennings n'a pas d'enfants. Une nièce, peut-être ? Ou sa filleule ?

– Je suis Alice Wright.

Le nom sort de ma bouche plus aisément que je l'aurais cru.

– Mabel est… une amie de mon père, et je passe l'été chez elle.

Facile. Je suis douée comme actrice.

– Tu n'es pas Alice, réplique le garçon en pointant cette fois un doigt accusateur sur moi. Je connais Alice Wright et ce n'est *certainement* pas toi.

Merde !

Avant que je n'invente une explication, Mabel revient, tout agitée.

– Hal ! Je vois que tu as déjà trouvé Alice. Mais attendez, vous vous connaissez, tous les deux ! Ton père m'a dit…

– Absolument ! je la coupe en espérant que le garçon jouera le jeu. D'ailleurs, Hal vient de me proposer de me faire visiter l'université. N'est-ce pas ?

Je le fixe d'un regard dur en priant pour qu'il réponde ce qu'il faut.

– Euh… ouais, c'est vrai.

Il fronce les sourcils, l'air perplexe, mais il ne me trahit pas. Je desserre la mâchoire, un tout petit peu.

– Oh, génial ! s'exclame Mabel. Parce que je crois que je vais être coincée ici un peu plus longtemps que prévu. Envoie-moi juste un texto quand tu reviens, Alice, et je te rejoindrai à l'entrée pour qu'on rentre ensemble… Attends, ajoute-t-elle d'un ton méfiant. C'est bien ce que dirait ton père ?

– Tout à fait, je confirme en me dirigeant lentement vers la porte, prête à m'enfuir. Mot pour mot. À tout à l'heure !

J'attrape Hal par la main et je le traîne à ma suite, laissant la porte claquer derrière nous. Je pousse un énorme soupir de soulagement.

– Tu peux m'expliquer ce qui vient de se passer ? demande-t-il. Et, euh… peut-être me lâcher la main ?

Je lui obéis aussitôt. La honte !

– On devrait trouver un autre endroit pour parler qu'en plein milieu d'un couloir. C'est une longue histoire.

Hal me regarde comme s'il évaluait mon degré de folie. J'essaie d'avoir l'air saine d'esprit.

– D'accord, concède-t-il au bout d'un moment. Et tu voulais vraiment visiter le campus ?

– Je préférerais boire un cappuccino frappé, je réplique avec un sourire éclatant. Il y a un café ici ?

– Euh… ouais. Je crois qu'il y en a un dans la cour.

Il s'éloigne dans le couloir, dans la direction opposée à celle dont je suis arrivée. Je le suis en me creusant la cervelle. Ce n'est pas parce qu'il n'a pas révélé à Mabel que je ne suis pas Alice qu'il ne le fera pas plus tard. Sauf si j'arrive à le convaincre de suivre mon plan.

Mes talents d'actrice ne suffiront pas. Il va falloir que je me montre diplomate. Or je n'ai jamais été douée pour ça.

⋆

– Alors, si je comprends bien, commence Hal, son café serré dans ses mains, Alice se fait passer pour toi en Italie, quand toi, tu te fais passer pour elle ici, à Londres.

Je regarde la cour pour m'assurer qu'aucune des personnes assises au soleil ne nous écoute. Par chance, elles semblent toutes plus intéressées par leurs propres conversations. Tant pis pour elles, car la nôtre est *bien* plus passionnante.

– Oui, en gros.

Hal secoue la tête, plus comme un principal déçu qu'un ado d'à peu près quatorze ans.

– Je ne vois pas l'Alice Wright que je connais partir en douce en Italie et mentir à tout le monde. Surtout pas à son père. C'est tellement… irresponsable. Et Alice est… tout le contraire. Elle est gentille, attentionnée et… (Il baisse les yeux sur la table et hausse les épaules.) Je n'arrive pas à l'imaginer faire ça.

Hmm. Il semble avoir beaucoup d'estime pour notre amie…

– Alice a dit… comment c'était, déjà ? Ah, oui ! « La mort ou la gloire, pense à l'histoire. »

– OK, réplique-t-il en riant. Ça ressemble plus à Jon qu'à Alice.

– Jon ? Qui est-ce ? Apparemment, c'est ce que disait toujours son père.

Hal me lance un regard en coin.

– Son père, c'est Jon. Vous n'avez pas préparé cette mascarade ensemble ?

– C'était une décision de dernière minute, je me défends avec une grimace. On n'a eu que le temps du vol pour tout organiser. Puis Alice m'a envoyé un récapitulatif sur elle, mais j'ai du mal à me souvenir de tout.

Hal a de nouveau l'air méfiant. Comme s'il croyait que j'avais forcé Alice à faire cet échange, alors que, techniquement, c'était son idée.

– Je sais qu'elle m'a parlé de toi… Rappelle-moi, comment vous vous êtes rencontrés ?

Le meilleur moyen de soutirer des informations à quelqu'un : faire comme si on connaissait déjà la réponse. Cette technique fonctionne avec les profs, les parents, et assurément les amoureux. Or je suis presque sûre qu'Hal est *dingue* d'Alice.

L'expression méfiante sur son visage fait soudain place à un autre sentiment.

– Alice a parlé de moi ? Enfin, elle a écrit sur moi ? Qu'est-ce qu'elle a dit ?

Dingue d'elle, sans aucun doute.

– Oh, tu sais, les trucs habituels. Si tu me racontes votre rencontre, ça me rafraîchira peut-être la mémoire…

– Mon père travaillait avec celui d'Alice à la fac de Cambridge. Même s'il est spécialisé en biochimie, et pas en biologie marine. Enfin bref, on s'est rencontrés à la première soirée de l'université ouverte aux familles, après leur arrivée là-bas il y a deux ans. Puis mes idiots de parents ont divorcé et mon père s'est installé ici en septembre dernier. Je n'ai pas revu Alice depuis.

– Eh bien, maintenant que son père sort avec Mabel, je parie que tu vas la voir plus souvent.

À part que je suis censée décourager Mabel. Mais ça, Hal n'a pas besoin de le savoir.

– Tu la préviendras que je suis là ? demande-t-il d'un ton enthousiaste.

– Bien sûr. Elle sera trop contente de savoir qu'on traîne ensemble, j'en suis sûre.

– Parce qu'on traîne ensemble, maintenant ? s'étonne-t-il. On va se revoir ?

– Comme tu l'as fait remarquer, Alice et moi, on n'a pas eu le temps de fignoler notre plan. Quelqu'un capable de garantir que je suis Alice serait donc précieux…

– C'est sûr que tu auras besoin d'aide, concède Hal.

Bingo !

– Alors tu vas m'aider ?

– Je n'ai jamais dit ça, se dérobe-t-il.

Trop tard.

– Tu l'as sous-entendu. Maintenant, ce serait impoli de refuser.

– Impoli ?

– Tout à fait, j'acquiesce énergiquement. Je suis une âme en peine qui erre dans les rues de Londres. Et surtout, je suis l'amie d'une amie. Tu devrais carrément me donner ton numéro pour qu'on s'organise. C'est ton devoir d'ami de m'aider.

– Mon devoir d'ami ? Je croyais que tu venais de rencontrer Alice. Tu ne te souvenais même pas du prénom de son père.

– J'ai passé dix heures dans un avion avec elle, et j'ai accepté d'échanger mes vacances contre les siennes. Si ça ne fait pas de nous des amies, je ne sais pas ce qu'est l'amitié.

– Ça reste de la folie, marmonne Hal.

– Peut-être. Mais tu vas quand même m'aider, non ?

C'est le moment de sortir ma meilleure carte.

– Je sais qu'Alice apprécierait vraiment beaucoup que tu m'aides.

Hal soupire. C'est le signe qu'il est en train de céder devant mon obstination. J'ai déjà entendu ce soupir chez d'autres personnes, mais je crois que je n'ai jamais été aussi soulagée par ce son familier.

– À une condition, réplique Hal, l'index levé. Tu dois me dire ton vrai nom.

Je regarde de nouveau autour de moi pour m'assurer que personne ne nous écoute, puis, penchée par-dessus la table, je chuchote :

– Willa Andrews. Mais tu *dois* m'appeler Alice dès que quelqu'un peut t'entendre. Marché conclu ?

– Marché conclu, répond Hal d'un ton résigné. Même si je sens que je vais le regretter.

TEXTOS

Willa : Comment ça va
en Italie ?

Willa : Oublie l'Italie. Pourquoi
tu m'as pas prévenue pour Hal ?

Alice : Les glaces
sont délicieuses. À condition
de ne pas les manger trop vite.
Et Hal qui ?

Alice : Attends. Hal Asato ?
Le fils de l'ami de mon père ?

Alice : Qu'est-ce qu'il fait
à Londres ?

Alice : Attends, ils ont
déménagé là-bas, non ?
Après le divorce de
ses parents. Comment
j'ai pu l'oublier ?

Alice : Oh mon Dieu, Willa !

Alice : C'est une catastrophe !

Alice : Évite-le à tout prix.
Il saura que tu n'es pas moi.

Alice : Oh mon Dieu,
il connaît aussi Mabel ?
Pourquoi je n'y ai pas pensé ?

Alice : Il lui a dit ?
Qu'est-ce qui se passe ?!!

Alice : WILLA !!

Willa : OK, calmos. Tout est réglé. Je lui ai parlé de notre échange et il est dans notre camp.

Willa : Enfin, il ne dira rien à Mabel.

Willa : Je crois qu'il trouve ça drôle. Ou plutôt fou.

Willa : Peut-être les deux.

Alice : Il n'a pas tort…

Alice : C'est vraiment réglé ?

Willa : Tout va bien.

Willa : Tu peux respirer.

Willa : En fait, je crois qu'il a craqué sur toi.

Alice : Ne sois pas ridicule.

Willa : C'est mignon.

Willa : Alors, l'Italie ?

Alice : Je vais te raconter. Mais installe-toi bien, car j'ai beaucoup de choses à te dire. Et après, je veux tout savoir sur Londres…

ALICE

Le lendemain matin, alors que je fouille dans les vêtements de Willa pour en trouver qui me ressemblent davantage, je comprends mon erreur.

Je ne serai pas « plus comme Willa » en ne prenant aucun risque avec mes tenues, activités et conversations. Si je veux connaître son assurance et son aplomb, je dois faire comme si je les possédais déjà.

Quelques heures seulement après notre rencontre, elle m'a poussée à tout lui raconter sur ma mère décédée et mon père qui m'envoie chez sa nouvelle petite amie – sans parler de cette histoire d'échange de vacances. À l'heure qu'il est, elle aurait *certainement* demandé à Luca ou à Antonio pourquoi ils vivent chez Sofia.

Je parie aussi que Willa ne se serait pas contentée de manger une glace à Tusello. Non, elle aurait sympathisé avec les villageois et aurait sans doute été invitée à une fête ou un truc du genre. Et, surtout, elle porterait ce qui lui plairait – sans se soucier d'avoir l'air ridicule.

Puisque je n'ai pas (encore) le courage d'interroger Luca sur sa famille ou de me faire inviter à une fête par des Italiens, je décide de lancer ma campagne « Plus comme Willa » avec ma tenue d'aujourd'hui.

Je choisis donc délibérément le soutien-gorge le plus voyant et coloré dans le tiroir et, comme il ne me va pas (sans surprise), je rembourre les bonnets avec une paire de chaussettes pour qu'ils paraissent moins vides. Ensuite, j'opte pour un top rouge vif et une jupe blanche à volants que je n'aurais jamais portés en temps normal.

Quand je me regarde dans le miroir, c'est à peine si je me reconnais, car j'ai en plus fait ma raie de l'autre côté et tressé mes cheveux sur une épaule. (Je n'ai pas tenté la tresse hollandaise faite dans l'avion, mais ce n'est pas mal non plus.) *Très* Willa.

Je descends dans la cuisine en sautillant et me cogne dans Antonio, qui en sort avec un sac rempli de pommes. Trois d'entre elles tombent et roulent sur le sol.

– Désolée !

Le visage sans doute assorti à mon haut, je m'agenouille pour ramasser les fruits. C'était la première occasion pour moi de parler avec l'assurance de Willa, et je l'ai gâchée.

– C'est rien, réplique Antonio, à genoux à mes côtés, le bras tendu sous un placard pour récupérer la dernière pomme.

– Je m'en occupe.

Quand je me rapproche, ma main effleure la sienne. Je rougis de plus belle. Antonio, bien sûr, reste totalement impassible. Enfin, mes doigts se referment sur la pomme. Je me relève en la tenant et il s'apprête à me la prendre.

C'est alors que se produit le moment le plus gênant de ma vie. Lorsque je me penche en avant, mon haut fait de même. Ainsi que le stupide soutien-gorge de Willa. Les chaussettes que j'y ai fourrées glissent par terre. Les joues brûlantes, je me mords l'intérieur de la joue pour me retenir de pleurer.

Antonio, lui, a refait tomber la pomme en se retenant d'éclater de rire. Quand il se baisse pour la ramasser, j'entends un gloussement étouffé. Apparemment, mon humiliation est *trop* drôle.

Ma poitrine se serre et j'ai du mal à respirer. Mais je ne peux pas craquer maintenant, car je dois rester Willa. Que ferait-elle donc dans cette situation ?

La réponse me vient aussitôt à l'esprit. Willa continuerait comme si de rien n'était. Elle ne se *permettrait* pas de réagir. Alors moi non plus.

Après avoir pris mon courage à deux mains – et plusieurs profondes inspirations –, je ramasse les chaussettes d'un geste aussi désinvolte que possible, les serre dans mon poing si fort qu'on ne les voit même plus, puis je me relève.

– Bon appétit, je lance en regardant Antonio droit dans les yeux.

(Bon, d'accord, je regarde plutôt au-dessus de son épaule gauche, mais c'est un bon début !)

Sur ces mots, je passe devant lui d'un pas lent et sors par la porte d'entrée. J'attends d'être sûre qu'il ne me voie plus pour m'autoriser à courir.

*

Après avoir caché les chaussettes derrière un pot de fleurs, je pars explorer la ferme. Lorsque je tombe sur Mattias qui remonte le chemin avec une chèvre à ses côtés, mes joues sont sans doute plus proches du fuchsia que du rouge vif – c'est déjà ça.

– Tu cherches Luca ? demande-t-il.

– Euh… oui.

Ce n'était pas le cas, mais pourquoi pas, après tout ?

– Je crois qu'il allait à l'écurie, m'indique Mattias en désignant de la tête le bâtiment en bois en bordure du chemin.

– Super. Merci, je réponds avec un sourire sûrement peu convaincant.

Je n'ai jamais aimé les chevaux, en tout cas pas depuis une malheureuse randonnée équestre pour les huit ans d'une amie. L'une de nos montures, qui avait flairé les bonbons à la menthe dans ma poche, a rongé ma veste pour les attraper – et m'a mordu le coude au passage. Depuis, j'évite les chevaux. Enfin, jusqu'à présent.

Car Luca, devant l'écurie, me fait signe, et Mattias, avec un sourire chalheureux, me regarde courir pour le rejoindre.

Willa aime-t-elle les chevaux ? Je n'en sais rien. Toutefois, je ne peux pas exclure la possibilité qu'elle participe à des courses d'obstacles depuis l'âge de trois ans et que son père en ait parlé à Sofia et sa famille.

J'ai épuisé presque tout mon courage avec l'incident du soutien-gorge, mais, à l'évidence, il va falloir que j'en trouve encore.

– Luca, tu n'as pas cité les chevaux dans ta liste d'animaux.

Je m'approche en lançant un coup d'œil nerveux en direction de l'écurie, où le garçon entre, un seau à la main, avant de se retourner vers moi.

– Ce ne sont pas des chevaux. Et crois-moi, ils vont avoir beaucoup plus peur de toi que l'inverse.

– Je n'ai pas peur, je mens. Je suis juste… prudente.

Il ne répond pas.

Méfiante, je le suis dans l'écurie. L'odeur du foin et des animaux me replonge aussitôt dans le souvenir de cette fête d'anniversaire.

Luca soulève le seau de nourriture qu'il a apporté de la grange et le vide dans l'auge devant le box. Je retiens mon souffle en guettant le fracas des sabots…

Un âne gris maigrichon arrive alors au trot et fourre son museau dans la mangeoire. Derrière lui en apparaît un autre, encore plus petit, qui traîne l'une de ses pattes arrière. Bon, d'accord, même moi, je ne peux pas avoir (trop) peur de ces deux-là.

– Ils allaient être piqués parce que personne ne voulait d'eux, mais Sofia les a sauvés. Elle ne peut pas s'empêcher de recueillir les créatures perdues et abandonnées.

Appuyé contre le mur à côté de moi, Luca regarde les ânes manger.

– Je crois que c'est pour ça qu'elle nous a accueillis, mon frère, ma sœur et moi.

– Vous n'êtes pas des ânes boiteux, je fais remarquer. C'est un peu différent.

– Pas tant que ça, réplique-t-il avec un haussement d'épaules. Personne ne voulait de nous non plus.

Luca se décolle du mur, comme s'il en avait trop dit, puis va caresser les oreilles de l'âne boiteux.

– Celui-ci s'appelle Achille, me confie-t-il sans lever les yeux. Et l'autre, Hercule.

– De grands noms pour de petits ânes.

– Sofia a de grands espoirs, même pour les ânes boiteux.

Je repense à ce qu'il a dit en le suivant dans la cour de la ferme pendant qu'il donne à manger et à boire aux animaux. Chacun d'eux semble avoir une histoire de sauvetage, même les poules.

– Le vieux paysan en bas de la route vendait sa ferme, explique Luca en fouillant dans la paille à la recherche d'un œuf. Les poules auraient été tuées, j'imagine, s'il n'avait pas pu leur trouver un nouveau foyer. Alors Sofia a déclaré que les œufs étaient son aliment préféré au petit déjeuner et les a amenées ici. D'après Mattias, elle n'avait encore jamais mangé d'œufs le matin.

Nous apportons la récolte à Sofia dans la cuisine, où Rosa s'entraîne à la lecture, installée à la grande table en bois usée. En récompense, nous avons droit à des muffins tout droit sortis du four.

– Viens, on peut les manger dehors, propose Luca.

Je me sens presque coupable, assise avec lui à l'ombre clairsemée d'un olivier, à savourer le meilleur muffin aux myrtilles que j'aie jamais goûté. En effet, ce n'est pas moi qui suis censée être ici, à profiter de tout ça, mais Willa. Si elle avait su que le foyer de Sofia serait aussi chaleureux, aurait-elle quand même choisi Londres ? Je n'en ai aucune idée.

Hier soir, nous avons échangé des textos jusqu'à près de minuit pour nous raconter nos aventures respectives. Elle a l'air de bien s'amuser à comploter à Londres – du moins, après avoir frôlé la catastrophe en tombant sur Hal. J'avais complètement oublié qu'il avait déménagé là-bas (en fait, je n'ai pas vraiment pensé à lui depuis un an), mais je suis contente qu'elle ait quelqu'un de son côté.

Moi, j'ai Luca. Je l'observe discrètement, assis à mes côtés dans un silence léger. Se considère-t-il réellement aussi perdu et brisé que ces pauvres ânes ? Qu'est-il arrivé au reste de sa famille pour qu'il se sente ainsi ? Antonio et Rosa paraissent confiants et heureux – ou alors n'est-ce qu'une façade ? Peut-être sont-ils aussi peu sûrs d'eux que Luca, mais lui est seulement plus franc.

– Alors, si ton père et Sofia ne se sont jamais vraiment connus, comment ça se fait que tu sois là ? demande-t-il.

Je me crispe une seconde avant de me rappeler que je connais la réponse à cette question. Ce qui m'inquiète le plus, c'est qu'il y a clairement pensé depuis notre conversation d'hier, puisqu'il m'en reparle maintenant.

J'essaie de me mettre dans la peau de Willa pour lui adresser un sourire triste.

– Je suis comme Achille et Hercule. Personne ne voulait de moi cet été. Mon père est à Édimbourg pour un festival, et ma mère à Los Angeles pour un tournage. Ils sont tous les deux beaucoup trop occupés par leurs carrières d'acteurs pour m'avoir dans les pattes. Sofia est la seule personne qui voulait de moi.

C'est l'histoire de Willa, pas la mienne, mais elle est vraie malgré tout.

– Alors toi aussi, tu es l'une des âmes en peine de Sofia ? lance Luca en m'observant avec un regain d'intérêt. Finalement, on a plus en commun qu'adorer les glaces.

– Oui, je suppose.

Nous nous regardons un moment dans les yeux, puis nous détournons pour reporter notre attention sur nos muffins. Mais je dissimule un petit sourire en mordant dans le mien.

WILLA

– Je croyais que tu avais défait tes bagages l'autre soir ? lance Mabel, perplexe devant l'état de ma chambre – son bureau.

J'essaie de voir la pièce à travers ses yeux. Sur le secrétaire traînent des chargeurs, mon casque et les quelques magazines que j'ai récupérés dans mon sac avant de donner ce dernier à Alice. Mes vêtements d'hier sont en tas sur la chaise, et mes chaussures quelque part en dessous. Enfin, au milieu du minuscule espace libre au sol se trouve la valise d'Alice, qui déborde, ouverte mais à l'évidence absolument pas déballée.

– Je… crois que j'étais trop fatiguée, je mens.

En réalité, je déteste simplement défaire mes bagages. (Comme tout le monde, non ?) En plus, j'ai dû taper mon « récapitulatif » pour Alice sur ma tablette. Et depuis, je… n'ai juste pas eu très envie.

– Tu veux que je t'aide ?

Le regard de Mabel passe de la valise au portant vide. Pour quelqu'un que ça ne dérange pas de voir des livres traîner partout dans son appartement, elle semble un peu difficile sur les vêtements en désordre.

– Nan, je vais m'en occuper.

Je me lève du lit pour m'agenouiller à côté de la valise et commence à sortir des affaires avec une grimace.

Jusqu'ici, j'ai réussi à supporter le look préféré d'Alice, à savoir un jean et un tee-shirt, mais je dois bien admettre que j'espérais trouver quelque chose de plus intéressant caché dans sa valise, qui m'aurait échappé quand je l'ai fouillée.

C'est raté. Apparemment, les vêtements qu'Alice portait dans l'avion représentent l'apogée de son style. C'est-à-dire au ras des pâquerettes.

– Si tu en es sûre…, cède Mabel avec un dernier regard entendu vers le portant avant de disparaître.

J'attends le *clic* de la bouilloire dans la cuisine – cette femme est *accro* au thé – pour sortir mon portable et envoyer un texto à Alice. Nous avons prévu de nous donner des nouvelles plus tard ce soir, une fois couchées et seules, en toute sécurité. Mais ça ne peut pas attendre.

Sérieusement. C'est quoi, ces fringues ?

Pas de réponse.

Pour appuyer mes propos, je rassemble quelques-unes des pièces les plus repoussantes : un tee-shirt ample avec la photo d'un poisson et la phrase « Incollable sur la biologie marine » ; un débardeur orné du slogan « La vie sur mars(ouin) » ; un bermuda super large avec des poches *partout* ; et une robe avec des roses qui pourrait être la tenue de fête d'une gamine de cinq ans. Je les prends en photo pour les envoyer à Alice en complément de mon message.

Toujours pas de réponse.

Avec un soupir, je commence à trier le contenu de la valise, en accrochant les vêtements au portant ou en les rangeant dans le tiroir que Mabel a vidé pour moi dans la commode près de la porte.

Catégorie 1 : Les basiques que je peux porter – tee-shirts moulants unis, jeans, etc.

Catégorie 2 : Les articles qui ont du potentiel – un short en jean qui pourrait sûrement être raccourci un peu, une jupe longue qui irait bien avec un haut court (si j'en trouve un)...

Catégorie 3 : Les choses que je vais faire semblant de n'avoir jamais vues, pour épargner mes yeux – c'est-à-dire presque tout le reste.

Catégorie 4 : Les sous-vêtements et chaussettes.

Catégorie 5 : Les chaussures et accessoires.

Énorme surprise, Alice n'a pas saisi l'importance de ces derniers. C'est en effet la catégorie la plus réduite. Dans mon monde, on n'est pas bien habillée sans boucles d'oreilles et sans sac – de marque, de préférence. Je ne suis même pas sûre qu'Alice ait les oreilles percées.

Horrifiée, je constate que le reste de la valise est rempli de livres. Comme si les trois dans son bagage à main ne suffisaient pas.

J'envoie un nouveau texto en empilant les livres par-dessus ceux de Mabel sur le bureau :

Les liseuses, tu connais?

Après avoir tout rangé, je me rallonge sur le lit et fixe le portant d'un regard accusateur. Ce n'est pas comme si les vêtements étaient pour moi *la* chose la plus importante au monde. Ils arrivent peut-être simplement en deuxième ou troisième position.

J'*aime* la mode. J'aime choisir une tenue en accord avec mon humeur. Trouver la ceinture idéale pour cintrer une robe, ou un jean qui me va parfaitement. Ma mère dit toujours que nos vêtements sont le reflet de notre personnage dans la vie.

C'est là le problème. Je ne suis plus Willa, mais Alice.

Peut-être qu'elle n'a simplement jamais entendu parler de la mode. Peut-être aussi que cet été, « Alice » va se découvrir une nouvelle passion. Car il n'est pas question que je porte cette robe de gamine.

Je décide donc de considérer ces prochaines semaines comme un défi vestimentaire. Je m'approche du portant pour passer la main sur les tissus et essayer de visualiser quelques tenues pas trop affreuses que je pourrais créer à partir de cette base. Je pourrais peut-être découper le bas de ce débardeur pour en faire un crop top…

– Alice ?

Je me retourne et découvre Mabel, réapparue sur le seuil de ma chambre.

– Oh, c'est beaucoup mieux ! Et tu as sorti tes livres. Tu te sentiras davantage chez toi comme ça, j'en suis sûre. Je me sens toujours plus à mon aise une fois que j'ai déballé mes livres.

– Ouais, bien sûr.

Pour moi, ce serait plutôt mon maquillage. Seulement Alice n'en a presque pas. Tout ce que j'ai trouvé dans sa trousse de toilette, c'est un baume à lèvres teinté et un mascara léger. Pas de poudre bronzante, ni de palette à sourcils, ni de faux cils… Rien. Je me sens nue sans tout ça. Sauf qu'à mon avis, même Mabel sait qu'Alice n'est pas vraiment la spécialiste des tutos beauté de YouTube, alors je vais devoir modérer mon style habituel, y compris quand j'irai me réapprovisionner.

Mabel se laisse tomber sur le lit et regarde la pièce avec un sourire. Elle n'est pas tout à fait rangée, mais on dirait au moins que quelqu'un y vit – et ne fait pas que passer. C'est peut-être ce qui lui plaît.

– C'est sympa que tu aies pu voir Hal à l'université hier. Ton père m'a dit que vous étiez amis.

– Ouais, c'est vrai, je réponds juste avant qu'une idée ne germe dans mon esprit. D'ailleurs, on voulait essayer de se revoir un peu plus la semaine prochaine. Peut-être quelques jours, si ça te va ?

Si je pouvais convaincre Hal de me servir d'alibi, ce serait la solution pour mon stage de théâtre !

À ma grande surprise, Mabel paraît soulagée.

– En fait, ce serait parfait. Je vais sûrement devoir retourner travailler quelques jours la semaine prochaine, malheureusement, et ça m'embêterait que tu t'ennuies ici. Si tu es avec Hal, je m'inquiéterai beaucoup moins.

– Super ! Euh... pas que tu doives travailler, bien sûr. Mais ce sera cool de passer du temps avec Hal.

Je me rappelle alors ce qu'il m'a raconté sur son père et leur déménagement.

– Je ne l'ai pas vu depuis qu'ils se sont installés à Londres en septembre dernier.

Ce sont toujours les vrais détails qui rendent un mensonge convaincant.

– Bien, déclare Mabel. Je me demandais aussi... Ton père m'a confié que tu aimerais aller faire les magasins. Il m'a envoyé de l'argent pour que je t'emmène acheter de nouveaux vêtements ou ce dont tu aurais besoin. Même si je ne connais pas grand-chose à la mode actuelle des ados, ça ne pourra pas être pire qu'avec ton père. Je me disais qu'on pourrait aller au centre commercial Westfield demain ? Pour profiter de notre premier week-end ensemble ?

C'est plus fort que moi. Je me jette à son cou et la serre fort dans mes bras.

– Je prends ça pour un oui ? demande-t-elle en riant.

– Prends ça pour un « carrément » !

Non seulement je vais pouvoir suivre ma formation de théâtre, mais ma prière aux dieux de la mode a été exaucée ! Je sors mon portable pour envoyer un texto à Hal et planifier la semaine prochaine. Cet été va être *génial* !

ALICE

Je ne sais pas si le changement de fuseau horaire affecte encore mon horloge biologique ou si c'est dû aux rayons brûlants du soleil italien qui filtrent par ma baie vitrée – en tout cas, je continue de me réveiller tôt. Enfin, pas aussi tôt que Mattias, qui commence à travailler à la ferme à l'aube, mais au moins avant Luca et les autres.

Chez moi, j'adore faire la grasse matinée en vacances. Mon père doit me tirer du lit pour que je parte à l'aventure avec lui, alors qu'ici, je me réveille de bonne heure chaque matin.

Ce temps seule m'est d'ailleurs bénéfique. J'ai commencé à raconter nos journées dans mon journal intime, et ce que j'ai appris sur Sofia et sa famille, y compris Luca, son frère et sa sœur. J'écris *beaucoup* sur mes sentiments (l'incident avec Antonio et la paire de chaussettes m'a pris trois pages entières) et je me sens toujours mieux en les voyant couchés sur le papier. Vu tout ce qui s'est passé ces derniers jours, je risque d'être de nouveau dépassée et anxieuse. Alors je fais ce qu'il faut pour garder mon calme.

Après avoir caché mon journal sous mon matelas, au cas où quelqu'un viendrait fouiner, je descends petit-déjeuner avec les autres. C'est ma nouvelle routine et elle me plaît.

Mais à mon réveil ce matin, il y a quelque chose de différent.

De la cuisine monte une incroyable odeur, à la fois douce, acidulée et citronnée. Je repousse les couvertures, fais une rapide toilette, puis m'habille et descends dans la cuisine pour découvrir l'origine exacte de ce parfum.

– Ah, bien ! Ma nouvelle assistante ! s'exclame Sofia avec espièglerie alors que je m'attarde sur le seuil.

– Je voulais juste savoir d'où vient cette formidable odeur, j'avoue.

– C'est comme ça qu'elle les attire, raille Antonio, tout souriant, perché sur le comptoir de la cuisine.

À sa vue, j'ai l'estomac noué, tiraillée entre la gêne et l'émotion. Une chose que mon journal intime et moi avons décidée entre nous : ce genre de coup de cœur est loin d'être aussi agréable que toutes les séries télé le font croire. En fait, le plus souvent, c'est tout simplement humiliant.

Lorsque Sofia agite un plateau de petits gâteaux dans ma direction, je dirige mon attention vers elle, ravie de cette distraction.

– C'est la recette de gâteau au citron de ma grand-mère. Il faut attendre qu'ils refroidissent pour les recouvrir de glaçage. Mais ils sont meilleurs chauds…

– J'adore le gâteau au citron, je confie en espérant qu'elle saisisse le message.

– Tu peux en avoir un…

Rayonnante, je tends la main vers le plateau.

– … si tu acceptes de m'aider en cuisine aujourd'hui.

Je n'ai pas fait de pâtisserie depuis des années. Oh, je cuisine un peu – des plats simples que j'ai appris, pour dépanner Papa quand il a beaucoup de travail en préparant le dîner pour tous les deux. La pâtisserie, en revanche… c'était une activité que Maman et moi faisions ensemble. Avec mamie Wendy aussi, avant sa mort. Elle disait souvent en plaisantant que le sucre était notre tradition familiale.

Oublie tes soucis en cuisinant, Alice. La voix de Maman est basse mais encore nette dans ma tête. Je me rappelle qu'elle m'avait conseillé ça un jour, après une grosse dispute avec Claire en sixième. Ma mère et moi avions passé l'après-midi à créer de nouveaux gâteaux en trouvant les meilleures associations de goûts et d'ingrédients. Au moment de présenter nos œuvres à Papa à l'heure du goûter, je ne pensais plus du tout à la dispute.

Je pourrais peut-être oublier mon coup de cœur pour Antonio en cuisinant.

Même si l'idée de faire de la pâtisserie avec Sofia, comme avant avec Maman, me paraît étrange, c'est aussi bien, en un sens, de se souvenir que toutes les bonnes choses ne sont pas obligées de disparaître simplement parce que les gens disparaissent. Et j'adore vraiment le gâteau au citron. Une fois ma décision prise, j'attrape ma récompense.

– D'accord. Qu'est-ce qu'on prépare ?

– Demain a lieu le festival culinaire du village, répond Sofia en sortant de nouveaux ingrédients du placard sous le comptoir. Chaque année, tous les habitants rivalisent pour proposer les plats les plus délicieux sur leurs stands.

– En plus, il y a de la danse, de la musique et des jeux, lance Antonio. Tu vas adorer, Willa. Je t'emmènerai faire un tour des meilleurs stands.

Sofia se racle la gorge et il lui adresse un sourire.

– Bien sûr, celui de Sofia est le meilleur de tous, ajoute-t-il.

Je l'entends à peine, mon esprit toujours bloqué sur sa phrase précédente : *Je t'emmènerai faire un tour.*

Alors c'est aussi simple que ça ? Je change de nom, de jean, et soudain, un splendide Italien de dix-sept ans veut m'accompagner à un festival ? Ce genre de chose arrive sûrement tout le temps à Willa.

Antonio ne m'a pas vraiment invitée à sortir avec lui, puisque nous irons tous en famille. Mais ce raisonnement ne change rien à ce que je ressens, et je me mords l'intérieur de la joue pour me retenir de sourire.

– En tout cas, j'ai beaucoup à faire et une réputation à tenir, poursuit Sofia. J'ai testé toutes les recettes le week-end dernier. Aujourd'hui, j'ai besoin d'un sous-chef !

Il s'avère que ces nouvelles recettes ne sont pas seulement des gâteaux. Sofia veut aussi préparer des plats salés, des desserts, des confiseries et des canapés en profusion.

– Qu'as-tu fait de tout ce que tu as cuisiné il y a une semaine ? je demande en feuilletant sa pile de recettes.

– On a deux adolescents chez nous, répond-elle avec un haussement d'épaules. Sans compter Mattias, qui est encore plus gourmand. Ils ont tout mangé.

Juste à ce moment-là, Mattias arrive dans la cuisine et attrape un gâteau au citron avant de déposer un rapide baiser dans le cou de Sofia.

– Ne l'écoute pas, Willa. Quand elle cuisine beaucoup le week-end, elle en donne toujours la moitié au refuge du village. Seulement la moitié, ajoute-t-il en mordant dans son gâteau. Les garçons et moi, on mange le reste ! Allez, viens, Antonio. On a du pain sur la planche !

Antonio le suit avec un soupir. Les voilà repartis faire… ce à quoi les oléiculteurs occupent leurs journées. Je les regarde sortir en pensant à mon « rencard » de demain. Si tout se passe bien, je lui parlerai peut-être de la cascade de Maman. Peut-être qu'il sait où elle se trouve. Peut-être même qu'il m'y emmènera…

– Luca m'a dit que tu ne pouvais pas t'empêcher d'aider les âmes en peine, je confie à Sofia. Comme les animaux.

– D'après Mattias, j'ai le syndrome du bon Samaritain, glousse-t-elle. Mais de mon point de vue, j'ai de la chance de mener cette vie. Alors pourquoi ne pas partager cette chance ?

– C'est pour ça que tu as accepté de m'accueillir cet été ?

J'ai posé la question sans vraiment y réfléchir.

Sofia me lance un long regard, puis pousse un tabouret de cuisine vers moi.

– Assieds-toi, Willa.

J'obéis sans la quitter des yeux. Elle approche son propre tabouret du mien. Puis elle redescend, attrape un plateau d'appétissantes pâtisseries qui sortent du four et les dépose sur une assiette entre nous avant de se rasseoir.

– Ton père a, je crois, treize ans de plus que moi. Je ne l'ai pas vraiment connu quand j'étais petite et, pour être franche, je ne l'ai vu que quelques fois par la suite. À mon avis… enfin, d'après ma mère, il n'a pas accepté le divorce de ses parents. Et encore moins que son père se remarie avec ma mère. Il est venu une fois, quand elle était enceinte de moi, mais ça ne s'est pas bien passé.

– Alors tu ne le connais pas du tout ?

Pourtant, le père de Willa l'a envoyée passer plusieurs semaines ici, toute seule. Heureusement pour moi, Sofia est quelqu'un de bien. Mais comment Scott pouvait-il le deviner ?

– Je ne le connaissais pas avant, me corrige-t-elle. Pas pendant de nombreuses années. Aujourd'hui, enfin, j'ai l'impression de le connaître. La famille est importante pour moi, j'espère que tu en as conscience. Tu ne sais peut-être pas à quel point elle compte aussi pour mon mari. Mattias et moi… on ne peut pas concevoir d'enfant, malheureusement. Mais on a toujours su qu'on voulait une grande famille. D'après lui, c'est à cause de mon syndrome du bon Samaritain qu'on a choisi d'accueillir des enfants au lieu d'en adopter… alors qu'en réalité, c'est à cause de lui.

– À cause de Mattias ?

– Il n'a pas grandi très entouré. Il est passé d'une famille d'accueil à une autre, sans jamais rester longtemps nulle part. Alors il souhaitait donner à des enfants comme lui l'occasion de grandir comme il l'aurait voulu. Avec des animaux, de l'espace, de bons repas et de l'amour.

Je mâche mon gâteau pensivement. Luca, Rosa et Antonio ont eu de la chance de venir ici.

– Enfin bref, je te dis tout ça car c'est aussi Mattias qui m'a suggéré de contacter ton père, reprend Sofia avec un doux sourire. Il y a quelques années, juste après notre mariage, il m'a demandé pourquoi je ne lui envoyais pas simplement un e-mail. Mes parents étant décédés, Scott était la seule famille qui me restait. Alors je lui ai écrit. Je lui ai envoyé des photos du mariage, de la ferme, et je lui ai parlé de notre vie ici… puis j'ai attendu qu'il me réponde…

– Et il l'a fait, donc ?

Willa sait-elle tout ça ? J'en doute.

– Pas tout de suite. C'est environ un mois plus tard que j'ai reçu une réponse, avec une photo de famille… qui date un peu maintenant, bien sûr, ajoute-t-elle en m'examinant.

Je me raidis et mon cœur s'emballe alors que j'imagine Sofia en train de me comparer à la fille sur cette photo. J'espère qu'elle ne remarque pas les différences bien trop évidentes entre nous deux. Si c'est le cas, elle n'en dit rien. Heureusement pour Willa et moi, on est à un âge où on change vite.

– Ensuite, on s'est échangé des e-mails deux ou trois fois par an, poursuit Sofia. Jusqu'à Noël dernier, où les messages de Scott sont devenus plus fréquents. Il a arrêté d'envoyer des photos mais, à la place, il a posé beaucoup de questions sur notre père. Comment c'était d'avoir grandi avec lui, comment il était plus vieux, comment il est mort. S'il avait été heureux, ajoute-t-elle avec un sourire triste. J'ai compris ensuite qu'il essayait de prendre une décision à propos de son propre mariage. Quand il a quitté ta mère… tout s'est éclairci.

– Il en a beaucoup voulu à son père d'avoir abandonné sa famille quand il était plus jeune, je confie d'une voix lente au souvenir de ce que Willa a écrit dans son récapitulatif. Il n'arrivait pas à se résoudre à nous faire la même chose, à ma mère et moi.

– Exactement. En tout cas, quand il m'a écrit pour me demander si tu pouvais venir chez moi quelques semaines… j'étais aux anges. Ça voulait dire qu'on avait enfin renoué les liens.

Sofia passe un bras autour de mes épaules et me serre fort contre elle. J'essaie de sourire alors qu'en réalité, je m'inquiète pour tous ces messages qu'elle a échangés – et échange sans doute encore – avec le père de Willa. Luca a déjà mentionné plusieurs choses qu'ils ont apprises sur moi – ou plutôt, sur Willa – par son intermédiaire. Que leur a-t-il raconté d'autre ? Je dois vraiment me concentrer sur mon rôle. Et si je me trompais sur un point qu'ils connaissent et que moi, j'ignore ?

Sofia n'a pas conscience de mon bouillonnement intérieur.

– Et maintenant que tu es là, je suis encore plus heureuse, car je découvre enfin ma merveilleuse nièce.

Ses paroles font renaître mon sentiment de culpabilité. Sofia est gentille avec moi depuis le début, a répondu avec franchise à toutes mes questions… et moi, je lui mens à chaque instant.

Mais comment faire autrement ? Si j'avoue la vérité, Willa aura aussi des ennuis. Et moi, je devrai aller à Londres chez Mabel, qui saura tout ce que j'ai fait pour éviter de passer l'été avec elle. Je n'ai qu'une seule solution : mener à bien notre plan et retrouver Willa à l'aéroport d'Heathrow dans trois semaines. En attendant…

– Moi aussi, je suis heureuse d'être ici, tante Sofia, je déclare avant de tirer la pile de recettes vers moi. Bon, laquelle on prépare maintenant ?

WILLA

Le centre commercial Westfield est grand, mais pas aussi énorme que certains *malls* où je suis allée aux États-Unis. J'attrape un plan sur un stand à l'entrée et je parcours la liste des boutiques.

– Je crois qu'il y a aussi une bonne librairie quelque part par là, indique Mabel en jetant un coup d'œil par-dessus mon épaule.

Je suis sur le point d'éclater de rire et de lancer une remarque sarcastique quand je me rappelle soudain qu'Alice ne trouverait pas ça hilarant. Enfin, franchement, qui va dans un centre commercial pour acheter des livres ? Ah, oui… Alice et Mabel. Pff, je vais sans doute devoir passer une partie de ma précieuse matinée de shopping dans cette librairie, juste pour maintenir les apparences.

Pendant le trajet en métro, j'ai harcelé Mabel au sujet du budget. Il s'avère que le père d'Alice doit *vraiment* culpabiliser de l'avoir obligée à quitter l'Australie. Si la somme ne suffira pas pour m'offrir des marques, ce sera tout de même assez pour faire un gros trou dans les rayons d'H&M et me laisser encore largement de quoi acheter des soutiens-gorge qui ne me rentrent pas dans les côtes.

Alors que je flâne dans les boutiques, suivie de Mabel qui consulte ses e-mails sur son portable, je me souviens que dans trois semaines, quand je retrouverai Alice à l'aéroport de Londres, nous échangerons de nouveau nos valises et tous ces achats lui reviendront. D'une certaine façon, ça m'aide à faire mon choix, car ce n'est pas pour moi que je prends ces vêtements. Non, je crée une garde-robe pour interpréter le rôle d'Alice.

J'ai donc besoin d'habits qui ne soient pas *trop* éloignés de son style, mais simplement moins… affreux. Des tenues qu'elle porterait si elle était au courant de la mode actuelle. Ce qui pourrait arriver, avec un petit coup de pouce de ma part. En réalité, je suis peut-être la meilleure chose qui soit jamais arrivée à Alice Wright.

Je finis par choisir quelques tenues, ainsi que des soutiens-gorge et des chaussures. Pour rester fidèle au look « jean et tee-shirt » d'Alice, j'opte pour un jean slim et quelques jolis hauts (sans jeux de mots sur la vie marine), puis je me lâche sur les accessoires pour rendre les choses plus sympas. J'hésite longuement devant une imitation de sac de grande marque que j'avais repéré à Los Angeles, avant de reconnaître qu'Alice ne porterait jamais ça ; je le laisse donc sur l'étagère.

Malgré tout, avec les bijoux, les tongs à paillettes et le sac original sur lequel je me suis rabattue, ces tenues me ressembleront un peu plus. Et ces baskets à la mode me vont aussi mieux. Dans l'ensemble, cette virée shopping est un succès.

Je fais comme si je ne remarquais pas l'expression de pur soulagement sur le visage de Mabel quand elle paie et comprend que c'est terminé. J'ai un peu pitié d'elle. De toute évidence, elle n'aime pas faire les magasins (ce que j'avais déjà déduit de sa garde-robe), mais elle m'a suivie toute la matinée, a émis les murmures approbateurs qu'il fallait pendant mes essayages – avec un seul commentaire sur mon « changement de style » – et ne s'est pas plainte une seule fois.

– Ça te dit de passer à la librairie ? je demande en essayant de faire comme si je prononçais ce genre de phrase tous les jours.

Son visage s'illumine aussitôt.

– Super idée ! Ensuite, on pourra aller déjeuner avant de rentrer.

Nous déjeunons *très* tard, le temps que Mabel ait fini son tour de la librairie. Pendant que nous mangeons de la *street food* à l'un des stands, elle me parle (en détail) de chacun des quatre livres qu'elle a achetés. Je prétends avoir déjà lu tous les meilleurs titres de la section ado pour expliquer que je n'ai rien pris.

Je devrais peut-être me mettre à emporter un livre avec moi, comme un accessoire, pour ressembler davantage à Alice. La dernière chose que je voudrais, c'est que Mabel me croie déprimée parce que je ne lis plus et qu'elle en parle au père d'Alice.

Ce dernier s'investit beaucoup plus dans le séjour de sa fille à Londres que mes propres parents dans mon enfer italien. J'ai reçu un texto de Papa pour vérifier que j'étais bien arrivée, et un appel rapide de Maman pour s'assurer que ce n'était pas aussi terrible que le laissait croire mon message – enregistré seule dans ma chambre avec une couette sur la tête pour étouffer ma voix. À part ça, je n'ai pas eu de nouvelles d'eux depuis mon arrivée à Londres. Enfin, en dehors de leurs *posts* sur les réseaux sociaux et de quelques photos, respectivement du château d'Édimbourg et du plateau de Los Angeles à 5 heures du matin pour un tournage à l'aube. Comme d'habitude, leur travail est bien plus intéressant que tout ce que je peux faire.

En revanche, le fait d'être coincé au milieu d'un stupide océan n'empêche pas le père d'Alice de prendre des nouvelles de sa fille – et d'avoir des conversations à l'eau de rose, tard le soir, avec sa petite amie.

Après son premier appel, peu après mon arrivée à Londres, Alice et moi avons trouvé un système d'alerte. Bon, d'accord, c'est elle qui l'a trouvé.

Avec le décalage horaire et son travail sur le bateau, il devra appeler à heure fixe. Et je connais mon père, il a ses petites habitudes. Ce soir, il m'a appelée en premier, puis tu l'as entendu appeler Mabel, non ?

Elle n'a pas attendu ma réponse pour poursuivre :

Je parie qu'il fera pareil un soir sur deux pendant le reste de l'été. Tu ne devrais donc pas avoir de mal à éviter de lui parler quand il sera en ligne avec Mabel, puisqu'il m'aura déjà eue au téléphone. Assure-toi juste d'être dans ta chambre à l'heure où il m'appellera, au cas où il mentionne notre conversation à Mabel, et ça devrait aller.

Heureusement que le père d'Alice a une trop mauvaise connexion pour faire des appels vidéo, car les éviter aurait été difficile à justifier.

Après le déjeuner, nous rentrons chez Mabel en métro. Elle doit travailler à la maison cet après-midi – ce qui semble la faire culpabiliser beaucoup plus que nécessaire. Je lui ai dit que ça ne me posait pas de problème et que je prévoyais d'aller explorer le quartier.

Mais lorsque nous sortons de la station de métro la plus proche de chez elle, j'aperçois un visage familier depuis peu.

– Hal ! je crie en agitant le bras au-dessus de ma tête.

Il se retourne et regarde autour de lui.

À côté de moi, Mabel fronce de nouveau les sourcils devant son portable. Le travail, j'imagine. Je n'ai pas vraiment saisi tout ce qu'elle a raconté pendant le déjeuner (car je visualisais les tenues que je pourrais créer à partir de mes nouveaux achats et ce qu'elles donneraient, d'abord sur moi, puis sur Alice), mais apparemment, un projet de recherche sur lequel elle travaille rencontre des problèmes d'argent et la personne censée les résoudre est clairement nulle. D'où les e-mails affolés qu'elle n'arrête pas de recevoir.

Si Mabel m'annonce qu'elle doit retourner à l'université pour une nouvelle réunion, je vais avoir besoin de me divertir. En plus, Hal et moi devons discuter pour savoir comment il pourra me servir au mieux d'alibi pendant ma formation de théâtre.

Tous mes plans fonctionnent exactement comme je l'avais prévu.

TEXTOS

Alice : À L'AIDE !

Willa : Quoi ? Qu'est-ce qui s'est passé ? Je dois faire mes valises et disparaître avant que la police vienne m'arrêter pour avoir voyagé avec le passeport de quelqu'un d'autre ?

Alice : OMG, tu crois que ça pourrait arriver ? Je pensais qu'après avoir passé le contrôle des passeports, on était en sécurité… À ton avis, combien de lois on a déjà enfreintes ?

Willa : Alice, du calme, c'était une blague. De toute façon, on a moins de 16 ans, alors ils accuseraient sûrement nos parents.

Alice : C'EST ENCORE PIRE !

Willa : Bon, pourquoi tu m'envoies un texto en pleine journée si ce n'est pas une VRAIE urgence ? Je croyais qu'on se parlait ce soir ?

Alice : Voilà l'urgence.
Il y a un festival culinaire au village et ça commence par une grande fête demain soir. Tout le monde y va et Antonio a dit qu'il m'emmènerait faire un tour…

Willa : Antonio ? Le canon italien de 17 ans et 1m80 ?

Alice : Exactement.

Willa : Je ne vois vraiment pas où est le problème.

Alice : Alors tu n'as pas assez bien regardé. J'étais tout excitée pendant peut-être une demi-heure avant que la réalité ne me rattrape.

Alice : Qu'est-ce qui m'a pris d'accepter ? Enfin, de toute façon, ce n'est sûrement pas un rencard. Mais si c'en est bien un… qu'est-ce qui m'a pris ? Je ne peux pas sortir avec lui.

Alice : J'ai déjà rédigé une liste d'au moins dix choses qui pourraient mal tourner.

Willa : *emoji yeux au ciel*

Willa : Ça ne m'étonne pas. Alors, qu'est-ce que tu veux que j'y fasse ?

Alice : Dis-moi comment se passe un rencard. À quoi je dois m'attendre.

Alice : Et surtout…

Alice : … DIS-MOI QUOI PORTER !

Willa : Ah ! Ça, c'est dans mes cordes. D'ailleurs, je viens de t'acheter une nouvelle garde-robe que tu vas ADORER.

Alice : Sauf qu'elle est à Londres. Et moi, je suis en Italie.

Willa : Ce qui est encore mieux : comme ça, tu as la mienne.

Alice : Je ne comprends pas tes vêtements.

Willa : Qu'est-ce qu'il y a à comprendre ?

Alice : Comment je les assemble ? Je n'ai pas l'habitude de ton style !

Willa : Je sais. J'ai vu ta valise.

Willa : Attends, mais alors qu'est-ce que tu as porté ces derniers jours ?

Alice : Des trucs qui me paraissaient logiques. Comme un jean et un top.

Willa : Donc, en gros, ce qui se rapprochait le plus de ton propre style.

Alice : Ouais. J'ai essayé ta jupe à volants et ton top rouge, mais... ça s'est mal passé. Inutile d'en parler.

Willa : Tu ne sais pas apprécier ma garde-robe.

Willa : Mais parce que je t'aime bien (et que tu joues mon rôle en ce moment), je vais t'aider.

Alice : Merci ! Alors, qu'est-ce que
je dois porter pour impressionner
un garçon ?

Willa : C'est vraiment
nouveau pour toi, hein ?

Alice : Complètement.

Willa : Bon, commençons
par quelque chose de facile.
Va chercher ma jupe en jean. Celle
au bas effiloché, pas celle avec les
sequins. Elle est plus courte.

Willa : Et quand on aura
réglé le problème de ta tenue, il faudra
que tu m'appelles en vidéo pour que
je t'aide à te maquiller et te coiffer.

Willa : Après, on parlera un peu de moi,
parce que tu n'es pas la seule à avoir fait
de nouvelles expériences
cette semaine, tu sais.

Willa : OK ?

Willa : Alice ?

Alice : Quand tu disais « plus courte »,
tu ne plaisantais vraiment pas,
hein ?

ALICE

J'ai du mal à porter un panier rempli de gâteaux et à tirer sur ma jupe en même temps, mais, pour l'instant, je me débrouille. Willa n'a pas tout à fait la même notion que moi d'une tenue acceptable pour un festival culinaire de village. Seulement, maintenant que je lui ai demandé des conseils, je dois les suivre. Voilà pourquoi je porte sa minijupe en jean au bas effiloché et un top rouge vif qui découvre mes épaules.

– Rentre-le dans la jupe, m'a indiqué Willa en m'observant sur l'écran de sa tablette. Maintenant, ressors-le à moitié. Non, pas comme ça. Regarde.

Même après sa démonstration avec son propre haut devant la webcam, le mien n'a toujours pas la même allure.

– Ça fera l'affaire, a-t-elle soupiré. On passe à la coiffure. Après, le maquillage.

J'ai essayé à trois reprises la tresse hollandaise qu'elle m'avait faite dans l'avion, avant de renoncer.

– Bon, fais-toi une raie sur le côté et utilise le spray rose et or par-dessus, a fini par m'ordonner Willa.

J'ai obéi, les bras douloureux à force de les tenir au-dessus de ma tête pour tenter cette fameuse tresse.

– Maintenant, passe-toi les doigts dans les cheveux et ébouriffe-les un peu. Parfait !

En me regardant dans le miroir, j'ai été stupéfaite de voir de légères boucles tomber sur mes épaules. Mes cheveux ne font jamais ça. C'était magique. Et bien plus facile que les tresses hollandaises.

– Au tour du maquillage ! a alors annoncé Willa, l'air joyeuse.

J'ai beau avoir fixé la limite au kit à sourcils et au *contouring*, je suis beaucoup plus maquillée que d'habitude, avec un épais mascara noir, un brillant à lèvres assorti à mon top et même une touche d'eye-liner. Je lui ai assuré qu'avec ma tendance à devenir écarlate au moindre soupçon de gêne, le blush n'était *vraiment* pas nécessaire.

Le résultat final me fait plus que jamais ressembler à Willa – et moins à moi-même. J'espère juste arriver à conserver l'assurance qui va avec cette tenue pendant toute la soirée. Et ce malgré l'attitude de Luca, qui regarde Antonio, puis moi, et n'arrête pas de lever les yeux au ciel.

– Tu t'es mise sur ton trente et un pour mon frère ? demande-t-il alors que nous grimpons ensemble la colline en direction du village. Ou tu espères attirer l'attention d'autres garçons ?

Les yeux écarquillés, je jette un rapide coup d'œil à Antonio pour voir s'il a entendu. Étant donné qu'il ne se trouve qu'à quelques mètres devant nous, en pleine conversation avec Mattias, je suppose que c'est le cas, même s'il ne réagit pas. Je ravale la panique teintée de gêne qui monte en moi pour me concentrer sur mon rôle – Willa ne serait pas déconcertée par ce genre de commentaire, alors moi non plus.

– Ni l'un ni l'autre, je réplique d'un ton aussi léger que possible.

L'effet est un peu gâché par le tremblement de ma voix.

Je suis différente en Italie, pas seulement parce que je me fais passer pour Willa, mais aussi parce que tout ce qui fait de moi Alice a disparu. Je ne suis plus la fille intello d'un chercheur dont les camarades de classe pensent qu'elle va sûrement « mourir enfermée dans une bibliothèque ». Je ne suis plus celle qui ne va jamais aux fêtes ou qui déteste faire les magasins. Et surtout, je ne suis plus la fille qui a perdu sa mère.

Je suis quelqu'un de nouveau, ce qui est à la fois effrayant et génial.

Ce soir, je veux être le genre de fille qui va à un festival dans un village italien perché sur une colline sans se soucier du fait qu'elle ne parle pas encore assez bien la langue, ni trop réfléchir à ce qui se passera si quelqu'un essaie de discuter avec elle, ou encore sans paniquer à l'idée de dire quelque chose de gênant ou d'impoli dans son italien de débutante. Je ne veux pas être cette Alice qui a besoin de planifier toute la soirée ou de savoir exactement ce qui va se passer. Je veux être celle qui sourit, éclate de rire et apprécie chaque instant. Une Alice libre et spontanée, qui s'amuse sans devenir nerveuse, timide ou maladroite.

Je veux être le genre de fille avec qui Antonio – ou n'importe quel garçon, d'ailleurs – aimerait passer du temps. Celle qu'il invite à une fête car il veut y aller avec elle, et non par simple gentillesse envers la nièce de sa mère d'accueil. (Selon ma dernière théorie, Sofia lui a demandé de veiller sur moi au festival.)

J'ai passé les dernières vingt-quatre heures à imaginer comment Antonio me tiendrait la main pendant que nous ferions le tour des stands, ou se pencherait vers moi pour m'expliquer ce qu'ils vendent, ses lèvres contre mon oreille pour que je l'entende mieux par-dessus les bruits de la fête. Il se ficherait totalement du festival et voudrait simplement me voir en profiter. J'ai même imaginé qu'il m'embrasserait. Bien sûr, *jamais* je ne l'avouerai à Luca.

Je sais qu'Antonio ne me considère sûrement pas de cette façon. Mais cela pourrait changer, non ? Si je me lâche, si je ris, danse et m'amuse comme je n'ai jamais réussi à le faire en étant Alice, peut-être qu'il commencera à me voir autrement. Ou, au moins, qu'il oubliera l'incident des chaussettes dans mon soutien-gorge.

– Les gens sortent vraiment le grand jeu pour le festival, lance Luca, changeant de sujet à mon grand soulagement. L'année dernière, il y a eu des danses et de la musique jusqu'à 3 heures du matin. Et les gâteaux…, ajoute-t-il en secouant la tête. Je n'avais jamais rien goûté d'aussi bon.

Nous entendons déjà la musique alors que nous sommes à peine à mi-hauteur de la colline. Des guitares, des percussions et d'autres instruments que je n'arrive pas à reconnaître uniquement au son. C'est le début de la soirée. Le soleil, encore haut dans le ciel, descend lentement vers les murs en pierre du village, qu'il teinte de rouge, d'or et d'orange.

Rosa pousse un petit cri d'excitation et fait la roue sur l'herbe au bord du chemin pendant qu'Antonio tient son panier en plus du sien. Le sourire de Luca est plus grand que jamais, l'éclat de ses dents blanches ressortant sur sa peau bronzée.

C'est plus fort que moi. Je sens l'impatience tinter en moi comme des grelots sur une ficelle agités tous en même temps.

– Tu es prête, Willa ? demande Antonio en me tendant la main avec un sourire.

– Et comment !

Après avoir pris une profonde inspiration, je lui saisis la main en essayant de ne pas rougir au contact de sa peau sous mes doigts. Il ne peut pas voir mon cœur, alors je le laisse s'emballer.

Rosa avance en tête, suivie de Luca, puis Antonio et moi. Tous ensemble, nous franchissons la vieille arche en pierre pour accéder à la place principale. C'est alors que je m'arrête net.

Je n'étais pas préparée à ça. Ce que je découvre n'a *rien* à voir avec la kermesse d'été à laquelle je m'attendais. La chaleur des nombreux stands de cuisine me saute au visage tandis que la musique et les chants résonnent. Des drapeaux et décorations de toutes les couleurs sont accrochés à chaque balcon et corniche en pierre. Et au bout de la place, des gens dansent – des jupes chamarrées flottent et des souliers noirs martèlent les pavés.

Et surtout, partout des rires fusent et des sourires éclairent les visages. Tous les habitants, heureux d'être réunis, célèbrent leur village et leur histoire à travers leur amour de la gastronomie, de la musique et de la danse.

Soudain, les vêtements que j'ai choisi de porter à cette fête me semblent la chose la plus futile au monde.

– On rejoint les autres ? demande Antonio, l'air amusé.

Quand je lève les yeux vers lui, incapable de répondre autrement qu'en clignant des paupières, il sourit.

– Ça peut être un peu impressionnant la première fois qu'on découvre un festival comme celui-ci. Vous n'en avez pas de ce genre chez vous ?

– Non, pas comme ça. En tout cas, je n'y suis jamais allée.

D'autres personnes passent peut-être leurs week-ends à des fêtes comme celle-là pendant que je me terre dans ma chambre avec un livre. Voilà sans doute ce que je rate depuis toutes ces années. Mais plus maintenant.

Antonio et moi rattrapons Luca et Rosa, ce qui est sympa, même si j'avais plus ou moins espéré qu'on reste en tête à tête. Sofia et Mattias ont déjà distribué aux stands appropriés les plats que nous avons passé tout le week-end à préparer ; à présent, ils partagent un pichet de vin avec des amis, assis au centre de la place. Après les avoir salués de la main, nous nous frayons un chemin dans la foule et goûtons la nourriture de chaque stand, pour finir par nous arrêter au bout de la place, où joue l'orchestre.

Un flot de danseurs passent devant nous en tournoyant et virevoltant. Les femmes se déhanchent, les bras levés au-dessus de leurs têtes. Elles sont si belles, avec leurs jupes colorées qui flottent dans la brise.

Je ne suis pas une danseuse. Mes parents ont renoncé à me payer des cours de danse après le CP car je regardais toujours mes pieds et mâchonnais mes cheveux. Enfin, sans compter le fait que je n'ai pas le sens du rythme. Aujourd'hui, pourtant, même mes propres hanches commencent à se balancer sur les basses tandis que la musique m'envahit.

Je suis tellement concentrée sur la mélodie, les paupières mi-closes pour mieux la sentir, que je ne vois pas la danseuse qui se détache du groupe avant qu'elle ne m'attrape les mains. Les yeux écarquillés, je suis attirée dans le tourbillon, où j'aperçois Rosa avec une autre danseuse. La fillette tourne sur elle-même et chante à pleins poumons, la tête rejetée en arrière de bonheur.

Moi aussi, je veux ça. Cette joie. Rosa se fiche de son apparence, de qui la regarde ou du fait qu'elle puisse se ridiculiser.

Les danseurs ont entraîné avec eux plein de spectateurs qui semblent aussi perdus que moi. Peu importe. Cramponnée aux mains de ma partenaire, je la laisse me faire tournoyer jusqu'à ce qu'un autre danseur m'attrape et que le mouvement reprenne. Je tourne sur la place en riant si fort que j'ai du mal à respirer.

Je croise le regard de Luca lorsque je passe devant l'endroit d'où nous observions la danse. Occupé à battre le rythme du pied en tapant dans ses mains, il m'adresse un grand sourire. Je tombe dans les bras d'un nouveau danseur juste au moment où la musique s'arrête triomphalement.

Le souffle court, je me dégage de la troupe pour retourner dans le public avant que l'orchestre ne recommence à jouer. J'ai besoin d'un instant de repos ! Rosa, en revanche, continue de danser, même sans musique. Et Antonio…

– Où est Antonio ? je demande à Luca en scrutant la place à sa recherche.

– Oh, il a retrouvé une… amie, répond-il sans me regarder dans les yeux.

Je comprends aussitôt pourquoi.

Son frère n'est pas parti loin, juste dans une petite ruelle derrière le stand le plus proche. Où il embrasse une belle danseuse brune. Bien sûr.

Tout mon corps me brûle et ma poitrine se serre. Je ne peux pas me retourner vers Luca, car je ne supporterai pas de le voir se moquer de moi. Quelle petite idiote d'avoir espéré, ne serait-ce qu'un instant, qu'Antonio ait des vues sur moi !

Je le savais. Je me suis répété, en boucle, que ce n'était pas un rencard. Mais apparemment, mon cœur plein d'illusions ne m'a pas crue. Jusqu'à maintenant.

WILLA

Évidemment, Hal est le premier à me mettre des bâtons dans les roues.

– Je ne peux pas passer mon été à te servir d'alibi, Willa.

– Alice, je le corrige en jetant un coup d'œil autour de nous.

Par chance, personne d'autre dans le parc près de chez Mabel ne semble prêter attention à deux adolescents assis dans l'herbe à l'ombre d'un grand arbre.

– Et pourquoi pas ?

– Euh… parce que j'ai ma propre vie ?

J'essaie de ne pas avoir l'air trop surprise par cette révélation.

– Alors, qu'est-ce que tu feras quand tu ne seras pas mon alibi ?

Je ne voudrais pas le déranger dans ses activités importantes, les jeux vidéo ou ce que peuvent bien faire les garçons comme lui pendant l'été. Ce serait *terrible.*

Hal détourne le regard, de toute évidence gêné. Je le savais. En réalité, il n'a rien de prévu.

– J'ai été accepté à un super stage scientifique, finit-il par répondre. C'est tous les après-midi de la semaine prochaine, sur un campus de l'université à l'autre bout de la ville.

– Où, exactement ?

Un nouveau plan germe déjà dans mon esprit.

Hal sort son portable, ouvre l'application Maps et affiche l'emplacement en quelques clics. Je lui prends le téléphone et, avec un sourire, j'agrandis la carte juste assez pour faire apparaître le théâtre où se tiendra ma formation. Il ne doit pas être à plus de cinq ou dix minutes de marche du campus.

– Parfait !

Hal reprend son portable, perplexe.

– Pourquoi je sais déjà que je ne vais pas aimer l'idée que tu as en tête ?

Pour lui rendre justice, je dois reconnaître qu'il n'a pas mis beaucoup de temps à comprendre comment fonctionne l'amitié avec moi. Petit malin !

Je lui adresse tout de même mon sourire le plus innocent dans l'espoir que ça l'incite à continuer de jouer le jeu.

– Je suis inscrite à une formation de théâtre juste à côté, trois après-midi par semaine pendant quinze jours.

– Toi ou Alice ?

– Moi, personnellement.

Je lève les yeux au ciel. Ce n'est quand même pas si compliqué. Et pourquoi Alice voudrait-elle suivre des cours de théâtre ?

– D’accord, et donc ?

Penchée en avant, les coudes sur les genoux, je m’assure d’avoir toute son attention avant de partager mon plan.

– Donc on va raconter à Mabel que je vais suivre ce stage scientifique avec toi la semaine prochaine, alors qu’en fait j’irai en douce à ma formation.

– Ça... pourrait marcher, je suppose, admet-il. Sauf que mon stage ne dure qu’une semaine. Qu’est-ce qu’on fera la deuxième ?

– On trouvera une solution, je réponds en haussant les épaules.

Hal tripote nerveusement la bretelle de son sac à dos. J’ai l’impression que c’est un planificateur, comme Alice.

– Rappelle-moi pourquoi je t’aide, déjà ? demande-t-il.

– Parce que Alice t’en sera vraiment très reconnaissante.

Ce qui n’est pas *tout à fait* un mensonge : elle lui sera reconnaissante de ne pas nous avoir dénoncées, au moins.

– Tu lui as dit que tu me voyais ?

– Bien sûr !

– Qu’est-ce qu’elle a répondu ?

Hal semble bien plus enthousiaste qu’il ne l’était à l’idée de traîner avec moi cet été.

Je cherche un moyen de reformuler le commentaire d’Alice pour le convaincre de continuer à nous aider. Lui répéter ses paroles exactes – « *Hal et toi, ensemble cet été* ? *Ça devrait être... intéressant* » – ne suffira sans doute pas.

– De te dire merci, et qu'elle a vraiment hâte de te revoir bientôt.

Je saute sur mes pieds et lui tends la main pour l'aider à se relever. Il se laisse faire avec un grognement.

– Allez, viens, on va voir Mabel pour lui parler de ce stage.

*

Comme je m'y attendais, Mabel est ravie par mon plan. Enfin, elle a posé beaucoup de questions (auxquelles j'ai laissé Hal répondre) et nous avons dû tout planifier – les trajets aller et retour, le point de rendez-vous, etc. Mais dans l'ensemble, elle est clairement favorable à l'idée. J'ai le sentiment qu'elle va travailler beaucoup plus que prévu pendant mon séjour, et, grâce au stage, elle n'aura pas à se soucier de me divertir vingt-quatre heures sur vingt-quatre. Évidemment, ça aide qu'une formation scientifique soit tout à fait le genre d'activité à laquelle Alice s'inscrirait.

– Oh, ton père va être tellement content pour toi ! s'exclame Mabel, tout excitée. Tu lui enverras un texto pour le prévenir ? Il voudra sûrement t'appeler pour en parler avec toi dès qu'il le pourra.

– Bien sûr.

Je note dans un coin de ma tête d'envoyer un message à Alice pour lui demander d'annoncer la bonne nouvelle à son père. Sans lui parler tout de suite d'Hal.

Le plus important, c'est que je vais commencer ma formation à l'Old Row Theatre lundi. D'ici la fin de l'été, j'aurai un rôle dans *Heatherside*, et mon père sera de retour dans ma vie à plein temps. Tout sera parfait.

ALICE

Je ne veux pas réellement fuir les autres. Et je ne veux clairement pas qu'ils me sachent bouleversée d'avoir vu Antonio embrasser une autre fille. Mais je sais ce que signifie ce serrement dans ma poitrine et mon souffle court.

Après la mort de Maman, j'ai commencé à faire des crises d'angoisse deux ou trois fois par semaine. Elles avaient tendance à arriver quand je prenais conscience que j'étais toute seule et perdue. Au fil du temps, j'ai appris à mieux les gérer, jusqu'à passer parfois des mois entiers sans aucune crise. Même lorsqu'elles surviennent, je sais maintenant comment réagir.

Ces derniers temps, elles arrivent quand j'ai la tête trop remplie, que toutes mes pensées se mélangent et tournent dans mon esprit, trop vite pour que je parvienne à les saisir. Comme en ce moment.

Idiote ! Comment as-tu pu croire qu'Antonio s'intéressait à toi ? Tu pensais que porter une minijupe changerait quoi que ce soit ? Tout le monde va se moquer de toi, maintenant. C'est sûrement le cas depuis le début. Willa ne se serait jamais fourrée dans cette situation. Ils ne vont pas tarder à comprendre que tu n'es pas elle et à te renvoyer à Londres. Et quelles sont les chances pour que Mabel veuille de toi après tout ça… ?

J'inspire profondément. Je dramatise. Il ne s'est rien passé, en réalité. Personne n'est mort.

Le monde continue de tourner, Alice. Il y aura toujours des jours meilleurs. De nouveau la voix de ma mère.

Je cligne des yeux pour refouler mes larmes et prends une nouvelle inspiration. Les battements de mon cœur commencent enfin à retrouver un rythme proche de la normale et je n'ai plus l'impression que ma poitrine est projetée contre des rochers par les vagues.

C'est un bon début. Maintenant, il me faut juste quelques minutes pour me ressaisir. Pour redevenir Alice, au lieu de cette pseudo-Willa que j'ai essayé d'être ce soir. Peu importe ce que croient les autres, je ne suis vraiment pas Willa et ce ne sont pas de nouveaux vêtements qui vont pouvoir changer ça.

Luca me retrouve, réfugiée sur le perron de la banque au bord de la place. Je me raidis dans l'attente de l'inévitable moquerie.

Mais il ne rit pas.

– Ça va ? demande-t-il en s'asseyant sur la marche à côté de moi, à quelques centimètres de distance.

– Oui, je mens. Je suis juste devenue un peu claustrophobe avec tous ces gens. J'avais besoin d'air.

– Alors tu t'es cachée dans un coin sombre entouré par trois murs et un stand. C'est logique.

Je ne sais pas quoi répondre.

– C'est à cause de mon frère ?

– Ça n'a rien à voir avec Antonio, je te le promets.

– D'accord, concède-t-il, manifestement sceptique.

– Vraiment. Ce n'est pas comme si je croyais avoir un rencard avec lui.

– C'est pour ça que tu es tout apprêtée et que tu lui as tenu la main ?

Les paroles de Luca laissent transparaître une colère frémissante, que je prends instinctivement pour moi. Puis je vois le regard noir qu'il lance vers la place, à l'endroit où j'ai aperçu Antonio pour la dernière fois. Il est furieux contre son frère.

– Ce n'est pas pour lui que je me suis habillée comme ça, j'explique. Enfin, pas vraiment. D'accord, c'était sympa qu'il m'invite, mais je savais que c'était juste amical. En fait, je me suis dit que Sofia le lui avait sûrement demandé.

– Elle ne ferait jamais ça, réplique Luca en secouant la tête. Elle voulait probablement juste qu'il t'aide à t'intégrer. Seulement Antonio ne sait pas parler aux filles sans flirter.

– En tout cas, j'insiste avec un sourire, je savais que ce n'était pas un rencard.

Je ne dois pas l'oublier. Ce n'est pas la faute d'Antonio si j'ai nourri des espoirs insensés.

– Sauf que tu étais triste quand tu l'as vu embrasser Maria.

C'est donc le nom de cette fille.

– C'est sa copine ?

– Je ne crois pas, répond Luca avec un haussement d'épaules. Juste une fille de son lycée. C'est difficile à dire avec lui.

Il se redresse et s'appuie sur ses mains, les jambes tendues devant lui.

– Alors, si ce n'était pas pour mon frère, pourquoi cette tenue ?

Les joues rouges, je tire de nouveau sur la jupe en jean de Willa.

– Une amie à moi... Alice... n'arrête pas de me répéter que je devrais un peu mieux m'habiller. Quand je lui ai parlé du festival, elle a insisté pour choisir ma tenue. Et voilà le résultat.

Je détourne le regard pour me concentrer sur le bout de mes tennis en toile.

– J'essayais d'être quelqu'un d'autre, j'imagine. De lui ressembler.

L'espace d'un instant, quand je dansais, j'ai eu l'impression d'être une tout autre personne. Pas Alice, mais pas non plus Willa. Juste quelqu'un de libre.

Maintenant que je suis de nouveau « Alice qui se fait passer pour Willa », je me sens soudain dépassée.

Même si j'ai la gorge serrée et les larmes aux yeux, je refuse de pleurer devant Luca. Je refuse. Je refuse…

– Tu pleures ?

– Non. (Mensonge absolu.) Peut-être.

Il passe un bras timide autour de mes épaules, si léger que je le sens à peine.

– Je suis désolé que mon frère soit un idiot.

Je laisse échapper un faible éclat de rire.

– Ce n'est pas Antonio. C'est juste que… je me dis parfois que je n'aurais jamais dû venir en Italie.

Si je n'avais pas échangé ma place avec Willa, je ne mentirais pas à tous ces gens que j'apprécie et je n'essaierais pas d'être quelqu'un que je ne suis pas.

Luca me tapote maladroitement l'épaule, ce qui me fait de nouveau sangloter.

– Ma mère me conseillait quelquefois, quand j'étais triste, de penser à un moment ou à un lieu où j'étais heureux, et de m'imaginer là-bas. (C'est la première fois qu'il parle de sa mère.) Tu pourrais peut-être essayer ? suggère-t-il.

Je hoche la tête et ferme les yeux, à la recherche d'une pensée plus agréable, d'un moment plus heureux. Ce qui me ramène à ma propre mère, bien sûr, me racontant l'histoire d'une cascade capable d'effacer tous les soucis. J'avais prévu d'en parler à Antonio ce soir, et même de lui demander s'il voudrait bien m'aider à la trouver.

– Tu fronces les sourcils, remarque Luca. C'est censé te remonter le moral. Tu t'y prends mal.

– Non, je réplique en rouvrant les yeux. Je pensais juste à ma mère. Elle m'a parlé d'une cascade, quelque part en Italie, où elle a toujours voulu aller, et qui s'appelle... (Je fouille ma mémoire à la recherche du nom, puis je me force à articuler les mots italiens inconnus.) Cascada del Fuga ?

– Cascata della Fuga, me corrige Luca. Ce n'est pas très loin d'ici.

Je me redresse brusquement, oubliant mes larmes et Antonio.

– C'est vrai ?

Je l'ai cherchée sur Internet, une fois ou deux, sans aller très loin. Les seuls sites que j'ai trouvés étaient en italien, et les traductions plus qu'inutiles.

– Bon, pas tout près non plus. Attends.

Luca sort son portable de sa poche et affiche l'un des sites qui m'avaient laissée perplexe.

– C'est à environ deux heures et demie d'ici, annonce-t-il après avoir parcouru quelques pages. Il faut sûrement prendre plusieurs bus et marcher un peu, mais on pourrait y aller. Enfin, si tu veux la voir.

– On ? je m'étonne en levant les yeux vers lui.

– Tu risquerais de te perdre toute seule, répond-il avec un haussement d'épaules. À part pour commander des glaces, tu as encore des progrès à faire en italien.

– Pas faux.

J'essaie d'imaginer Antonio me proposer d'aller voir une cascade à deux heures et demie d'ici juste parce que j'en aurais parlé. Sans succès.

– Si ça ne t'embête pas…, j'ajoute, un sourire timide aux lèvres. J'aimerais vraiment y aller. Ça compterait beaucoup pour moi.

Je me sens tout excitée à l'idée de voir enfin la cascade de Maman.

– Bien ! se réjouit Luca. Alors on va commencer à organiser ça. Je vais regarder les itinéraires des bus…

– Demain, je l'interromps alors qu'il se repenche sur son portable. Pour l'instant, je veux voir s'il reste des gâteaux au citron de Sofia.

– Ça m'étonnerait.

Luca rempoche son téléphone, l'air soulagé que je ne pleure plus. Moi aussi, pour être franche.

– Ce sont les meilleurs ici.

– Allons quand même vérifier.

Tandis que nous traversons la place en direction du fameux stand, je ne pense absolument pas à manger. Je songe plutôt à une cascade capable d'effacer tous les soucis et toutes les crises d'angoisse.

WILLA

Lundi matin, bouillonnante d'excitation, je choisis ma tenue avec soin : un jean slim et l'un des tee-shirts comiques d'Alice par-dessus un petit top. (Évidemment, je rangerai le tee-shirt dans mon sac dès que Mabel sera hors de vue.) Je fais aussi bon usage du maquillage acheté pendant notre matinée de shopping. J'ai conservé un look proche de celui d'Alice, crédible et plutôt neutre, mais j'emporte tout un tas de produits pour passer au niveau supérieur avant mon arrivée au théâtre. Là-bas, je serai de nouveau Willa, et plus Alice. La vraie, la pure et dure Willa. J'ai hâte.

L'après-midi, Mabel paraît amusée alors qu'elle m'accompagne à la station de métro pour retrouver Hal.

– Je crois que je n'ai jamais vu quelqu'un d'aussi excité par un stage scientifique. Pourtant, j'étais la parfaite intello à l'école.

Je hausse les épaules et tente de prendre un air un peu plus désinvolte.

– C'est juste sympa de faire quelque chose de productif pendant l'été, je réplique vertueusement, de ma meilleure voix d'Alice.

Hal nous attend déjà devant l'entrée. Après avoir passé l'itinéraire en revue une dernière fois, Mabel nous dit au revoir de la main et nous descendons dans la station de métro.

Je trouve une place dans la première rame qui arrive. Hal s'assied en face de moi, l'air nerveux.

– Ça va bien se passer, je l'assure en fouillant dans mon sac à la recherche de mon kit à sourcils. J'ai tout prévu.

Pour une raison que j'ignore, ça le rend encore plus nerveux. Mais j'avais raison. Nous arrivons à notre station largement à temps et je le pousse sur le campus de l'université avant de retirer le tee-shirt d'Alice. Puis je sors mon portable pour revérifier l'itinéraire jusqu'au théâtre.

J'ai beau être en avance, je ne suis pas la première – en réalité, je fais même partie des derniers. Apparemment, tous les autres sont aussi impatients que moi. Pendant que nous attendons de nous présenter à une fille aux cheveux bleus assise à une table dans le foyer, je jauge la concurrence.

Il y a un groupe de quatre filles, peut-être âgées d'un an de plus que moi, sûrement des amies d'après leurs tenues assorties. Je ne compte que deux garçons. Le premier, appuyé avec assurance contre la rampe de l'escalier, regarde ses dents dans la caméra à selfie de son portable. L'autre, plus petit et plus mince que moi, avec une tignasse rouge vif – pas rousse, mais teinte en rouge –, fouille dans sa sacoche. Ensuite, il y a cinq autres filles, de treize à seize ans environ, qui semblent toutes un peu nerveuses – vous savez, les yeux écarquillés devant les affiches du théâtre, ou fixés sur leurs pieds pendant qu'elles rongent leurs ongles vernis. À mon avis, personne ne posera de problème.

C'est enfin à mon tour de me présenter.

– Bonjour, je suis Willa Martyn, je déclare en remettant mon formulaire.

Ce nom me paraît encore plus étrange qu'il ne le devrait. Je me suis presque habituée à être Alice ces derniers jours. Mais je n'ai jamais été Willa Martyn. (Si mes parents divorcent et que Papa me renie totalement, est-ce que je serai obligée de prendre le nom de jeune fille de Maman ? Comment ça se passe, d'habitude ?) Ma mère était déjà mariée quand elle a percé dans le milieu et tout le monde la connaît depuis le début sous le nom de Sarra Andrews, et non Sarra Martyn.

– Willa... Willa... Hmm, il est indiqué ici que ton inscription a été annulée.

La fille aux cheveux bleus lève les yeux vers moi, un doigt pointé sur le gros X à côté de mon nom sur la liste. Non. Non, ce n'est pas possible. Pas après tout ce que j'ai traversé pour en arriver là. Maman a dû leur écrire ou les appeler sans m'avertir. Eh bien, je vais devoir parlementer pour m'en sortir, comme je l'ai fait pour y entrer.

– Billie, je commence en lisant le nom sur son badge, croyez-moi, jamais je n'aurais renoncé à l'opportunité d'être ici cet été ! Regardez mon formulaire. Je l'ai rempli le jour de l'ouverture des inscriptions. C'est mon rêve d'être ici. D'ailleurs, j'ai fait le voyage depuis Los Angeles pour ça.

Billie regarde la liste, les sourcils froncés.

– C'est *peut-être* une erreur.

Je hoche la tête vigoureusement.

– Oui, c'est certain.

– Bon, on a eu un désistement de dernière minute ce matin et je n'ai pas encore appelé la première personne sur la liste d'attente, alors il reste une place pour toi. (Mon cœur se soulève, puis retombe comme une pierre en entendant la suite.) Il faut juste qu'on parle à tes parents ou à ton tuteur pour confirmer ton inscription.

Je n'ai jamais réfléchi aussi vite qu'à cet instant précis, tandis que la fille tend la main vers le téléphone.

– Billie, je lance à voix basse. Vous savez qui sont mes parents ? Croyez-moi, ils sont un peu trop occupés en ce moment pour gérer une histoire aussi insignifiante.

Devant son air sceptique, je sors mon portable et j'ouvre le fil Twitter de Maman, que je fais défiler jusqu'à la dernière photo de nous deux. Puis je la montre à Billie.

Ses yeux s'écarquillent lorsqu'elle me reconnaît – et, surtout, qu'elle reconnaît Maman.

– Mais il est indiqué ici que tu t'appelles Martyn, pas Andrews.

– Le nom de jeune fille de ma mère, j'explique avec un petit haussement d'épaules. Je voulais être acceptée pour mon propre mérite, pas grâce au nom de mes parents. Maintenant que je suis là… Je pourrais appeler ma mère, seulement elle est en tournage à Los Angeles et son planning est super chargé. Mon père, lui, monte sur scène à Édimbourg cet après-midi, alors…

– Oui, bien sûr.

Billie m'imprime rapidement un badge et me le remet.

– Ça ira, j'en suis certaine, ajoute-t-elle.

– Merci beaucoup, je réponds avec mon plus beau sourire. Si je peux faire quoi que ce soit pour vous…

J'entends par là : « si mes *parents* peuvent faire quoi que ce soit », et elle le sait. Impossible qu'elle me dénonce, maintenant.

– Bon stage, conclut Billie, l'air beaucoup plus heureuse qu'un instant plus tôt.

– Oh, il le sera !

J'accroche mon badge à la poche de mon jean, pour ne pas abîmer mon top, puis je m'éloigne du bureau.

Soudain, une imposante silhouette apparaît en haut de l'escalier, vêtue d'une veste en velours orange vif ouverte sur une chemise blanche à volants. Vincent Paloma, notre metteur en scène.

– Ah, mes comédiens en herbe ! Tout le monde est là, Billie ? Non, je remarque déjà quelques exceptions notables.

Je regarde autour de moi, puis vers la porte. Il manque des gens ? Des gens qu'il connaît déjà ?

– Elles ne vont pas tarder, j'en suis sûr, poursuit M. Paloma. Bon, si vous voulez bien me suivre, nous allons commencer votre initiation à la scène.

*

Vincent Paloma (« Appelez-moi Vincent », nous dit-il) est une star nationale de théâtre et de cinéma – du moins selon son autobiographie, dont j'ai lu des extraits sur Internet. Il a joué dans des feuilletons de la BBC, des pièces de Shakespeare, des pièces pour la radio, des films prétentieux (il y a une vingtaine d'années pour la plupart) et, plus récemment, des pantomimes. D'après Maman, il avait du talent, mais à présent, il se cantonne surtout à l'enseignement. À l'époque, je ne savais pas très bien ce qu'elle insinuait. Je comprends mieux maintenant que je l'ai rencontré.

L'essentiel, c'est qu'il connaisse le milieu. Il a des contacts, de l'expérience, et fait venir la directrice de casting d'*Heatherside* dans deux semaines pour nous voir jouer. Alors, franchement, peu importe s'il est plus impressionné par sa propre personne que je ne le suis.

Du moins, c'est ce que je me dis.

Nous nous asseyons tous dans la petite salle de théâtre, côté public, pendant que Vincent arpente la scène en nous délivrant son discours de bienvenue (en gros, un résumé des parties les plus passionnantes de son autobiographie, d'après ce que j'en sais).

Puis il cesse de faire les cent pas pour se planter au milieu de la scène et nous fixer. Soudain, les lumières s'éteignent et un unique projecteur éclaire son visage. En levant les yeux vers le fond de la salle, je vois les cheveux bleus de Billie briller à travers la vitre de la cabine de régie, où elle manœuvre le projecteur.

– Avant tout, vous êtes là pour apprendre de moi. Je me donne comme mission de vous transmettre tout ce que vous avez besoin de savoir pour faire carrière dans ce milieu capricieux, déloyal mais fabuleux que nous appelons le show-biz.

Nous restons silencieux, les yeux toujours rivés sur lui, jusqu'à ce que des applaudissements retentissent dans les coulisses. Avec un peu de retard, nous applaudissons à notre tour tandis qu'une magnifique rousse, pas beaucoup plus âgée que moi, monte sur les planches, suivie de deux filles tout aussi superbes.

– Bien dit, tonton Vinnie, lance la rousse en serrant Vincent dans ses bras. On a tous conscience du *privilège* qu'on a d'être ici, j'en suis sûre. Voici les amies dont je t'ai parlé, ajoute-t-elle avec un geste de la main vers les autres filles. Elles peuvent se joindre à nous, n'est-ce pas ?

– Bien sûr ! Je ferais n'importe quoi pour ma filleule préférée.

– Alors que nous, on a dû passer une audition, remplir des formulaires interminables *et* payer pour ce privilège, marmonne la fille à côté de moi – Daisy, d'après son badge.

Je hoche la tête. Au même moment, Vincent fait signe à sa filleule et ses amies de nous rejoindre.

– Bon, reprend-il en frappant dans ses mains au moment où les lumières se rallument. Nous allons commencer par des exercices d'échauffement. Tout le monde sur scène, s'il vous plaît !

*

À la fin de mon premier après-midi au théâtre, j'ai appris trois choses :

1. Je déteste les jeux de confiance.

2. Tuppence, la filleule de Vincent, est déjà allée dans la meilleure école de théâtre de Londres, tout comme ses amies, alors je ne vois pas pourquoi elles doivent s'incruster à mon stage d'été.

3. Si la directrice de casting d'*Heatherside* ne venait pas nous voir à la fin de notre deuxième semaine, je me demanderais si cette formation en vaut vraiment la peine.

Ce dernier point est renforcé par la découverte d'Hal, assis recroquevillé contre le mur devant l'entrée des artistes quand je sors à 18 heures.

– Qu'est-ce que tu fais là ? Je croyais qu'on se retrouvait à la station de métro ?

J'ignore les ricanements derrière moi lorsque Tuppence et ses amies sortent à leur tour du théâtre.

– Elle parle à un *S. D. F.* ? j'entends l'une d'elles lancer avec un amusement exagéré.

Hal se lève avant qu'elles ne puissent lui donner cinquante centimes pour une tasse de thé.

– On *devait* se retrouver à la station. Avant que je réalise que mon stage se termine une heure avant le tien.

– Tu ne pouvais pas simplement traîner à la fac ?

– C'est ce que j'ai fait !

Il commence à s'agiter. Ce n'est pas bon signe.

– Mais il s'avère que Mabel visitait justement ce campus aujourd'hui !

– Quoi ? Qu'est-ce qu'elle fabriquait là-bas ? Qu'est-ce qui s'est passé ?

Si Mabel découvre que je lui ai menti au sujet du stage scientifique, ça change la donne. Hal est-il aussi bon menteur si je ne suis pas là en renfort ? Et s'il avait déjà vendu la mèche ?

– Je ne sais pas ce qu'elle faisait là-bas parce que je me suis caché, bien sûr !

Les battements de mon cœur retrouvent peu à peu leur rythme normal.

– Alors elle ne t'a même pas vu ? Sérieux, tu as failli me filer une crise cardiaque !

Je balance mon sac sur mon épaule et me dirige vers la station de métro.

– Elle ne m'a pas vu *cette fois*, me corrige Hal en courant derrière moi. Et si elle repasse sur le campus un autre jour ? Ou chaque jour ? Je ne peux pas me réfugier à chaque fois dans les toilettes des filles pour l'éviter.

– Tu t'es caché dans les toilettes des filles ? Et si c'était là qu'elle allait ?

– Je n'y ai pas pensé sur le moment, admet Hal. Et si elle passe nous voir et que tu n'es pas là ?

– Tu bluffes, je réponds avec un haussement d'épaules.

– Je quoi ?

– Tu *mens*, Hal. Tu lui racontes que je suis sortie faire une course pour le prof, ou partie aux toilettes. N'importe quoi.

Il n'a pas l'air très à l'aise avec cette idée.

– Et si Mabel décide de t'attendre ?

– Ça m'étonnerait, je réplique en y réfléchissant bien. Quand je lui ai parlé de ce stage, elle m'a dit un truc du genre : « C'est ta grande aventure londonienne. » Elle n'aura pas envie de me coller.

– Et dans le cas contraire ? insiste Hal.

– Alors il faudra que tu me couvres.

Cette perspective ne semble pas non plus le réjouir. Je lui rappelle donc pourquoi il fait tout ça :

– Pour Alice, bien sûr.

Il soupire.

– Et qu'est-ce que je fais pendant l'heure qui suit la fin de mon cours ? Si Mabel te retrouve à la station de métro tous les soirs, je dois y être avec toi, non ? Elle sait que mon père habite juste à côté. Et je ne peux pas prendre le risque qu'elle me voie à la fac sans toi après la fin du stage. Je ne mens pas assez bien pour ça.

– Viens au théâtre, je suggère. Tu pourras y traîner en m'attendant, et puis on rentrera ensemble.

– Ça ne les dérangera pas ?

Pour être franche, je n'en sais rien. Mais une chose est sûre, on trouvera une solution.

– Tout ira bien. Bon, plus important encore : qu'est-ce que *moi* je vais faire pendant que tu es à la fac demain après-midi ?

Les mardis et jeudis, le théâtre accueille un cours d'art dramatique pour les enfants de sept à douze ans, tandis que nous autres, les plus âgés, l'occupons les trois autres jours de la semaine.

– Parce que je ne vais *certainement* pas t'accompagner à ton stage scientifique.

TEXTOS

Willa : Alors, comment s'est passé ton rencard ?

Alice : Ce n'était pas un rencard.

Alice : Et on l'ajoute à la liste des choses dont on ne reparlera jamais.

Willa : Si bien que ça, hein ?

Alice : Pire encore. Et ton stage de théâtre ? À la hauteur de tout ce qu'on a dû faire pour que tu y assistes ?

Willa : Ça reste à voir.

Willa : Hal a failli tout faire capoter avec Mabel.

Willa : Heureusement, j'ai tout arrangé.

Alice : Je n'arrive pas à croire que tu l'aies convaincu de te servir d'alibi.

Alice : Comment tu t'y es prise ?

Willa : Je te l'ai dit ! Il a complètement flashé sur toi…

Alice : J'espère que tu te trompes là-dessus.

Alice : Flasher sur quelqu'un, ça craint.

ALICE

Il nous faut plusieurs jours de préparatifs, à regarder des cartes et des itinéraires de bus sur mon ordinateur portable, pour trouver comment arriver à notre destination. Grâce aux talents de traducteur de Luca, nous avons maintenant toutes les informations nécessaires. Je sauvegarde l'une des photos du meilleur site Internet sur mon téléphone pour la mettre en fond d'écran, à la place de celle de Willa avec sa mère.

Je reste peut-être Willa pour tout le monde en Italie, mais je dois aller à la Cascata della Fuga en tant qu'Alice, sinon à quoi bon ?

La nuit, allongée dans mon lit, je me souviens de tout ce que m'a raconté Maman sur cette cascade magique – c'est-à-dire pas grand-chose, pour être franche, puisqu'elle n'y est jamais allée. Elle en avait seulement entendu parler par des amis qui l'avaient vue. Pour moi, ces récits ont néanmoins suffi à en préserver la magie.

– Est-ce qu'on va dire à Sofia où on va ? je demande à Luca, occupé à noter les horaires de bus affichés sur l'écran. Ce voyage va sûrement nous prendre toute la journée.

Il réfléchit en mâchonnant le bout de son stylo.

– On peut lui dire qu'on prend le bus pour Lunice, la ville voisine du village, répond-il au bout d'un moment. Ce n'est pas tout à fait un mensonge, puisqu'on va y passer. On va juste prendre un autre bus après. De toute façon, j'ai déjà fait ce trajet plein de fois, donc ça ne l'inquiétera pas trop. Sinon, elle demandera peut-être à Antonio de nous accompagner.

Je grimace, car je n'ai vraiment pas envie qu'il vienne.

L'avantage de ma crise d'angoisse au festival : voir Antonio embrasser Maria semble avoir balayé mon coup de foudre pour de bon. Depuis cette soirée, c'est comme si je voyais de nouveau clair. À mes yeux, Antonio n'est plus qu'un garçon ordinaire, et non si supérieur à moi et à tous les autres. Je suis à la fois soulagée et triste.

– D'accord, alors on prend juste des affaires comme si on allait à Lunice. C'est facile.

– Par contre, il faudrait que tu mettes des baskets, me conseille Luca en baissant les yeux sur mes tongs, ou plutôt celles de Willa. À la fin, c'est une vraie randonnée.

– Ne t'inquiète pas pour moi.

Willa n'est peut-être pas une grande marcheuse, mais j'ai exploré plus de sentiers de falaises et de grottes marines avec mon père que Luca l'imagine.

– Assurons-nous juste d'emporter assez d'eau.

– Et de quoi grignoter, ajoute-t-il. C'est important.

*

La première partie de notre voyage se déroule sans incident.

Nous avons décidé de partir jeudi. D'abord parce que c'est l'un des deux uniques jours de la semaine où les deux bus dont nous avons besoin circulent. Ensuite parce que Rosa a déjà prévu d'aller chez une amie ce jour-là, alors elle ne pourra pas nous supplier de la laisser nous accompagner. J'ai beau apprécier la fillette, emmener une enfant de huit ans en randonnée jusqu'à une cascade ne serait pas ce que j'appelle une partie de plaisir.

Une fois montés au village, Luca et moi trouvons sans problème le bon arrêt. Il a déjà mangé la plus grande partie de nos en-cas à l'arrivée du bus, mais je me dis que nous pourrons en acheter d'autres à Lunice avant de prendre le suivant.

Lunice est une jolie ville – du moins, ce que j'en vois pendant que nous traversons la place principale pour rejoindre le deuxième arrêt de bus. Puis nous voilà partis dans la campagne italienne. Je guette alors le moindre élément qui nous indiquerait quand descendre.

– Comment on saura qu'on est arrivés ? je demande à Luca.

Il a la tête posée sur son sweat à capuche, les jambes étendues dans l'allée et les yeux fermés.

Je lui donne un coup de coude dans les côtes.

– Ne t'inquiète pas comme ça, répond-il en se détournant de moi avant de réinstaller son oreiller de fortune. Ce bus n'a qu'une seule destination. Quelqu'un criera quand il faudra descendre.

– Tu en es sûr ?

Luca se retourne vers moi, les yeux levés au ciel, mais avec un sourire, ce qui est un peu plus rassurant.

– J'ai promis de t'emmener à ta cascade et je tiendrai parole. Alors détends-toi et profite du voyage, d'accord ?

– D'accord.

– Bien.

Sur ces mots, il met ses écouteurs pour pouvoir m'ignorer complètement.

Je m'installe confortablement et regarde par la vitre, soucieuse chaque fois que le bus s'arrête pour laisser monter ou descendre quelqu'un.

Au bout du compte, Luca avait raison. Le bus finit par s'arrêter dans un petit village – bien plus petit que Tusello –, et le chauffeur crie quelque chose qui signifie à l'évidence : « Terminus ! »

Luca, que je croyais profondément endormi, se lève aussitôt, puis attend que je range mon livre et mon journal intime pour descendre.

– Et maintenant ? je demande alors que le bus repart dans un vrombissement, nous laissant sur le bord de la route.

– Maintenant, on marche.

Il baisse les yeux sur mes pieds et remarque que j'ai troqué les tongs de Willa contre la paire de baskets que je portais dans l'avion.

– Bien vu !

*

Au début, la route qui part du village est sèche et poussiéreuse. Le soleil me tape si fort sur la nuque que j'insiste pour m'arrêter et remettre de la crème solaire (Luca lève de nouveau les yeux au ciel).

Nous bavardons en chemin, de choses et d'autres. Il me raconte des histoires sur sa vie, mais je m'aperçois rapidement que la plupart se sont déroulées après son arrivée chez Sofia. Quant à celles d'avant, elles concernent l'école, ou Rosa et Antonio. Jamais ses parents.

Il me pose aussi des questions sur ma vie au Royaume-Uni. J'essaie de trouver des anecdotes qui ressembleraient à Willa. Elles ne sont pas nombreuses, alors la plupart du temps je l'écoute, en pensant à ce qui m'attend à la cascade.

Au bout d'un moment, le chemin dévie à l'ombre d'une rangée d'arbres. Puis la rangée devient de plus en plus large et, sans que je m'en rende compte, nous nous retrouvons en plein bois. Le bruit de l'eau qui coule – un fort courant qui s'écrase contre des pierres – s'intensifie à mesure que nous avançons. Je devine que la cascade n'est plus très loin.

Soudain, mes pieds s'arrêtent. Ce n'est pas un choix – ils ont pris la décision pour moi.

Luca met quelques instants à le remarquer. Je donne sûrement l'impression de m'être transformée en statue au beau milieu du sentier forestier.

Mais dans ma tête, tout tourbillonne. Je n'entends plus que la voix de ma mère qui me raconte des histoires, récite ses vieux dictons et chante en préparant le dîner.

Et si, en achevant pour elle sa liste de choses à faire, en demandant à la cascade de me débarrasser de mes soucis, je la perdais à tout jamais ?

J'ai beau vouloir dire adieu à mon anxiété et à ma peur, c'est aussi dans ces moments-là que je sens le plus la présence de ma mère et que j'entends sa voix dans ma tête.

– Qu'est-ce qui se passe ? demande Luca.

– Je ne suis pas sûre de vouloir continuer.

Il soupire et commence à revenir vers moi.

– Tu n'aurais pas pu t'en rendre compte avant de prendre deux bus ? plaisante-t-il.

– Désolée.

Je ne trouve rien d'autre à dire.

– Willa, tu voulais venir ici. Quand on a fait les recherches, je voyais bien que… C'est important pour toi, non ? Je ne sais pas pourquoi, mais cette cascade compte à tes yeux.

Je hoche la tête avec raideur. Luca pose son sac à dos par terre et s'assied sur un rondin.

– Alors qu'est-ce qui t'a fait changer d'avis ? C'est la sombre et effrayante forêt ? Ou le terrible torrent ?

– Ni l'un ni l'autre, je réponds en m'installant à côté de lui.

Je dois trouver une excuse qui colle avec l'histoire de Willa.

– C'est juste que… Tu sais, parfois, on se fait une idée de quelque chose, et puis, quand on finit par le voir ou le vivre, ce n'est pas aussi bien qu'on l'imaginait ?

Luca fronce les sourcils, perplexe.

– Attends… D'après la légende, la cascade efface les soucis. Est-ce que tu… crains qu'elle n'ait finalement pas de pouvoirs magiques ?

Son ton n'est que légèrement taquin. Je sais qu'il essaie sincèrement de comprendre ma crise d'angoisse, mais il se trompe.

Au contraire, j'ai peur qu'elle *ait* des pouvoirs magiques. Ce qui est ridicule.

Qu'est-ce qui pourrait arriver de pire ?

Le pire serait que je n'entende plus la voix de ma mère dans ma tête. Enfin, non, le pire serait en réalité que je tombe dans la cascade et meure, même si je dois admettre que c'est peu probable.

Mais une cascade ne peut pas m'enlever ma mère.

Maintenant, qu'est-ce qui pourrait arriver de mieux ?

Je pourrais oublier mes tracas, comme l'a promis Maman. Je pourrais me sentir de nouveau libre, comme quand je dansais. Je pourrais tourner la page.

Il est temps de devenir la personne que je suis censée être – pas la craintive Alice que je suis depuis la mort de ma mère, ni Willa non plus. Juste moi-même.

Est-ce que ça en vaut la peine ?

Oui.

Le bonheur en vaut toujours la peine.

– Tu as raison, je déclare en me relevant. C'est stupide.

– Alors on va voir cette cascade ?

Luca se lève d'un bond, prêt à me suivre.

– Oui, on va voir cette cascade. Qui n'est sans doute pas magique.

Car la vraie magie dont j'ai besoin se trouve en moi.

Je suis prête à dire adieu et à tourner la page.

WILLA

Mardi, je passe l'après-midi à explorer les quartiers de Covent Garden et Leicester Square pendant qu'Hal est à son stage scientifique. Je trompe mon ennui en prenant des photos de cette nouvelle facette de Londres que je découvre, avant de me souvenir que je ne peux même pas les poster sur mon compte Instagram. À quoi bon vivre comme une Londonienne si je ne peux pas partager mon expérience en ligne ?

Frustrée, j'ajoute un filtre à une photo du cinéma où ont lieu toutes les grandes avant-premières, puis je l'ajoute sur mon fil avec la légende : « Mardi nostalgique. J'aimerais être à Londres cet été. #londresmemanque #enferitalien » Je me dis que la seule personne qui compte susceptible de voir ce *post* est ma mère, or ça ne fera pas de mal de lui rappeler que je lui en veux toujours pour ce changement de plan. Elle n'a pas besoin de savoir que ça ne s'est finalement pas passé comme prévu. Du moins, pas encore.

À la fin de l'après-midi, je retrouve Hal pour rentrer avec lui en métro. À l'arrivée, Mabel m'attend à la station.

– Comment s'est passée ta journée ? demande-t-elle sur le chemin du retour.

On dirait déjà que nous avons notre routine, une discussion que nous aurions tous les jours depuis des mois.

– Tu as appris quelque chose d'intéressant ?

– Euh…

J'essaie de me remémorer ce que m'a raconté Hal sur leurs activités du jour. Il faudra vraiment que je l'écoute demain. Hier, je l'ai convaincu de taper les détails dans mon portable pour les envoyer par texto à Alice, qui pourra ainsi tenir son père informé de façon précise. Mais apparemment, moi aussi, je dois être au courant.

– Quelques trucs. Oh, mais le plus drôle, c'est quand Hal a failli faire exploser le labo.

Ça, je m'en souviens très bien.

Mercredi, nous passons l'après-midi à répéter de courtes scènes et des monologues dans différents styles, avec différents groupes, pendant que Vincent et Billie nous observent et prennent des notes. C'est mille fois mieux que les jeux de confiance et les exercices pour briser la glace qu'ils nous ont fait faire lundi – au moins, cette fois, nous jouons vraiment.

C'est étrange de faire semblant d'être quelqu'un d'autre qu'Alice. J'ai tellement l'habitude de jouer son rôle, d'incarner sa vie, que j'ai du mal à l'abandonner pour redevenir Willa, sans parler d'un personnage fictif. Mais très vite, tous mes cours de théâtre de l'école me reviennent. Je me concentre alors sur le personnage, qui il est et ce qu'il veut, puis je m'applique à transmettre tout ça par l'intermédiaire de mon corps et de ma voix.

Non pas que Vincent semble remarquer mes efforts ni mon talent. La plupart du temps, il se contente de couvrir Tuppence d'éloges. (D'après Daisy, son père est quelqu'un de connu, ce qui explique pourquoi il en fait des tonnes avec elle. Je note dans un coin de ma tête de mentionner mes parents « par hasard » devant lui. Puis j'y pense... Même si je ne crois pas que Vincent soit encore en contact avec ma mère, et s'il s'en servait comme excuse pour la recontacter ? Je ne peux pas prendre ce risque.)

Le meilleur moment de l'après-midi arrive quand on nous sépare en petits groupes – trois comédiens et un metteur en scène. Chaque groupe reçoit un bref script, et c'est au metteur en scène de donner des instructions de jeu aux autres. Au départ, je suis déçue de devoir diriger au lieu de jouer, puis, finalement, j'y prends goût, au point de ne pas voir passer l'après-midi.

Hal arrive au théâtre environ une heure avant la fin du cours, juste au moment où nous prenons une pause avant de jouer devant les autres. Il est rapidement adopté par Billie, qui met au point l'éclairage de nos scènes.

– Si ton petit ami compte traîner ici, il ferait aussi bien de se rendre utile, lance-t-elle avant de convoquer Hal à la cabine de régie « avec deux cafés dans dix minutes ».

– Elle sort *vraiment* avec ce clochard ? demande Rina, l'une des amies d'une voix censée être un murmure mais qui porte en réalité dans toute la salle. C'est *trop drôle* !

Je la fusille du regard. Heureusement qu'elle n'est pas dans mon groupe, sinon j'aurais trouvé le moyen de me venger.

– Pourquoi est-ce qu'elles me prennent pour un clochard ? demande Hal alors que je lui indique la machine à café en coulisses.

– Parce qu'elles sont stupides, je réponds avant d'élever la voix pour être sûre qu'elles m'entendent à leur tour. Et même si c'était le cas, il faut être ignoble pour rire de la crise du logement dans ce pays.

Pff, parfois je ressemble à Alice sans même essayer.

Rina marmonne quelque chose sur moi dans sa barbe. Je choisis de l'ignorer.

Après avoir envoyé Hal à la cabine de régie, je reviens assister aux prestations. Mon cœur se serre légèrement lorsque je vois les autres monter sur scène pour la première fois tandis que je reste dans les coulisses. Ils s'en sortent bien, et c'est remplie d'une sorte de fierté que j'applaudis mon groupe plus fort que les autres.

En plus, je me rappelle qu'ensuite, Vincent annoncera qui jouera quelles scènes lors de la représentation à la fin de la semaine prochaine.

Il nous a observés tout l'après-midi lundi et aujourd'hui pour décider à qui attribuer les rôles. Dès qu'il se trouvait à portée de voix, je faisais un effort particulier pour montrer comment je voulais que mes comédiens prononcent certaines répliques. J'espère que ça aura suffi pour me garantir l'un des meilleurs rôles.

Mais non. Comme j'aurais dû m'y attendre, Vincent offre les rôles les plus intéressants à Tuppence et ses amies. Je lève les yeux au ciel lorsque je reçois le texte de mon monologue : le discours barbant d'une reine, qui remonte à des *siècles* et dont personne n'a jamais entendu parler. Pas un atout évident pour *Heatherside*. Et même pas aussi amusant que la mise en scène.

Enfin, peu importe. Le talent inné se voit, non ? Et si moi, fille de *deux* acteurs, je n'ai pas de talent inné, alors qui d'autre ?

Bien sûr, ça ne m'empêche pas de me plaindre auprès d'Hal sur tout le chemin du retour.

Jeudi, je suis fin prête à passer l'après-midi à faire du lèche-vitrines, surtout pour me consoler de ce stupide monologue, seulement Hal a d'autres plans.

– Aujourd'hui, on fait une sortie dans le cadre du stage. Tu es déjà allée au musée de l'Old Operating Theatre ? demande-t-il avec un tout petit peu trop d'enthousiasme.

– Non. Et sûrement pour de bonnes raisons.

– C'est un musée d'histoire de la médecine, mon préféré à Londres, réplique Hal, ravi. Il est fascinant. Tu devrais venir avec nous !

– Tu ne crois pas que les responsables vont remarquer qu'une nouvelle personne s'est incrustée dans leur visite ?

Billie a peut-être accueilli Hal au théâtre, d'autant plus qu'il s'est révélé utile sur le plan technique, mais je doute qu'ils se montrent aussi tolérants au stage scientifique.

– C'est un musée public, fait-il remarquer. On peut se retrouver sur place.

– D'accord.

Je suis prête à tout essayer au moins une fois. Et je ne vais probablement pas m'évanouir. Tant que personne ne s'approche de moi avec une aiguille…

De toute évidence, Hal sent mon manque de conviction.

– Et ce n'est pas loin du théâtre du Globe. On pourra y aller après, si tu veux.

– Ça marche !

Le fantôme de Shakespeare m'aidera peut-être à trouver la motivation nécessaire pour ma scène.

*

Quand je venais à Londres avec mes parents, nous restions surtout dans le West End, pour faire les boutiques sur Oxford Street ou regarder les artistes de rue dans Covent Garden. J'ai exploré la rive sud de la Tamise quand nous sommes allés voir une pièce au Royal National Theatre, mais j'ai rarement dépassé le London Eye ou

Borough Market pour un déjeuner. En tout cas, je n'ai pas fait attention à cet Old Operating Theatre.

Après avoir passé une heure à regarder du vieux matériel médical et à écouter Toby, l'ami d'Hal, décrire comment les médecins sciaient les jambes et les bras des gens sans anesthésie, je n'en peux plus. En fait, j'ai la tête qui tourne et l'estomac comme détaché du reste de mon corps. Juste au moment où je commence à craindre de vomir (ce serait tellement gênant !), le professeur annonce la fin de la visite et Hal se précipite pour le prévenir qu'il ne repartira pas avec le groupe.

Nous laissons quelques mordus de l'histoire des sciences fascinés par de vieilles fioles de poison et partons en direction du fleuve, où j'inspire avec gratitude un semblant d'air frais.

– Alors, tu ne comptes pas changer de carrière pour devenir médecin ? plaisante Hal.

– Certainement pas, je confirme. Et toi, tu as envie de travailler dans la médecine ?

– Je ne sais pas encore, répond-il avec un haussement d'épaules. J'aime bien les sciences, surtout la biologie et la chimie. Mais je crois que je préfère la recherche à la pratique.

– Comme ton père ?

– Ouais, peut-être. Ma mère est chirurgienne dans le meilleur hôpital de Londres et je sais qu'elle aimerait que je suive ses traces. Je déteste devoir choisir quel parent satisfaire. C'est peut-être pour ça que je traîne aussi souvent dans ce musée. J'essaie de trouver ma voie.

– C'est un endroit *intéressant* pour essayer de résoudre ses problèmes.

Je ne sais pas comment il arrive à réfléchir entouré de tous ces instruments de torture.

Nous flânons le long du fleuve, en direction du théâtre du Globe.

– Et toi ? demande Hal. Qu'est-ce que tu veux faire quand tu seras plus grande ?

Je lève les yeux au ciel. Quelle question de gamin !

– Tu ne devines pas ? Je vais suivre les traces de mes parents.

Il semble un instant perplexe.

– Biologiste ? Ah non, attends, ça, c'est la vraie Alice.

– Le fait que tu aies oublié que je ne suis pas elle me conforte dans mon choix de carrière, je lance avec un sourire suffisant.

– Espionne ? Arnaqueuse professionnelle ? hasarde Hal.

– Actrice. Comme mes parents.

– Alors c'est pour ça que la formation de théâtre était si importante pour toi.

– Ben, ouais, évidemment. Pour quelle autre raison ?

Il hausse les épaules.

– Je considère toujours ce genre de choses – le théâtre, l'art – comme des passe-temps, pas comme des vrais métiers.

– Il faut bien des professionnels, je fais remarquer. Sinon, qu'est-ce que tu regarderais à la télé ou irais voir au ciné ? Tout le monde ne réussit pas, je sais. Mais certains, oui. Et ce sera mon cas.

Ça, j'en suis sûre.

Le théâtre du Globe est spectaculaire – une réplique du théâtre de Shakespeare à son époque. Il n'y a pas de représentations cet après-midi, alors je réussis à obtenir le droit d'accéder à la scène.

Elle n'a rien à voir avec la petite scène miteuse de l'Old Row. Debout au centre, les yeux rivés sur les rangées de sièges au balcon et la fosse juste devant, j'essaie de m'imaginer en train de jouer ici.

– En fait, cet été, tu ne fais qu'interpréter un nouveau rôle.

Hal apparaît soudain à côté de moi, interrompant mes rêveries.

– Est-ce que tu vas avouer la vérité un jour ? Dire à Mabel et Jon qui tu es vraiment ?

– Pourquoi je ferais ça ?

En tout cas, pas avant d'être rentrée chez moi avec mes parents. À ce moment-là, je leur raconterai tout, pour leur montrer que je n'ai pas besoin qu'ils planifient ma vie à ma place.

– Par culpabilité, peut-être ? suggère Hal.

Je ne me sens pas coupable. Alice et moi, nous avons toutes les deux pris le contrôle de nos vies pour la première fois. Qu'y a-t-il de si mal à ça ?

– Même si je le voulais, je ne pourrais pas dire la vérité à Mabel maintenant.

Je m'approche du bord de la scène, m'assieds et saute dans la salle. Puis je me retourne pour observer le plateau du point de vue du public, le cou douloureux à force de lever la tête ne serait-ce que quelques minutes. Les représentations doivent être vraiment géniales pour que les spectateurs tiennent cette position pendant des heures ! J'adore l'idée de participer à cette expérience. De créer quelque chose qui captive totalement les gens.

– Pourquoi ? demande Hal en sautant à son tour.

– Parce que ça pourrait tout gâcher pour Alice. Elle s'amuse bien en Italie. Pourquoi je la priverais de ça ?

Sans parler du fait que moi aussi, je m'amuse bien à Londres. D'après les descriptions d'Alice, le village près de la ferme de ma tante Sofia a l'air sympa, mais la ville me convient beaucoup mieux. À part contempler Antonio, il n'y a apparemment pas grand-chose à faire là-bas.

– Alors tu fais ça pour Alice. Par pur altruisme, hein ?

– C'est tout moi, je réplique avec mon plus beau sourire. Complètement désintéressée.

Il secoue la tête.

– J'espère qu'elle se rend compte de tout ce qu'on fait ici pour garder votre secret.

– Oh, c'est certain. Elle voudra sans doute te remercier personnellement à son retour. Voire t'inviter à sortir.

– Genre, un rencard ?

– Peut-être, je réponds avec un sourire mystérieux. Peut-être.

ALICE

Nous tournons au coin du chemin quand, soudain, le bruit régulier de la rivière se transforme en un fracas proche du déferlement des vagues contre une digue en pleine tempête.

Le sentier est à présent trop étroit pour y marcher côte à côte. Luca, jusqu'ici devant moi, s'écarte dans la végétation sur le bord pour me laisser passer. Je le remercie d'un sourire, mon cœur s'emballant lorsque je réalise que je suis vraiment arrivée.

Je prends une profonde inspiration, les poings serrés le long du corps, les ongles plantés dans les paumes. C'est alors qu'apparaît la cascade.

– Oh, waouh ! murmure Luca.

Il est si proche que sa bouche est presque collée à mon oreille, si bien que je l'entends malgré le bruit.

La Cascata della Fuga est la plus belle chose que j'aie jamais vue. Oubliés tous les océans du monde et leurs mystérieuses profondeurs. Oublié aussi Antonio, et tout le reste d'ailleurs.

Loin au-dessus de nous, l'eau se précipite du haut d'une falaise pour tomber le long de la façade rocheuse.

– Je n'arrive pas à savoir si elle est furieuse ou déterminée.

Luca me regarde comme si j'avais perdu la tête.

– Moi, je la trouve juste magnifique.

– Oui, aussi, je concède.

– Tu veux t'approcher ? Il y a un panneau d'information là-bas.

J'acquiesce et nous avançons sur le chemin.

– Qu'est-ce qui est écrit ? je demande.

– C'est la légende de la Cascata della Fuga, répond Luca en parcourant le panneau. Hmm, je ne savais pas… On raconte qu'une jeune fille était censée épouser un vieillard qu'elle détestait, mais, à la dernière minute, un oiseau géant est apparu et l'a prise dans ses serres pour l'emporter à l'autre bout du pays. Il l'a lâchée ici et ses larmes de soulagement ont formé cette cascade.

Nous levons tous deux les yeux vers le violent et puissant torrent.

– D'après la légende, si on se tient sous la chute et qu'on y déverse nos peurs et nos soucis, ils seront emportés par la rivière et ne nous tourmenteront plus jamais.

– C'est en gros ce qu'a dit ma mère. Enfin, à part le fait qu'on devait se tenir *sous* la cascade. Je crois que dans ce cas, j'aurais de plus gros soucis.

– Non, c'est bon, réplique Luca en désignant un petit plan sur le panneau d'information. Il y a des grottes derrière la chute d'eau. Viens, allons voir si on trouve l'entrée.

Il est déjà parti avant que je puisse accepter – ou refuser. Je le suis d'un pas plus lent.

– Tu es prête ? crie-t-il.

Soit il ne m'entend pas dire « non », soit il ne m'écoute pas. Dans tous les cas, il me pousse légèrement en avant sur le sentier humide et boueux qui serpente entre les rochers et derrière la chute d'eau. Je me mords l'intérieur de la joue et me fraie un chemin avec précaution vers la grotte cachée. Puis je me retourne.

– Tu viens ?

D'un côté, je n'en ai pas envie (je pourrai alors crier à ma guise sans être entendue). De l'autre, je ne veux pas faire ça toute seule.

Luca secoue la tête.

– On est venus pour toi ! crie-t-il. Je vais t'attendre ici !

Bon, j'y vais donc seule. Quelques mètres plus loin, le chemin s'élargit et devient entièrement rocheux. Un pas de plus et je me retrouve dans la grotte fraîche et humide.

Alors, comment ça marche ? Est-ce que je… me tiens près du bord et crie, tout simplement ? Il n'y a pas de rambarde de sécurité, si bien que je peux m'approcher au point d'être presque sous l'eau…

Je recule d'un pas, juste assez pour m'assurer que mes baskets ne dérapent pas. Puis, les yeux levés vers la cascade, je sens son rythme vibrer à travers mon corps comme un roulement de tambour.

– Ma mère me manque, je lance d'un ton hésitant, les mots engloutis par l'eau. Je déteste avoir peur tout le temps.

Rien ne change. Sauf que d'autres mots commencent à monter en moi.

Après avoir jeté un rapide coup d'œil sur le côté pour vérifier que Luca ne m'a pas suivie, je hurle mon plus gros secret.

– Je suis Alice ! Pas Willa ! Je suis Alice Wright !

Mon nom résonne dans ma tête et se répercute à travers la chute d'eau.

Je souris, puis je me mets à crier.

Je ne peux pas vous répéter exactement ce que je dis à ce moment-là, mais je sens les mots s'envoler et emporter les soucis avec eux.

Je jette mes inquiétudes, mes craintes et ma douleur. Maman. Papa en Australie. Mabel. L'avenir. Willa. L'Italie et Londres. L'école. Antonio. Luca. Les mensonges que je raconte. La vie que je vais retrouver. Redevenir Alice. Ou pas. Tourner la page.

Plus tard, Luca me dira que je suis restée là une bonne vingtaine de minutes, alors j'imagine que ce n'était pas tout. Des peurs dont j'ignorais même l'existence ont dû s'échapper de moi pour se déverser dans la cascade.

Quand j'ai terminé, tout mon corps est plus léger, mais je suis épuisée et j'ai la gorge à vif. Je ressors de la grotte d'un pas hésitant, en suivant à tâtons la falaise d'une main jusqu'à l'endroit où m'attend Luca.

– Tu as trouvé ce que tu cherchais ? demande-t-il, l'air préoccupé.

Je souris, presque délirante de soulagement après avoir tout lâché.

– Oui, j'ai trouvé !

WILLA

Juste au moment où je crois que mon plan va fonctionner à la *perfection*, des ennuis surviennent d'une source inattendue. Mon propre corps.

Depuis leur apparition, il y a environ un an et demi, mes règles sont plutôt ordinaires. J'attends toujours que mon cycle devienne régulier, mais le côté positif, c'est qu'elles ne durent pas trop longtemps et que je n'ai pas d'horribles crampes comme mon amie Heather. (D'après Jaime, elle en fait des tonnes pour attirer l'attention, mais je l'ai vue se cramponner le ventre et demander des antalgiques à l'infirmière scolaire, alors je ne crois pas qu'elle exagère.)

Malheureusement, comme elles sont irrégulières, je ne sais jamais quand elles vont arriver. Malgré tout, dans ce domaine, je considère qu'il faut être préparée. Je veille donc toujours à avoir un tampon dans mon sac. J'en ai pris toute une boîte, plus des serviettes de nuit, pour mes vacances.

Alors, quand je vais aux toilettes vendredi matin et que je vois du sang, je ne panique pas.

Avant de me rappeler que toutes mes affaires – y compris ma boîte de tampons – se trouvent en Italie, avec Alice. *Là*, je panique.

Le cœur battant la chamade, je cherche dans le minuscule placard de la salle de bain. Un gel douche, une brosse à dents de rechange et un gommage pour le visage à l'abricot. C'est tout. Oh non ! Je vais devoir parler à Mabel. De mes règles ! Lui demander si elle peut me passer un tampon en attendant que j'aille au magasin est encore pire que de devoir demander à mon père d'en acheter.

– Alice ? Tout va bien là-dedans ? s'enquiert Mabel en frappant à la porte de la salle de bain.

Apparemment, j'y suis depuis un moment.

– Euh… ouais, ça va.

Après avoir glissé quelques feuilles de papier toilette dans ma culotte en solution de dépannage, je tire la chasse d'eau et j'ouvre la porte.

– C'est juste que… j'ai mes règles.

Mabel blêmit, puis rougit, avant de taper dans ses mains.

– Oh, Alice ! Ton père m'a confié que tu ne les avais pas encore, mais on s'est dit que ça n'allait pas tarder, alors je me suis assurée d'avoir le nécessaire. Ne t'inquiète pas. Attends-moi ici !

Elle commence à filer vers sa chambre, puis revient pour me serrer très fort dans ses bras avant de disparaître à nouveau. J'attends, assise sur le siège rabattu des toilettes. Je ne peux pas vraiment avouer à Mabel que ce ne sont pas mes premières règles – alors que ça devrait être celles d'Alice. Je vais d'ailleurs devoir lui envoyer un message plus tard pour lui expliquer la situation, au cas où son père l'appellerait pour prendre de ses nouvelles. Ouais, ça devient vraiment bizarre.

– Bon, c'est important que tu trouves ce qui te convient. Tout dépend de ton flux, des réactions de ton corps, de ton cycle et de ses signes, ce genre de choses… Enfin, pour commencer, voilà ce que j'ai.

Mabel me donne une boîte décorée d'un papier aux couleurs vives, que j'ouvre avec précaution pendant qu'elle m'observe, assise sur le rebord de la baignoire.

– C'est… super, je lance avec un petit sourire en examinant le contenu.

Quatre paquets de serviettes périodiques – pour des flux léger, moyen et abondant, plus des serviettes de nuit. Un prospectus : « Écoute ton corps pour connaître ton cycle. » Une grande tablette de chocolat. Un livre intitulé *Tu es une grande fille maintenant*, avec un horrible dessin d'une fille à l'air stressé en couverture. Et une pochette en forme de coquillage remplie d'ibuprofène.

Pas de tampons. Elle a dû penser qu'Alice serait plus à l'aise avec des serviettes au début. Pff, je déteste porter des serviettes dans la journée.

Mabel se penche vers moi.

– Si tu as des questions, ou si tu veux juste te plaindre des crampes, je suis là pour toi. Je sais que ça doit être très dur de faire ça – je veux dire, de grandir – sans ta mère. Je n'aurai jamais la prétention ne serait-ce que d'imaginer prendre sa place. Mais… j'aimerais bien être ton amie, Alice, si je peux. Et une bonne amie est toujours là, avec une épaule sur laquelle pleurer, une oreille pour écouter et une grande tablette de chocolat. D'accord ?

À ces mots, je me sens un peu émue, alors que ma propre mère n'est même pas morte. Stupides hormones !

– D'accord.

Mabel sourit.

– Bon, je vais te laisser. Sauf si tu veux que je te montre…

– Non ! je la coupe aussitôt. Non, ça va. Merci.

La dernière chose dont j'ai besoin, c'est que la potentielle belle-mère d'Alice me montre comment utiliser une serviette périodique. Ce n'est certainement *pas* pour ça que je suis venue à Londres.

*

Tuppence et ses sangsues sont particulièrement irritantes aujourd'hui – ou c'est peut-être simplement moi qui suis plus facilement irritable. Après avoir obtenu les meilleurs monologues et scènes, elles exigent maintenant la majeure partie de l'attention pour leur décor, leurs costumes et l'éclairage. Billie a l'air éreintée – et soulagée quand Hal arrive à 17 heures pour lui donner un coup de main.

– Ce serait possible que tu m'aides un peu plus la semaine prochaine ? s'enquiert-elle.

Hal m'interroge du regard. Je me contente de hausser les épaules.

– Oui, je pense, répond-il. Mon stage scientifique s'est terminé aujourd'hui, alors j'ai du temps libre.

En plus, s'il est au théâtre, il n'y a aucun risque que Mabel tombe sur lui quelque part et se demande pourquoi il ne va plus au stage comme moi. C'est parfait. Enfin, tant qu'elle n'essaie pas de revenir nous voir sur l'autre campus de l'université. Mais quand je lui ai posé quelques questions désinvoltes, elle ne m'a pas donné l'impression de s'y rendre souvent, alors ça devrait aller.

Notre représentation sera une série de monologues et de courtes scènes jouées en petits groupes. Il y a quelques classiques – les trois sorcières de *Macbeth* (interprétées, avec à-propos, par les trois garces), un dialogue de *Roméo et Juliette* entre Tuppence et Ryan, le type à la caméra à selfie, qui s'avère être un ex-enfant star –, mais aussi des extraits de pièces modernes, et même une ou deux chansons de comédies musicales. Presque tout est plus amusant que mon monologue de reine mourante. Ce n'est pas que je me plaigne… enfin, pas trop. En tout cas, pas quand Vincent est à portée de voix. (Hal, en revanche, a *tout* entendu.)

Nous n'avons plus que trois après-midi pour apprendre, préparer et répéter nos scènes, trouver nos costumes et gérer les réglages techniques. D'après Vincent, tout faire nous-mêmes nous donne une vision complète de l'expérience théâtrale. Je pense juste qu'il a la flemme de s'en occuper. Depuis qu'il a attribué les rôles le deuxième jour, il passe la plupart de son temps à se balader dans nos espaces de répétition, boire du café et partager des anecdotes de son époque de gloire.

Pour être franche, je commence à me demander qui il a payé pour rédiger tous ces rapports élogieux sur sa formation, car il ne nous dirige même pas !

Hal et moi rentrons ensemble à 18 heures, comme d'habitude. Mabel me prévient par texto qu'elle sera en retard et me retrouvera chez elle, alors je dis au revoir à Hal pour le week-end à la station de métro.

C'est étrange d'entrer seule dans l'appartement désert, mais, avant même que j'aie le temps de déposer mon sac dans ma chambre, Mabel arrive avec un grand carton d'une pâtisserie dans les mains, ainsi qu'un large sourire. J'ai un mauvais pressentiment.

– Salut, Alice ! Comment tu vas ? Comment tu te sens ? Ça s'est bien passé à ton stage aujourd'hui ?

– Ça va.

Je fixe le carton dans ses mains. Soudain, j'imagine un gâteau avec un glaçage : « Félicitations pour tes premières règles, Alice ! »

Non, Mabel n'oserait pas. Si ?

Je la suis dans la cuisine d'un pas prudent.

– Tu veux une part de gâteau avant de décider où on commande à dîner ? demande-t-elle en posant le carton sur la table. Puisque c'est une journée spéciale.

Oh mon Dieu, elle oserait !

– Avec plaisir.

J'essaie de me préparer à ne pas grimacer à la vue du gâteau.

Elle ouvre lentement la boîte pour révéler... un gâteau rond parfaitement ordinaire avec un glaçage au fromage frais. *Ouf !*

Puis elle prend un couteau et coupe une part pour dévoiler la génoise rouge vif à l'intérieur.

– Un *red velvet cake*, glousse-t-elle. Je n'ai pas pu résister. Désolée, mais ça me paraissait approprié !

C'est plus fort que moi. Je glousse à mon tour en lui prenant l'assiette.

– Au moins, il n'y a pas de bougies en forme de tampon ! je lance entre deux éclats de rire.

Après cela, nous rions toutes les deux trop fort pour pouvoir manger notre part avant cinq bonnes minutes.

ALICE

– Tu n'avais rien dont tu voulais te débarrasser à la cascade ? je demande à Luca pendant que nous attendons le bus pour revenir à Lunice. Pas de soucis ou de peurs ?

Il hausse les épaules et détourne le regard.

– Ce serait trop pour une seule petite rivière.

Je tressaille. J'aurais dû m'en douter. Encore une fois, je m'interroge sur sa vie avant son arrivée chez Sofia et Mattias.

Peut-être qu'un de ces jours, j'aurai le courage de lui poser la question.

– Alors pourquoi tu es venu, si tu ne comptais pas crier à la cascade ?

– Je te l'ai dit. Je savais que c'était important pour toi et j'ai pensé que tu aurais besoin d'aide.

Il m'adresse un sourire alors que le bus s'arrête devant nous.

– En plus, c'était sympa de s'éloigner de la ferme et de tout le monde un petit moment. Tu ne trouves pas ?

– Ouais, c'est vrai.

En fait, c'était déjà sympa de passer du temps avec lui et d'en apprendre un peu plus sur sa vie. Je regrette seulement de n'avoir pas pu lui parler de la mienne.

Nous sommes à mi-chemin de Lunice quand je me rends compte que quelque chose cloche. Le premier signe, c'est le chauffeur qui jure bruyamment en italien (ce n'est pas Rosa mais Luca qui m'a appris ces mots). Les autres passagers se mettent à marmonner lorsque le bus commence à ralentir.

– Pourquoi on s'arrête ? je demande en regardant par la vitre.

Luca lève les yeux de son portable – il essaie de capter depuis que nous sommes partis de la cascade.

– Aucune idée. Attends…

Il bondit de son siège pour s'approcher de l'avant du bus.

– Des cochons, répond-il en se réinstallant à côté de moi. Il y en a deux assis sur la route.

– Sérieux ?

Je me lève pour voir par moi-même. En effet, deux gros cochons se sont arrêtés en plein milieu du passage. Le chauffeur appuie lourdement sur le klaxon, qui résonne dans la vallée. Les cochons ne bougent pas. Luca et moi observons la scène à travers la vitre.

– Ils sont gros pour des cochons, je fais remarquer.

Je me penche en avant pour mieux voir juste au moment où le chauffeur klaxonne de nouveau. Je sursaute, mais les animaux ne bronchent pas. Soudain, le téléphone de Luca se met à sonner et à vibrer dans sa main.

– On capte enfin !

Mais son expression joyeuse disparaît aussitôt.

– Attends, quatorze appels manqués et huit textos ?

– Sofia... et Mattias ? je m'étonne en sortant mon portable.

J'ai aussi trois appels manqués et quelques messages d'eux.

– Et Antonio, ajoute Luca, qui blêmit en faisant défiler l'écran. Mes grands-parents sont là. Ils sont arrivés ce matin... Sofia a essayé de nous joindre toute la journée.

– Tes... grands-parents ?

Je ne savais pas qu'il avait de la famille qui pourrait lui rendre visite. Et s'il a des grands-parents, pourquoi ne vit-il pas avec eux ?

Mais Luca ne m'écoute pas. Il frappe sur les portières du bus jusqu'à ce que le chauffeur – qui continue de hurler des mots que Rosa ne m'a *clairement* pas appris – les ouvre. Mon ami saute sur la route.

– Luca ! je m'exclame en courant après lui.

Il agite les bras devant les cochons et leur crie dessus en italien. Je devine le sens de ses paroles. Les animaux le fixent, complètement indifférents.

– Il faut qu'on les fasse bouger, Willa, lance-t-il d'un ton désespéré. Il *faut* que je rentre.

– On va rater notre bus pour Tusello, je réalise soudain.

– Et là, ça va être notre fête.

Devant l'expression malheureuse de Luca, ma décision est prise. Il est venu jusqu'ici pour m'aider à trouver une cascade. Le moins que je puisse faire, c'est pousser deux cochons pour l'aider à rentrer au plus vite.

– Peut-être qu'en s'y mettant ensemble…

Nous crions et agitons les mains devant eux, mais les animaux semblent simplement plus perplexes que jamais.

Après avoir pris une profonde inspiration, je me place derrière le plus gros et pousse.

– Allez, espèce de stupide, puant, têtu et ridicule *cochon* !

Je laisse échapper ce dernier mot dans un cri perçant car c'est l'instant précis où l'animal choisit enfin de bouger. Je m'étale alors sur la route, en plein dans une matière si dégoûtante qu'elle doit provenir du cochon.

Je me redresse à quatre pattes tandis que l'autre porc suit nonchalamment son compagnon comme s'ils avaient fait une simple halte. Le chauffeur klaxonne de nouveau – sans doute pour que nous nous dépêchions de remonter dans le bus. Ce n'est qu'à ce moment-là que je lève les yeux vers Luca, qui se couvre la bouche de la main pour essayer (sans succès) d'étouffer son rire. Je frotte mes mains crasseuses sur mon jean en attendant d'être submergée par l'habituelle vague de gêne, mais, pour la première fois de ma vie, elle ne vient pas.

À la place, un éclat de rire monte dans ma gorge et s'échappe de mes lèvres. Ce qui fait repartir Luca, et nous finissons tous les deux en pleine crise de fou rire. Car c'est drôle. C'est même *hilarant*.

Lorsque le chauffeur klaxonne encore une fois, Luca me tend la main pour m'aider à me relever, sans cesser de rire.

– Viens, il faut qu'on rentre. On pourra réfléchir en chemin à une excuse pour expliquer pourquoi tu es couverte de merde de cochon. À mon avis, Sofia et Mattias ne croiront pas qu'on a été retenus par des porcs sur la route principale entre Lunice et Tusello.

– Non, sans doute pas, je concède entre deux gloussements.

WILLA

– Je suis vraiment désolée d'avoir été accaparée par le travail cette semaine.

Mabel me lance un regard contrit dans le miroir près de la porte d'entrée tout en enfilant ses boucles d'oreilles.

– J'espère me rattraper avec cette soirée. Au fait, tu es ravissante.

Debout derrière elle, j'enfile le plus beau gilet d'Alice et je baisse les yeux sur ma tenue.

Ça pourrait être pire. Au moins, ce n'est pas la robe de gamine.

Mabel était plutôt ravie de me laisser à mes occupations presque toute la semaine. Chaque soir, je lui faisais un résumé du stage scientifique – d'après ce que m'avait raconté Hal dans le métro – et elle semblait satisfaite. Mais ce soir, elle a des projets pour nous – aller au théâtre. Et il paraît qu'il faut se mettre sur son trente et un.

J'ai ouvert la bouche pour répliquer que les gens ne s'habillent plus pour aller au théâtre. Puis je l'ai refermée et suis partie dénicher une jupe et un haut convenables pour la soirée, comme l'aurait fait Alice.

Parfois, être Alice n'est pas drôle du tout. Au moins, au théâtre, je pourrai être Willa.

– Je devrais prendre une photo pour l'envoyer à ton père.

Mabel fouille dans son sac à la recherche de son portable pendant que mon cœur s'emballe.

– On n'a pas le temps, je lance en ouvrant la porte d'un coup sec. Il ne faut pas qu'on arrive en retard.

– Bien sûr ! s'exclame-t-elle, les yeux écarquillés à cette simple idée. Mais rappelle-moi d'en prendre une plus tard, tu veux bien ?

– Absolument.

Mabel a choisi une pièce dont je n'ai jamais entendu parler, mais qui, d'après elle, a reçu d'excellentes critiques dans les journaux du dimanche. De toute évidence, elle n'est pas une grande amatrice des arts de la scène. Seulement, « une soirée au théâtre » figure sur sa liste de « choses qu'Alice pourrait avoir envie de faire à Londres », alors nous n'avons pas le choix.

Bizarrement, c'est agréable de passer une soirée avec Mabel. Elle est sympa, même si je n'en parle pas beaucoup à Alice. Elle n'a rien à voir avec ma mère et je n'ai aucun moyen de savoir si elle est à la hauteur de celle d'Alice. En tout cas, comme colocataire pour l'été, elle n'est pas mal.

Nous dînons ensemble à Covent Garden, puis nous traversons Leicester Square pour rejoindre le théâtre.

Sans surprise, tous ceux qui ont moins de dix ans de plus que moi portent un jean. Je lève les yeux au ciel et lance un regard noir à la banale jupe beige d'Alice. Mais je comprends que Mabel veuille que ce soit une soirée spéciale. Et, au moins, le top rouge sans bretelles que j'ai acheté lors de notre virée shopping égaie un peu l'ensemble. (Avec le gilet par-dessus, elle ne semble même pas se soucier de ce qu'en penserait mon père.)

Après avoir présenté nos billets à l'entrée, nous traversons le parterre jusqu'à nos sièges. Mabel est absorbée par le programme, alors j'observe la salle, les spectateurs et...

Je reconnaîtrais cette veste orange entre toutes. Quelques rangs devant nous et à quelques sièges d'écart se trouve Vincent Paloma. Star de théâtre et de cinéma, directeur de ma formation, et l'une des rares personnes à Londres qui sait sans aucun doute possible que je suis Willa et non Alice.

Le cœur battant la chamade, je le regarde s'asseoir, sa compagne à ses côtés. D'un instant à l'autre, il va se retourner et me voir. J'ai la gorge serrée, les joues brûlantes et les mains moites. À tout moment...

Quand Vincent commence à tourner la tête, je fais la seule chose qui me vient à l'esprit : je me cache.

– Alice ? Qu'est-ce que tu fais par terre ?

Mabel baisse les yeux sur moi alors que je tâtonne sur le sol près de nos sièges.

– Euh… j'ai fait tomber mon portable. Je le mettais sur silencieux et il m'a glissé des mains.

Je me relève avec précaution et me rassieds en gardant mes cheveux devant mon visage. Quelques instants plus tard, je jette un coup d'œil et constate que Vincent fait de nouveau face à la scène.

Tant qu'il reste concentré sur la pièce, tout ira bien.

Enfin, les lumières se tamisent et mes épaules se détendent. Je suis tranquille, au moins jusqu'à l'entracte.

*

Lorsque les lumières se rallument pour l'entracte, je ne sais toujours pas de quoi parle la pièce, mais j'ai un plan.

– Tu veux une glace ? demande Mabel.

Parfait.

– Oui, s'il te plaît. Je vais juste passer aux toilettes.

La queue pour les toilettes au théâtre est toujours interminable, si bien que j'attends encore mon tour dans le hall quand Vincent arrive de l'autre côté. J'écarquille les yeux en réalisant qu'il se dirige vers moi, avant de remarquer la table couverte de boissons avec des étiquettes nominatives. Et, en particulier, celle où il est écrit « Paloma ».

Bon, s'il me repère, je pourrai lui parler en tant que Willa et m'esquiver le plus vite possible.

Tout ira bien. Enfin, ça aurait été le cas si Mabel n'était pas soudain apparue, juste au moment où Vincent m'a aperçue et m'a souri.

– Je n'ai pas de liquide sur moi, mais apparemment, je peux payer une glace au bar par carte, explique-t-elle. Alors je vais juste…

– En fait, le dîner m'a calée, je la coupe en tournant rapidement le dos à Vincent. Allons nous rasseoir. Je crois que la pièce va bientôt reprendre.

Je commence à presser Mabel vers la porte qui mène à la salle.

– Ils ont déjà sonné la cloche ? demande la femme devant moi dans la queue en nous bloquant le passage. Je ne l'ai pas entendue.

– Je crois que oui, intervient sa compagne. Ou c'est peut-être juste mon appareil auditif.

– Moi, je ne l'ai pas entendue, se plaint Mabel.

Je continue de la pousser vers la porte.

– Tu es sûre de ne pas vouloir de glace ? insiste-t-elle.

– Certaine. Et c'était clairement la cloche, je lance d'une voix assez forte pour que les gens dans la file d'attente m'entendent.

Cela suffit à faire bouger tout le monde. En maugréant contre les toilettes de théâtre et les entractes trop courts, chacun abandonne alors la queue, finit son verre et bouscule les autres pour passer – et, surtout, s'interpose entre moi et l'homme qui aurait pu griller ma couverture.

Mon téléphone vibre dans ma poche, mais je l'ignore. C'est sûrement un texto d'Alice. On verra plus tard. Il faut encore que je tienne pendant la deuxième moitié de la pièce. Et je n'ai même pas de glace.

ALICE

Suite à notre arrêt forcé dû aux cochons, nous ratons le dernier bus pour rentrer et Mattias doit venir nous chercher à Lunice. Il hausse les sourcils devant mon état, sans toutefois poser de questions. Je songe que c'est une bonne chose, avant de comprendre qu'il laisse simplement à Sofia le soin de nous cuisiner plus tard.

Malgré tout, Luca et moi ne changeons pas de version. Nous avons nettoyé mes vêtements au mieux dans les toilettes de la gare routière. Même si je ne ressemble toujours à rien, nous pensons donc nous en sortir sans devoir prétendre avoir visité une autre ferme. À la place, nous racontons à Sofia que nous n'avons pas vu le temps passer et que nos deux portables ne captaient pas. Ce qui n'est pas totalement faux.

Le pire, c'est qu'à notre retour, les grands-parents de Luca sont déjà partis.

– Ils ont dit qu'ils essaieraient de revenir demain, soupire Sofia avec un regard entendu à l'adresse de Luca. Alors tu ferais bien d'aller dormir.

Il se contente de hocher la tête, puis va dans sa chambre. Sofia retourne dans la cuisine. Comme elle ne m'a pas vraiment dit d'aller me coucher, je la suis.

– On est sincèrement désolés, je confie en me hissant sur l'un des tabourets pendant qu'elle se prépare son habituel thé à la menthe du soir.

– Je sais, réplique-t-elle avec un nouveau soupir. C'est juste… regrettable que ce soit tombé aujourd'hui. Et que les grands-parents de Luca ne nous aient pas prévenus de leur visite.

– Pourquoi sont-ils venus ? je demande, les sourcils froncés.

L'air las, Sofia tire un tabouret pour s'asseoir au comptoir, sa tasse de thé fumant devant elle.

– J'accueille les enfants quand ils ont besoin de moi. Parfois, leurs parents ne sont plus capables de s'occuper d'eux, ou ils ont juste besoin de temps pour arranger les choses. Il arrive aussi qu'il n'y ait pas d'autres membres de la famille, ou encore que certains viennent proposer leur aide.

– C'est ce qui s'est passé pour Antonio, Luca et Rosa ?

La tête de Sofia oscille. Ni oui ni non.

– Au départ, on espérait que tous les trois pourraient retourner chez leur mère un jour. Seulement il est vite devenu évident que ce ne serait pas possible.

Je voudrais demander pourquoi, mais je sais que ce n'est pas à Sofia de me raconter cette histoire.

– Leurs grands-parents habitent en Angleterre, poursuit-elle. Ils s'occupaient d'eux de temps en temps quand ils étaient plus petits, entre deux foyers et familles d'accueil. Puis, quand leurs parents se sont séparés et que leur mère les a ramenés en Italie avec elle, ils ont perdu contact pendant un moment.

– Ça a dû être difficile.

– Enfin bref, les autorités ont fini par réussir à les joindre *via* les services sociaux britanniques, pour voir s'ils pourraient s'en occuper à plein temps. Mais ils s'apprêtaient à quitter le pays pour un long voyage dans leur famille en Australie. Pour fêter leur départ à la retraite, je crois.

Je commence à avoir un mauvais pressentiment.

– Et maintenant, ils sont rentrés ?

– Oui, et ils ont décidé de venir rendre visite aux enfants. Sans prévenir, sans me laisser le temps de les préparer.

Sofia semble bien plus agacée que lorsque Luca était là.

– Pour voir s'ils peuvent revenir vivre avec eux en Angleterre ?

– Exactement.

En ont-ils vraiment envie ? Luca se plaît beaucoup ici, je le sais. Rosa adore Sofia et Mattias. Et même Antonio... Sofia l'a emmené visiter l'université de Londres. Elle l'aide à préparer son avenir.

Pourquoi voudraient-ils partir ?

– Willa...

Elle soupire une nouvelle fois avant de sortir son portable.

– Tu te plais ici ? Je croyais que tu passais de bonnes vacances, mais…

– C'est le cas ! je la coupe aussitôt. Vraiment, tante Sofia, c'est mon plus bel été. Aujourd'hui était une erreur, c'est tout.

– Je ne parlais pas d'aujourd'hui.

Elle tourne l'écran de son téléphone vers moi et je le fixe en essayant de comprendre ce que j'ai devant les yeux.

Le fil Instagram de Willa. Avec une photo de Londres et une légende disant qu'elle aimerait être là-bas.

#enferitalien

Willa !

Je cherche quelle excuse elle donnerait.

– Oh, ça ? je lance avec un petit rire. Je ne savais pas que tu étais sur Instagram, sinon je ne l'aurais pas posté.

– Mais c'est ce que tu ressens, non ?

Je secoue la tête.

– Pas du tout. J'essayais juste de… me venger de mes parents. Tu sais, pour m'avoir envoyée ici sans me demander mon avis, alors que je devais suivre une formation de théâtre à Londres. Même si j'*adore* être ici avec vous… je leur en veux encore un peu.

Sofia ne semble pas totalement convaincue.

– Tu en es sûre ?

– Certaine, je réponds en hochant la tête avec enthousiasme.

Puis je la serre dans mes bras, en espérant qu'elle ne sente pas l'odeur de cochon sur moi.

– Vraiment. Merci de m'accueillir cet été. Je ne voudrais être nulle part ailleurs.

Sur ces mots, je vais prendre une douche avant d'aller me coucher.

★

– Ça fait combien de temps que tu n'as pas vu tes grands-parents ? je demande à Luca le lendemain matin.

Assise sur le muret près de l'écurie, je le regarde nourrir Achille et Hercule. Aujourd'hui, nous avons tous les deux pour consigne de rester à portée de voix… et propres.

– Des années, répond-il avec un sourire. Franchement, je ne suis même pas sûr que Rosa se souvienne d'eux. Après notre retour en Italie… on n'a plus revu notre famille paternelle.

Je trouve enfin le courage de lui poser la question.

– Où est ton père ?

Luca hausse les épaules.

– Il est… parti, un jour. Maman n'a jamais voulu nous dire où. Peut-être que ses parents à lui le feront.

Il a l'air détendu, mais il y a dans tous ses gestes un soupçon de je ne sais quoi – de l'impatience, je suppose.

Il ne tient pas en place : il court d'un animal à l'autre pour leur donner à boire et à manger, brosse les ânes et s'occupe les mains. Au fil de la matinée, son excitation ne fait que grandir. Tout comme le mauvais pressentiment au fond de moi.

Je ne veux pas gêner cette réunion de famille. Plus que jamais, je sais que je ne suis pas à ma place aujourd'hui – même si j'étais réellement la nièce de Sofia. Alors je me réfugie dans ma chambre dès que Mattias crie depuis l'oliveraie que la voiture des grands-parents de Luca vient de s'engager dans l'allée. Bien sûr, il se trouve que ma chambre donne sur l'avant de la maison. Je peux donc les regarder depuis ma fenêtre descendre de leur voiture.

Ils sont plus jeunes que je le croyais, étant donné qu'ils ont un petit-fils de dix-sept ans. Malgré leur élégante tenue, ils ont une démarche raide et, quand Rosa se précipite pour prendre sa grand-mère dans ses bras, celle-ci met un long moment à lui rendre son étreinte.

Antonio leur serre la main et Luca suit son exemple, même si, à mon avis, il avait plutôt envie d'imiter Rosa.

Je laisse le rideau retomber et sors un livre pour m'occuper. Une heure et demie plus tard, j'entends la voiture repartir. Je descends alors d'un pas prudent dans la cuisine, où je trouve Rosa en sanglots dans les bras de Sofia. Antonio, impassible, passe devant moi pour sortir par la porte de derrière. J'entends ensuite le bruit familier de la hache tandis qu'il coupe du bois. Quant à Luca, il a disparu.

– Qu'est-ce qui s'est passé ? je chuchote à Mattias, qui referme la porte de la cuisine.

Il hausse les épaules.

– Apparemment, ils ont discuté hier soir, après leur première visite, et ils ont décidé qu'il n'y avait pas de place dans leur vie pour trois enfants.

– C'est parce que Luca et moi, on est rentrés tard ?

Est-ce ma faute ? En m'emmenant à cette stupide cascade, Luca a-t-il gâché ses chances de récupérer sa famille ?

Mattias secoue la tête.

– Je ne crois pas. À mon avis, ils avaient déjà pris leur décision avant même d'arriver en Italie.

Ils ne sont pas venus pour retrouver leurs petits-enfants, mais pour leur dire au revoir. Pauvre Luca ! Je ne peux pas imaginer ce qu'il ressent. Il était tellement paniqué à l'idée de les rater hier, et maintenant...

Va-t-il m'en vouloir ? Une part de moi s'inquiète, mais je me raisonne. Tout ça n'a rien à voir avec moi. Ça concerne mon ami, et j'ai le pressentiment qu'il va avoir besoin de moi. Alors je pars à sa recherche.

Je mets un moment à le trouver. Je vais d'abord à l'écurie, puis dans l'oliveraie, avant de réaliser qu'il m'a déjà parlé de sa cachette préférée. Tout en regrettant de n'avoir rien pris à grignoter, je monte au village, jusqu'à la portion de vieux mur où nous avons dégusté une glace lors de mon premier jour en Italie.

Recroquevillé contre le rempart, Luca ne regarde pas la mer ni ne mange de glace. Il ne ressemble plus du tout au garçon excité de ce matin. Je m'assieds à côté de lui.

– Tu veux en parler ? je demande à voix basse.

Il secoue la tête.

– Qu'est-ce qu'il y a à dire ? Ils ne veulent pas de nous. Comme tous les autres.

J'ai mal pour lui. Moi qui croyais que mon père m'avait abandonnée pour travailler cet été… Ce n'est rien à côté de ce que Luca traverse.

– C'est pour ça que je ne pouvais pas crier à la cascade, poursuit-il d'un ton furieux. Je ne peux pas lâcher prise. Je dois me souvenir de tout ce qui m'est arrivé. De tous les gens qui m'ont laissé tomber. D'abord mon père, qui s'en prenait à ma mère jusqu'à ce qu'Antonio s'interpose. Il est parti quand j'ai appelé la police. Et Maman… elle n'y arrivait plus. Elle aussi a choisi de s'échapper plutôt que de s'occuper de nous. Elle a tout abandonné. Apparemment, elle est dans un centre de désintox en ce moment… Et maintenant, *ces gens-là*.

– Ils ne te méritent pas, je déclare avec force.

– Et moi, qu'est-ce que je mérite, alors, Willa ? demande Luca, les yeux levés vers moi. Et Rosa et Antonio ?

Je ne trouve rien à répondre.

– Il faut que je me souvienne, répète-t-il. Comme ça, ça fera moins mal la prochaine fois.

J'ai envie de pleurer pour lui, pour tout ce qu'il a subi. Il m'a emmenée à la cascade et m'a aidée à me débarrasser des sentiments qui me retenaient. Je voudrais tellement pouvoir faire la même chose pour lui.

– Il ne s'agit pas d'oublier, je réplique en pensant à ma mère, mais d'avancer.

– Pour aller où ? s'enquiert Luca. On ne veut pas de moi, tu te rappelles ?

– Sofia veut de toi. Mattias aussi.

Et moi, j'ai envie d'ajouter. Mais je vais bientôt partir. Et je ne suis même pas celle qu'il croit.

– Vraiment ? Ils veulent peut-être juste l'argent qu'ils reçoivent pour s'occuper de nous.

– C'est vous qu'ils veulent, j'insiste d'un ton ferme. Sinon, vous n'auriez pas une place aussi importante dans leur famille.

– Mais on ne fait *pas* partie de leur famille, rétorque Luca, les yeux brillants de larmes. Aucun de nous. On n'est pas liés par le sang, pas comme toi. Tu es la nièce de Sofia, tu es chez toi ici. Nous, on n'est que de passage.

À ces mots, je frissonne. Je ne fais pas non plus partie de leur famille. Mais comment pourrais-je le lui avouer maintenant ?

– C'est d'autant plus important, j'insiste. Ils ont *choisi* de vous avoir ici, de vous accueillir dans leur vie. Pas parce que vous êtes de la famille. Parce qu'ils *veulent* que vous soyez là avec eux. Ça compte beaucoup plus que des liens du sang.

C'est la vérité. D'accord, je ne suis pas réellement Willa Andrews. En revanche, je suis bien celle avec qui Luca s'est lié d'amitié, qu'il a réconfortée le soir du festival, emmenée à la Cascata della Fuga, et avec qui il a chassé des cochons.

Je vais l'aider à surmonter cette épreuve.

– Tes grands-parents sont des idiots s'ils ne veulent pas de vous trois, je chuchote avant de me relever d'un bond. Allez, viens, je t'offre une glace !

TEXTOS

Alice : Bonne chance pour ce soir ! Ou plutôt, merde ! C'est bien ce qu'on dit ?

Willa : Ouais. Même si de toute façon, je compte plus sur mon talent que sur la chance.

Alice : Et promets-moi, plus de photos sur Instagram.

Willa : Promis juré.

Willa : Au fait, Hal te passe le bonjour.

Willa : Il a carrément rougi quand il m'a demandé de te transmettre le message.

Alice : Oh mon Dieu !

Alice : Dis-moi que tu ne le mènes pas en bateau !

Willa : Pourquoi je ferais ça ?

Alice : Bonne question.

Alice : Je suis sérieuse, Willa. Ne lui promets pas de rencard avec moi. Ne lui laisse même pas entendre que je pourrais en avoir envie.

Alice : OK ?

Willa : Ouais, bon, d'accord.
Mais à mon avis, tu fais
une erreur. Vous iriez super
bien ensemble.

Alice : Ce serait parfait
pour tes plans.

Willa : Oui, aussi…

Alice : Sérieusement.
Il est sympa, mais je ne pense
pas à lui de cette façon.

Alice : Pas du tout.

WILLA

La semaine suivante, c'est la folie. Quand nous ne sommes pas au théâtre à répéter et travailler sur les décors et les costumes, je révise mes répliques avec Hal dans des cafés et des parcs de Londres, tout en évitant Mabel qui nous croit encore au stage scientifique.

Puisque je suis l'une des rares personnes à avoir un monologue, les répétitions sont un peu plus ennuyeuses pour moi que pour les groupes. Malgré tout, j'aime bien être au théâtre. Certains me demandent mon aide ou des conseils pendant qu'ils répètent. Apparemment, mes compétences de metteuse en scène sont très prisées depuis notre travail en petits groupes de la semaine dernière. (Nous étions *clairement* les meilleurs, alors je ne suis pas vraiment surprise.)

On m'a aussi poussée à jouer dans une deuxième scène avec Tuppence et Ryan, après que Rina a attrapé une angine pendant le week-end. J'ai donc maintenant *deux* rôles à préparer, sans parler de devoir gérer Tuppence qui essaie de me mener à la baguette.

– N'oublie pas que c'est ma scène, alors on la joue à *ma* façon, déclare-t-elle la première fois que j'interviens.

On sait tous que c'est moi qui ai le plus de chances de décrocher un rôle à cette audition, et la dernière chose dont j'ai besoin, c'est que des amateurs fassent tout foirer.

Ryan et moi échangeons un regard. J'ai l'impression que même lui commence à en avoir marre du numéro de notre partenaire. Et je ne peux pas m'empêcher de me demander pourquoi elle a besoin de cette audition – sauf si son école de théâtre huppée ne la juge pas assez douée pour candidater pour *Heatherside* par la voie normale.

Je reste en retrait au début de la scène et la laisse déclamer ses trois premières répliques avant de l'interrompre.

– Tu es sûre de vouloir la jouer comme ça ?

Depuis, c'est de pire en pire.

– Tu aurais pu refuser quand Vincent t'a proposé le rôle, fait remarquer Hal alors que je me plains de Tuppence pendant notre pause d'une demi-heure à St James's Park mardi après-midi.

– Et rater une deuxième occasion d'épater la directrice de casting ? Non, merci. En plus, Tuppence a toutes les meilleures scènes.

– Bon, ce casting, c'est pour quoi exactement ?

– Sérieux, tu n'es pas encore au courant ? je réplique en me redressant, stupéfaite. Tu as passé une semaine au théâtre !

– Et tout ce dont je vous ai entendus parler, c'est de votre costume qui doit être plus flatteur et de l'éclairage qui ne met pas en valeur votre meilleur profil.

Il n'a pas tort.

– C'est pour *Heatherside*. Ils ajoutent une nouvelle famille à la série et cherchent des acteurs pour jouer deux adolescents.

– Et ils vont les choisir parmi vous ?

– Non, je réponds sans tenir compte de son ton sceptique.

C'était aussi ce que j'avais déduit des messages échangés entre les participants, avant que Billie ne nous explique ce qui était prévu.

– La directrice de casting va assister à notre représentation et, si elle apprécie ce qu'elle voit, elle choisira les deux ou trois meilleurs d'entre nous pour participer à la véritable audition pour *Heatherside* le lendemain.

– Hmm… C'est pour ça que tu as fait tout ça ? Pour essayer de décrocher un rôle dans un feuilleton ?

– Toutes les grandes carrières d'acteur doivent bien commencer quelque part ! D'ailleurs, ne critique pas *Heatherside*. Mon père joue dedans, je te signale.

– Ah oui. Désolé.

– C'est rien. Enfin, un rôle dans la série serait effectivement une première étape importante dans ma carrière d'actrice.

J'arrache quelques brins d'herbe à côté de moi pour les entrelacer.

– Mais ce n'est pas la seule raison ? demande Hal.

Depuis quand est-il aussi perspicace ?

– C'est aussi pour mon père. Depuis qu'il est parti… je ne le vois plus beaucoup. Alors que si je décroche ce rôle, je le verrai au travail tous les jours.

Avec sa nouvelle petite amie, j'imagine, même si je ne crois pas que cette histoire va durer très longtemps. Maman a raison : c'est sa crise de la quarantaine. Je veux juste que ça lui passe et qu'il se souvienne qu'il a une fille.

– Je comprends, répond Hal. Je ne vois pas souvent ma mère non plus, ces derniers temps. On dirait qu'elle est toujours en salle d'opération… Attends, l'audition est un samedi ? Comment tu vas échapper à Mabel ? En supposant que tu sois choisie, bien sûr.

– Je serai choisie, j'affirme d'un ton désinvolte, soulagée que la conversation soit revenue dans ma zone de confort. Et je trouverai une solution d'ici là, j'en suis sûre.

Hal s'allonge sur le dos dans l'herbe, un bras replié sur les yeux.

– Je vais finir par devoir faire croire qu'on a une excursion scientifique d'une importance capitale le week-end prochain, c'est ça ?

– Je savais que je pouvais compter sur toi, je réplique en lui tapotant l'épaule. Je te laisserai régler les détails.

Il déplace son bras pour pouvoir me regarder.

– Tu sais que je ne fais pas ça pour toi, hein ?

– Je sais, je sais. C'est par amour pour Alice.

À ces mots, il devient écarlate. Du moins, les parties visibles de son visage.

– Ce n'est pas… Je n'ai pas… On n'a pas…

– Respire, Hal !

Je m'allonge à côté de lui, appuyée sur un coude, et prends un ton de conspiratrice.

– Justement, je crois que tous les deux, vous formeriez un couple *parfait*.

Bien mieux qu'avec cet Antonio sur lequel elle a flashé, vu ce qu'elle m'a raconté.

– Sérieux ? demande Hal en se redressant brusquement. Tu le penses vraiment ?

– Oui. En plus, je crois qu'Alice aussi.

Enfin, une fois que je l'aurai convaincue, ce qui revient à peu près au même.

Il me fixe en clignant des yeux, de toute évidence sidéré par cette révélation.

– Laisse-moi jouer les entremetteuses, Hal. Toi, occupe-toi de trouver mon alibi pour samedi.

Il hoche la tête avec enthousiasme et je remercie Alice en silence pour le pouvoir qu'elle exerce sur lui. Le fait qu'Hal ait craqué pour elle a *grandement* facilité mes plans cet été.

– Allez, viens ! je lance en sautant sur mes pieds avant de lui tendre la main pour le relever. La pause est finie.

Il est temps de se remettre au boulot. Je dois encore trouver des bijoux fantaisie pour mon rôle de reine.

*

Puis, tout à coup, on est vendredi après-midi – le jour de la représentation. Hal est monté dans la cabine de régie avec Billie, alors je suis seule en coulisses avec les autres comédiens. Nous écoutons tous le grand discours de bienvenue de Vincent à l'adresse des parents et membres de la famille venus nous voir jouer. Bien sûr, je n'ai pas pu inviter Mabel, mais peu importe. La seule personne qui compte se trouve quelque part dans le public – la directrice de casting d'*Heatherside*.

– Tu n'as pas intérêt à tout faire foirer, Willa, me chuchote Tuppence à l'oreille.

J'essaie de jeter un coup d'œil derrière moi sans trop bouger et j'aperçois Ryan à côté d'elle.

– J'ai plus peur que tu oublies encore tes répliques comme à la répétition de tout à l'heure, je murmure. Ou que Ryan trouve un miroir quelque part et soit trop absorbé par son propre reflet pour jouer.

Tuppence a sûrement quelque chose à rétorquer, mais les spectateurs applaudissent et le rideau s'ouvre. Que le spectacle commence !

*

Une heure et demie plus tard, tout est terminé.

– Tu as réussi !

Hal accourt dans les coulisses pour me serrer dans ses bras, avant même que je n'enlève mes bijoux. Puis il me lâche et me fourre une feuille de papier sous le nez.

– La directrice de casting a donné à Vincent la liste de ceux qu'elle veut voir demain et tu en fais partie ! Billie m'a envoyé l'accrocher au tableau pour vous tous !

– Laisse-moi voir ça !

Tuppence bouscule les autres comédiens rassemblés pour arracher la feuille des mains d'Hal. J'ai juste le temps de lire mon nom en haut de la liste.

J'ai réussi ! J'ai vraiment réussi ! Au fond de moi, je ne sais pas si je m'en croyais réellement capable. Mais j'y suis arrivée.

Avachie sur le bord d'un coffre rempli de costumes, j'entends à peine la voix nasillarde de Tuppence lire à haute voix les noms des trois autres personnes retenues : elle-même, bien sûr, ainsi que Ryan et Rina.

Je sors mon portable de ma poche et commence à écrire un texto à Alice pour lui annoncer la bonne nouvelle.

– On devrait prendre une photo ! crie Tuppence. Tous les quatre !

Apparemment, elle a oublié ses inquiétudes à propos de mon jeu d'actrice maintenant que tout s'est bien passé.

Avant que je puisse protester, elle m'arrache mon téléphone des mains et le lance à Hal, qui le rattrape de justesse.

– D'accord. Souriez !

Il lève le portable et s'apprête à appuyer sur le bouton d'accueil pour passer en mode photo. C'est à cet instant précis, alors que son visage se décompose, que je réalise quelque chose de terrible. *Ma conversation de la veille au soir avec Alice, à propos d'Hal, est encore affichée à l'écran.*

– Attends !

Je bondis pour essayer de lui reprendre mon téléphone, mais il le soulève hors de ma portée. Tandis qu'il lit en articulant les mots en silence, je me rappelle tout ce que j'ai écrit. Tout ce qu'*Alice* a écrit.

Soudain, ses sentiments pour Alice ne me semblent plus aussi amusants.

– On la prend, cette photo, ou quoi ? lâche Tuppence d'un ton sec.

– Pourquoi pas, répond Hal, les yeux baissés sur moi. Après tout, vous allez bien ensemble.

Il passe en mode photo et nous immortalise tous les quatre : Tuppence et Ryan, rayonnants ; Rina, perplexe ; et moi, qui le fixe d'un air implorant. Puis il me lance mon portable, ramasse son sac et sort sans ajouter un mot.

J'ai vraiment tout foiré ! Et je ne sais pas comment réparer la situation.

– Tu vas lui courir après ? demande Rina.

Sa question me sort de ma léthargie.

– Lui courir après. Oui !

Laissant les autres se préparer pour la soirée de fin de stage, je dévale l'escalier qui mène à l'entrée des artistes dans l'espoir de le rattraper. Seulement, quand j'arrive devant la porte, Billie me barre le passage.

– Il ne veut pas te parler, Willa, déclare-t-elle à voix basse. Je ne sais pas ce qui s'est passé entre vous deux. Il m'a juste demandé de t'empêcher de le suivre.

– Je dois… m'excuser. Ou m'expliquer.

Je bondis sur un côté pour tenter de passer, mais elle est plus rapide que moi.

– Attends demain, me conseille-t-elle. Laisse-le d'abord se calmer un peu. En plus, tu ne dois pas aller à une fête ? J'ai entendu dire qu'il y avait beaucoup de choses à célébrer.

– J'imagine.

Nous avons raconté à Mabel qu'une petite soirée était organisée pour tous les participants du stage scientifique. Elle s'attend donc à ce que je rentre plus tard.

– Ne fais pas trop la fête non plus. Rappelle-toi, tu as une audition demain.

Comme si je pouvais l'oublier.

Billie me remet une enveloppe à mon nom, dans laquelle je trouve toutes les instructions pour l'audition. Je la range dans mon sac pour plus tard.

Je remonte l'escalier d'un pas traînant, vers l'endroit où j'entends les autres faire la fête – pas seulement ceux sélectionnés pour l'audition, mais tout le monde. Notre représentation a été un succès. Elle s'est déroulée presque sans problème et le public semble avoir apprécié le spectacle. Nous méritons *tous* de fêter ces deux semaines passées au théâtre, d'autant plus que c'est peut-être la dernière fois que certains d'entre nous se voient.

– Willa ! Viens !

Daisy – qui faisait partie du groupe que j'ai dirigé et qui m'a demandé mon aide pour sa propre scène – apparaît en haut des marches et me fait signe de monter.

– Allez ! On va trinquer !

Billie a raison. Je devrais profiter de la soirée. J'ai travaillé dur pour en arriver là et je mérite de célébrer mon succès. Même si Hal est énervé par quelques textos stupides.

Une fois parvenue en haut de l'escalier, j'ai réussi à me convaincre qu'il exagère et que tout ira mieux demain.

ALICE

Quelques jours plus tard, je suis réveillée par la sonnerie de mon portable… et la photo de Papa s'affiche à l'écran. Il doit être revenu à terre pour un jour ou deux s'il m'appelle en vidéo. Je vais devoir prévenir Willa.

Je m'empresse de me redresser et j'oriente mon téléphone pour qu'il voie juste un mur blanc derrière moi. Puis j'appuie sur « Répondre ».

– Salut, Papa !

– Salut, mon Étoile de mer !

Même à des milliers de kilomètres, il arrive encore à me faire sourire.

– Ça fait des années que tu ne m'as pas appelée comme ça.

– Je sais. Mais j'en ai vu une particulièrement belle hier matin, qui m'a fait penser à toi.

– Alors, tout se passe toujours aussi bien ?

Un hochement de tête très enthousiaste. Papa a l'air bronzé, détendu, et même heureux.

– Oui, mais ne t'occupe pas de moi ! Comment ça se passe là-bas ? À Londres et… avec Mabel ?

Il y a quelque chose dans sa voix, ou peut-être sur son visage. Un optimisme que je n'avais encore jamais vu.

– Ça va.

Je repense aux textos de Willa sur ce qu'elle fait à Londres.

– Mabel a l'air… très gentille.

– Oh, je suis vraiment content que tu penses ça, Alice, réplique Papa, apparemment soulagé. Elle est unique, n'est-ce pas ?

Oh non !

Soudain, la vérité me saute aux yeux. Il ne teste pas simplement Mabel car il croit que j'ai besoin d'une influence féminine. Elle n'est pas qu'une vieille amie avec qui il a entamé une relation parce qu'il me faut une nouvelle mère. Il tient vraiment à elle. Peut-être même qu'il l'*aime*.

J'ai supposé que mon père sortait avec elle pour mon propre bien. Mais tout à coup, je comprends que ça va beaucoup plus loin.

– Elle est super, je réponds avec un sourire forcé. Alors, euh… tu penses qu'on la verra souvent après ton retour ?

S'il te plaît, dis non. S'il te plaît !

Car dans le cas contraire, tous nos plans tombent à l'eau. Il ne nous reste plus qu'une semaine avant de reprendre nos places respectives. Ensuite…

– J'espère, confie Papa. Mais c'est peut-être un sujet qu'on pourra aborder quand je serai rentré, hein ? Je ne veux pas te bousculer.

Il y a donc bien un bouleversement à venir.

Que faire ?

Willa était *censée* dissuader Mabel de devenir ma belle-mère, mais ses textos de Londres semblent montrer qu'elles s'entendent mieux que je ne l'imaginais. Dois-je lui demander de devenir plus casse-pieds, comme prévu ? Au risque de briser le cœur de mon père ? Non, je ne peux pas.

Seulement, si je ne fais rien… un jour ou l'autre, mon père va découvrir la vérité sur cet été. Et Mabel aussi. Que se passera-t-il alors ?

Papa et moi bavardons encore un peu, même si je ne suis qu'à moitié concentrée sur la conversation. Dès que je raccroche, j'envoie un rapide message à Willa pour la mettre au courant. Puis je me rallonge sur mon lit et j'essaie de trouver un plan pour la suite.

Quand les problèmes à régler sont trop nombreux, il n'y a qu'une seule marche à suivre. J'ai beau savoir que la voix de Maman ne flotte pas réellement dans la brise qui entre par la fenêtre, je l'entends très clairement et je souris. Voilà un souvenir que je n'ai finalement pas lâché dans le flot de la cascade.

Une chose à la fois. Que peux-tu faire tout de suite pour améliorer la situation ? Je ne peux rien faire à propos de Papa ou de Mabel, et Willa n'a même pas encore répondu à mon texto. Mais je suis encore en Italie, où je passe le meilleur été de ma vie avec des gens que j'apprécie. Pour une fois, je vais donc vivre l'instant présent et faire ce dont j'ai envie. Aller voir la mer.

Nous avons prévu de passer une journée à la plage depuis mon arrivée en Italie, mais il y a tant d'autres choses à faire – à la ferme, au village, sans parler de notre excursion à la cascade – que nous n'avons pas encore eu le temps.

Eh bien, aujourd'hui est peut-être le grand jour. Je me lève d'un bond pour aller demander à Luca et Rosa s'ils veulent aller à la plage. Tout le reste peut attendre.

WILLA

Il est près de 23 heures quand la soirée se termine, et j'avais décidé de rester jusqu'à la fin. On me félicite ou on me remercie pour mon aide. Je prends toutes les louanges avec le sourire, encore et toujours. Même si je ne sais pas vraiment ce que je cherche à prouver, je vais assurément y arriver. Je devrais me préparer pour l'audition de demain, mais je ne pense pas à ça. Ni à Hal, ni à Mabel, ni à Alice. À rien ni personne sauf à moi-même. J'ai déjà passé trop de temps cet été à être Alice. Willa, elle, veut rester faire la fête.

Vincent et Billie finissent par nous faire sortir du théâtre après s'être assurés que nous avions nos portables et un moyen de rentrer chez nous en toute sécurité. Puisque j'avais prévu de rentrer avec Hal, je dois inventer rapidement un mensonge, mais, avec mes talents de comédienne, ils me croient, bien sûr.

La plupart des parents sont sortis dîner pendant la fête, puis revenus chercher leurs enfants. Ils semblent tous avoir disparu avant même que j'aie trouvé mon chemin. Tout paraît différent la nuit.

Je marche en direction de la station de métro, brusquement consciente de l'obscurité malgré l'éclairage public. Je pensais que les rues seraient désertes, mais ce n'est pas le cas, et je me raidis chaque fois que je croise quelqu'un.

Je ne devrais pas être toute seule. Je n'ai pas vraiment peur. Bon, d'accord, peut-être un petit peu.

Je serre ma veste légère contre moi, en regrettant de ne pas avoir celle en cuir qu'Alice a emportée en Italie. Les soirées d'été à Londres peuvent être fraîches et il a fait gris toute la journée. Les yeux levés vers le ciel assombri, je me demande s'il va pleuvoir. C'est pour ça que je ne vois pas la silhouette approcher sur le côté avant qu'il ne soit trop tard.

Soudain, on m'arrache mon sac de l'épaule. La bandoulière m'érafle le cou lorsque le voleur l'attrape et tire dessus d'un coup sec.

– Hé !

Je me retourne pour essayer de le récupérer, mais mes mains se referment sur le vide. L'homme a déjà parcouru la moitié de la rue lorsque je songe enfin à lui courir après, ce que je fais pendant quelques secondes avant de réaliser que poursuivre un voleur à l'arraché n'est sans doute pas la meilleure des idées. Je m'arrête donc.

De toute façon, je ne le rattraperai jamais maintenant. Mon sac – avec portefeuille, portable, clés et carte de transport – a disparu.

Je commence à revenir sur mes pas en essayant d'étouffer la panique qui m'envahit. Je vais retourner au théâtre. Peut-être que Billie et Vincent y sont encore et pourront m'aider.

– Ça va aller, je me murmure à moi-même. J'ai réussi à venir à Londres toute seule, alors je vais trouver une solution.

Mais quand j'arrive devant le théâtre, il est plongé dans l'obscurité, la porte est verrouillée. Et maintenant ?

Ralentis et respire à fond. Les conseils d'Alice en cas de crise d'angoisse me reviennent à l'esprit.

Je voudrais appeler Hal. Ou Alice. Ou encore Mabel. Ou même ma mère. Pour une fois, j'aimerais que quelqu'un d'autre me dise quoi faire, même si j'ai passé tout mon été à essayer justement de les en empêcher.

Je n'ai plus le numéro de Mabel ni celui d'Hal maintenant qu'on m'a volé mon portable, et je ne peux appeler personne d'autre à Londres. À part Alice et Hal – et Billie, accessoirement –, personne ne sait que Willa Andrews se trouve en Angleterre.

Si je disparaissais, ils ne sauraient même pas que c'est moi qu'il faut chercher, et non Alice Wright. Cette pensée me donne envie de pleurer.

Je me laisse tomber sur le perron du théâtre, enfin consciente de l'horreur de ma situation.

Je veux retrouver Mabel. Et rentrer à la maison. Je ne sais pas combien de temps je reste assise là avant d'entendre quelqu'un me demander :

– Tout va bien, mademoiselle ?

En tout cas, assez longtemps pour être glacée jusqu'aux os.

Lorsque je lève les yeux sur le visage d'une policière, je pleure presque de soulagement.

– Vous pouvez m'aider à rentrer chez moi ?

*

Traverser Londres de nuit dans une voiture de police est une expérience plutôt amusante. Contrairement à mes retrouvailles avec Mabel, qui m'a attendue.

– Oh, Dieu merci, tu vas bien ! s'exclame-t-elle en me serrant dans ses bras tandis que la policière repart après lui avoir expliqué la situation. J'étais tellement inquiète. Ça a dû être terrifiant ! Te faire arracher ton sac dans la rue comme ça !

– Ça va, je réplique en me dégageant de son étreinte. J'étais avec Hal, sauf qu'il a dû rentrer chez lui un peu plus tôt. Mais il m'a laissée avec les autres participants du stage.

À ces mots, Mabel recule d'un pas pour me dévisager, les sourcils froncés.

– Alice, j'ai appelé Hal il y a trois heures parce que je n'avais pas de nouvelles. Il m'a dit qu'il ne t'avait pas vue depuis 19 h 30. Il m'appelle toutes les demi-heures pour savoir si tu es rentrée. D'ailleurs, je devrais le prévenir que tu vas bien.

Même furieux contre moi, Hal s'est inquiété. Alors que je lui ai menti au sujet d'Alice et que je me suis servie de lui ces deux dernières semaines pour obtenir ce que je voulais.

Mabel raccroche et me fixe.

– Alors, tu veux bien me dire où tu étais réellement ce soir ?

Je grimace en regardant mes pieds. Il y a trop de mensonges à démêler et je n'ai plus la force d'en inventer de nouveaux.

– Je crois qu'on devrait en parler demain, soupire-t-elle. Quand on aura dormi toutes les deux.

– Mabel, je suis…

– Au lit, Alice, me coupe-t-elle d'une voix épuisée. On discutera demain matin.

★

Le lendemain, je me réveille tard. Après m'être rapidement douchée et habillée, je descends l'escalier sur la pointe des pieds – si Mabel travaille, je ne veux pas la déranger. Et je n'ai pas non plus hâte d'avoir cette conversation avec elle.

À mon arrivée dans la cuisine, je trouve un mot accroché sur le réfrigérateur : « Partie courir. À tout à l'heure. »

Je le fixe un instant. C'est peut-être l'occasion pour moi de revenir dans ses bonnes grâces. Je consulte ma montre. Trois heures avant l'audition. Largement le temps d'arranger les choses.

Je veux prendre mon portefeuille, avant de me rappeler que je n'en ai plus. Puis je me souviens du billet de vingt livres d'Alice réservé aux urgences, dissimulé dans son étui de passeport. Si ça n'est pas une urgence, alors je ne sais pas ce que c'est. Je tire donc l'argent de sa cachette et j'enfile mes chaussures.

Après être sortie en vitesse de l'appartement, je me rends au café au coin de la rue, où Mabel et moi sommes déjà allées plusieurs fois.

Armée d'un latte pour elle et d'une boisson glacée aux fruits rouges pour moi, plus deux énormes muffins et deux viennoiseries – je ne sais plus ce qu'elle préfère –, je rebrousse chemin vers l'appartement, puis je marque une pause juste devant la boutique en bas. Des fleurs. Ça aiderait peut-être, s'il me reste assez d'argent. Toute aide est la bienvenue en ce moment.

C'est un défi de remonter l'escalier métallique avec les boissons, les pâtisseries et le bouquet de fleurs le moins cher qu'ils avaient, mais je le relève avec succès. J'ai même le temps de mettre la table et d'y disposer la nourriture avant d'entendre la clé de Mabel tourner dans la serrure.

Debout sur le seuil de la cuisine, rouge et en sueur dans sa tenue de course, elle examine le petit déjeuner que j'ai préparé.

– Je prends ça pour des excuses ? lance-t-elle.

Je fouille dans les placards à la recherche d'un vase pour les fleurs, qui ont l'air un peu tristes.

– Meuble du haut à droite, m'indique-t-elle. Au-dessus du grille-pain.

Après avoir trouvé le vase, j'y dépose les fleurs et je me retourne vers Mabel.

– Je suis vraiment, vraiment désolée pour hier soir.

C'est la vérité. Je me sens nulle, stupide, et surtout coupable. Ce n'est pas un sentiment que j'ai l'habitude d'éprouver et je n'aime pas ça *du tout.* J'étais tellement décidée à m'amuser que je n'ai pas pensé à Mabel. Et par-dessus tout, je n'ai pas voulu admettre qu'Hal avait de bonnes raisons d'être furieux contre moi. J'ai tout fichu en l'air, sur tous les plans.

Mabel hoche lentement la tête, puis soupire :

– Laisse-moi prendre une douche rapide. Ensuite, on pourra parler.

Elle monte à l'étage avec son café.

Un quart d'heure plus tard, nous sommes assises l'une en face de l'autre à la table de la cuisine. J'émiette un pain aux raisins tandis qu'elle picore distraitement un muffin aux myrtilles.

– Alors, tu veux me dire ce qui s'est réellement passé hier soir ? finit-elle par demander.

– Je ne sais pas trop, je réponds avec une grimace.

Après y avoir réfléchi toute la matinée, j'ignore encore ce qui m'a poussée à me conduire comme… une peste. J'ai tout de même réussi à inventer une histoire qui colle avec les mensonges que j'ai déjà racontés à Mabel, sans trop s'éloigner de la vérité.

– J'ai juste… On est allés à la fête avec les autres participants du stage, comme prévu. Puis Hal et moi… on s'est plus ou moins disputés. Il avait raison, mais je ne voulais pas l'admettre.

En le formulant comme ça, j'ai l'air d'une gamine.

– Qu'est-ce qui s'est passé ensuite ? s'enquiert Mabel.

– Il est parti. Pour rentrer chez lui, j'imagine. J'allais le suivre quand quelqu'un m'a conseillé de le laisser se calmer d'abord. Et puis… j'ai réussi à me convaincre que de toute façon, c'était sa faute, alors j'ai tenu à rester à la fête et à m'amuser le plus possible… Après, j'ai dû rentrer toute seule, et… tu connais la suite.

Si seulement j'avais eu l'occasion de demander pardon à Hal… Si seulement je ne lui avais pas menti au sujet d'Alice…

– Je déteste que tu te sois retrouvée seule la nuit dans Londres. Mon Dieu, tu sais la chance que tu as eue de ne perdre que ton sac ? Imagine que cette policière ne t'ait pas croisée…

Mabel secoue la tête sans terminer sa phrase. J'en suis ravie, car la simple idée des possibilités me fait frissonner.

– Ton père va tellement m'en vouloir.

À ces mots, je relève brusquement les yeux pour la regarder en face.

– Ce n'est pas ta faute si j'ai été stupide !

– Peut-être pas. Mais je suis responsable de toi cet été. Alors ça me rend fautive.

– Je suis désolée, je répète d'une toute petite voix. Je sais que c'était bête. Et même dangereux. Je ne recommencerai plus jamais.

Mabel soupire, puis tend le bras pour poser sa main sur la mienne.

– Tu sais, je me souviens que quand j'avais quatorze ans, ma mère me demandait tous les jours de ranger ma chambre. Et chaque fois, je l'ignorais.

– Qu'est-ce qui s'est passé ?

– Un jour, j'ai trébuché sur une pile de livres et je me suis cassé la cheville. À mon retour de l'hôpital, où on m'a posé un plâtre, ma mère avait mis toutes mes affaires dans des sacs et m'a annoncé que ce que je n'aurais pas trié et rangé d'ici la fin du week-end partirait à la poubelle.

– Il y a une morale ou un message que je suis censée capter ici ? je lance, les sourcils froncés.

Mabel prend une énorme bouchée de muffin, qu'elle avale avant de me répondre :

– Pas vraiment. Seulement… je n'avais pas une attitude très rebelle quand j'étais jeune. Je n'étais pas ce genre d'ado.

Tout comme la vraie Alice. Je parie que l'été de Mabel se serait beaucoup mieux passé si elle avait été là à ma place.

– Je ne suis pas douée pour ça, Alice, poursuit Mabel. J'avais prévenu ton père, mais il m'a assuré que je m'en sortirais, et... je voulais le croire. Quand il te décrivait... j'imaginais une autre fille. Maintenant que tu es là, je n'arrive pas à communiquer avec toi et j'ai tout faux. Tu traînes dehors jusqu'à minuit, tu mens sur tes fréquentations et c'est la police qui te ramène à la maison. Je ne sais plus quoi faire. Alors j'ai repensé à ma propre adolescence... Apparemment, ça n'aide pas beaucoup.

Mon sentiment de culpabilité me submerge soudain, prêt à m'engloutir.

C'est ce que nous avions prévu, Alice et moi, dans l'avion. Après un été avec moi, Mabel devait détester l'idée de devenir belle-mère. J'allais tout arranger pour Alice, pour qu'elle n'ait plus à s'inquiéter de la nouvelle petite amie de son père. Et j'ai réussi – ou presque. Alors pourquoi est-ce que je me sens aussi mal ?

– C'est... c'est pas toi, je bredouille. C'est juste que... cet été est vraiment bizarre. Je me retrouve ici, loin de Papa. Je crois que je n'ai pas très bien géré la situation. Mais tu n'y es pour rien.

Mabel me reprend la main et la serre fort.

– Je ne peux pas imaginer à quel point ça doit être perturbant pour toi d'être ici avec quelqu'un que tu connais à peine. J'espérais malgré tout qu'on aurait le temps d'apprendre à mieux se connaître cet été. Et peut-être de devenir amies.

Amies. Mabel ne veut pas être une nouvelle mère comme Alice le croyait. Elle veut juste être son amie.

– C'est une bonne idée, je réponds avec un petit sourire.

Alice devra l'accepter.

– En parlant d'amis, tu ne crois pas qu'il y a quelqu'un d'autre avec qui tu dois te réconcilier ? demande Mabel.

Hal, bien sûr. Et j'ai toujours une audition à passer. Faire la paix avec lui sera le prétexte parfait pour filer à mon rendez-vous sans que Mabel s'en aperçoive. Je peux faire d'une pierre deux coups, non ?

Je me lève d'un bond et désigne la porte.

– Ça t'ennuie si je…

– Vas-y, lance-t-elle avec un sourire. Va te réconcilier avec Hal. Et… on dîne ensemble ce soir ? Rien que toi et moi ?

– Absolument. Ah oui, je pourrais t'emprunter ton téléphone ? Et un peu d'argent… ?

– En fait, je t'ai pris ça pendant mon footing, réplique-t-elle en me donnant un portable à carte prépayée et deux billets de dix livres. Le téléphone est déjà chargé. Alors pas d'excuses pour ne pas m'appeler si tu es en retard ou si tu as besoin que je vienne te chercher. OK ?

– OK, je réponds avec un sourire contrit avant de la serrer dans mes bras. Merci, Mabel !

MESSENGER

Willa : J'ai déconné.
Maintenant, c'est ma tournée d'excuses.

Alice : Je dois faire mes bagages ?

Willa : Non. C'est pas si grave. Seulement...

Willa : J'ai été une peste et j'ai aggravé la situation ici. Ah oui, j'ai un nouveau portable, alors renvoie-moi ton numéro, OK ?

Willa : Enfin bref.

Willa : Je me suis excusée auprès de Mabel avec un petit déjeuner. Là, je vais retrouver Hal. Enfin, après mon audition.

Willa : Je t'expliquerai mieux ce soir.

Alice : OK. Tu vas bien ?

Willa : Je... sais pas trop.

Willa : Ça ira si Hal me pardonne.

Willa : Mais il faut que je te parle de Mabel.

Alice : Elle est horrible ?

Willa : Non. C'est ça, le problème.

Willa : En fait, elle est plutôt géniale.

Willa : Je crois bien qu'elle pourrait te plaire. Si tu as l'occasion de la rencontrer.

Alice : Après cet été ? Ça m'étonnerait.

Willa : Ouais. Tu as raison. À plus, bisous !

Alice : À plus. Je vais à la plage !

ALICE

Quand je le retrouve dans l'écurie, Luca se sent encore mal à cause de ses grands-parents. Il m'assure qu'il va bien, mais, à la façon dont il s'occupe des ânes, je devine qu'il se sent toujours comme l'une des causes perdues de Sofia.

Cette dernière m'aide à préparer un pique-nique pour trois, puis je réunis Rosa, nos maillots de bain et des serviettes avant d'aller arracher Luca à Achille et Hercule.

– J'ai prévu quelque chose pour ce soir, quand vous rentrerez tous les trois, me lance Sofia.

Je m'arrête sur le seuil et me retourne vers elle.

– Quoi ?

– C'est une surprise, élude-t-elle.

La plage est l'endroit idéal pour oublier tous mes soucis : les messages énigmatiques de Willa qui aurait « déconné », ce que je vais faire au sujet de Papa et Mabel, et ce qui va se passer à la fin de l'été. Même Luca semble se dérider dès notre arrivée.

Je souris en le regardant poursuivre Rosa avec un crabe.

– Je le savais. C'est impossible d'être grognon au bord de la mer.

– C’est impossible pour *toi*, réplique-t-il, levant les yeux au ciel.

Puis il se remet à courir après sa sœur. Je sais alors que, peu importe ce qu’il prétend, c’était l’idée parfaite pour nous trois ce matin.

– Un jour, tu m’as dit qu’il y avait des grottes ici, je fais remarquer un peu plus tard, après notre pique-nique. J’aimerais bien les voir. Elles sont dans quelle direction ?

Je jette un coup d’œil des deux côtés. Sur la droite, la bande de sable, bordée de rochers et d’herbe, conduit vers l’intérieur des terres et la route qui monte au village. À gauche, il y a des cafés, des restaurants de fruits de mer et des petites cabanes où l’on vend des serviettes et autres affaires de plage. Plus loin de chaque côté, les rochers s’élèvent pour former de véritables falaises. Je suppose que l’une d’elles renferme les fameuses grottes marines.

Luca et Rosa se regardent, puis il agite la main vers la droite.

– On pourra revenir par l’autre côté pour acheter une glace, suggère Rosa.

– Bonne idée !

Les grottes marines sont fraîches et humides, avec des algues et des coquillages collés aux parois et aux rochers. *Elles plairaient à Papa*, je pense distraitement. Restée près de l'entrée, Rosa ramasse des coquillages tandis que Luca me conduit à travers le réseau de tunnels et de grottes, plus loin à l'intérieur de la falaise.

Soudain, j'entends le bruit que je guettais. Une chute d'eau. Pas aussi forte que la Cascata della Fuga, loin de là. Le son est plus proche du ruissellement que du grondement. Malgré tout, c'est bien de l'eau qui cascade sur les rochers depuis la rivière au-dessus de la falaise. Comme me l'avait décrit Luca lors de mon premier jour en Italie.

– Tu crois que cette cascade a aussi des pouvoirs magiques ? demande-t-il.

Il essaie de prendre un ton moqueur, mais je ne suis pas sûre qu'il plaisante. Du moins, pas totalement.

– Tu penses vraiment qu'une cascade, n'importe laquelle, peut posséder des pouvoirs magiques ? je réplique, incrédule.

– Non.

– Moi non plus.

– Ah oui ? s'étonne Luca en me lançant un regard amusé. Alors pourquoi on a dû prendre quatre bus, marcher des kilomètres et faire fuir des cochons l'autre jour ?

– Parce que j'ai promis à ma mère d'aller voir cette cascade. Et parce que… (Je cherche les bons mots.) Ce n'était pas magique, je le sais. Mais c'était cathartique.

Je me doutais que ce mot compliqué me servirait un jour.

– L'eau n'a pas emporté mes soucis. C'est moi qui les ai jetés.

– Tu as clairement l'air plus heureuse aujourd'hui, admet Luca. Je ne sais pas comment l'expliquer. C'est un peu comme si… tu attendais de dire quelque chose depuis ton arrivée, et maintenant, c'est sorti.

– Oui, c'est ça.

Sauf que je n'ai raconté mes secrets qu'à la cascade. Pas aux gens qui méritent vraiment de les entendre. Je pourrais en parler à Luca. Tout avouer. J'en ai d'ailleurs envie. Je voudrais qu'il sache qui je suis réellement.

Dans la fraîcheur humide de cette grotte, avec l'eau qui ruisselle derrière nous, je veux qu'il connaisse *Alice*. Pas Willa. Mais je ne peux pas le lui dire tout de suite. Il faut d'abord que j'en parle à Willa, car la décision de révéler ce secret n'appartient pas qu'à moi.

– Allez, viens. On devrait rejoindre Rosa.

Nous passons le reste de l'après-midi à construire une gigantesque sirène dans le sable, avec des algues en guise de cheveux et des coquillages pour les écailles de sa queue. Luca se montre étrangement maniaque en ce qui concerne la position de ces écailles, alors je le laisse s'en occuper et prends quelques photos avec mon portable. Je les envoie par e-mail à Willa, déjà un peu déprimée à l'idée que mon séjour en Italie touche bientôt à sa fin. Au moins, j'ai l'impression d'avoir accompli quelque chose d'utile pendant mes vacances.

Avec Luca, je me suis fait un vrai ami. J'espère juste qu'il voudra toujours de mon amitié quand je lui avouerai enfin la vérité.

WILLA

Après avoir récupéré le numéro d'Hal grâce à Mabel, je lui envoie un texto depuis mon nouveau portable pour lui demander de me retrouver dans l'après-midi. J'ai envie de faire ça selon ses propres règles, alors je lui donne rendez-vous à l'Old Operating Theatre. Il m'a confié que c'était là qu'il allait pour réfléchir. Or nous devons tous les deux réfléchir et discuter aujourd'hui. J'espère juste qu'il viendra.

Mais d'abord, j'ai une audition à passer. Heureusement que j'ai retenu le lieu et l'heure, car j'ai perdu l'enveloppe contenant les instructions avec mon sac. C'est les nerfs à vif que je traverse Londres. Je ne sais pas si c'est dû au trac face à ma première chance de lancer ma carrière d'actrice ou à la crainte qu'Hal ne me pardonne pas. Pour être franche, la seconde option me paraît la plus probable – ce qui me fait penser que la personnalité d'Alice a déteint sur moi cet été.

Après avoir trouvé le bâtiment où a lieu l'audition – chose bien plus difficile sans mon Smartphone –, je fais la queue avec d'autres adolescents qui attendent dehors.

Lorsque les portes s'ouvrent, nous entrons lentement, puis nous nous présentons à la réception.

– Willa Martyn, j'annonce une fois mon tour venu. La directrice de casting a demandé à me voir personnellement après ma représentation à l'Old Row hier.

La réceptionniste répond par un grognement, puis me remet un numéro et une feuille de papier avant de m'indiquer les rangées de sièges disposés à notre intention.

La pièce est remplie d'ados – la plupart avec leurs parents – qui attendent d'être appelés. J'aperçois Tuppence à l'autre bout, avec Ryan et Rina, mais je ne vais pas les rejoindre. Je suis trop occupée à réfléchir.

Je devrais être excitée d'être là. C'est tout ce pour quoi j'ai travaillé cet été. À la fin de la journée, j'aurai peut-être un rôle dans *Heatherside* ainsi qu'un moyen de faire revenir mon père dans ma vie. Et avec un peu de chance, je me serai aussi réconciliée avec Hal. Tout se passe exactement comme prévu. Alors pourquoi est-ce que je ne me sens pas à ma place ?

– Première fois ? demande ma voisine, qui semble avoir un ou deux ans de plus que moi. Tu as l'air nerveuse, explique-t-elle.

– Ouais, première fois, je réponds avec un haussement d'épaules.

Mais je n'admets pas être nerveuse.

– Moi, j'en ai fait un million comme ça, confie la fille en étendant ses jambes devant elle. C'est toujours pareil.

Tu entres, les gens à l'accueil te regardent à peine, et tu lis le script – qu'ils ont déjà entendu une centaine de fois. Puis ils te demandent de le refaire, mais différemment, puis parfois encore une fois… et enfin ils te renvoient chez toi. Après, on te rappelle, ou pas. Ce sont eux qui décident.

Logiquement, je sais déjà tout ça. Mes parents sont acteurs, après tout. Mais quand eux passent une audition, c'est souvent à la demande du directeur de casting, qui les connaît et souhaite leur confier un rôle. Ma situation – commencer tout en bas de l'échelle – est différente. Je dois potentiellement m'attendre à des années d'auditions, passées à me battre pour des rôles et à gérer les refus tout en essayant de mener une vie normale, avec l'école, les amis et le reste.

Pour être franche, ça ne paraît pas aussi palpitant et amusant que je l'imaginais. Dans ma tête, j'allais entrer et épater tout le monde. En réalité, c'est ma première audition, à part pour intégrer la formation de théâtre à l'Old Row. Personne ne me connaît ni ne sait qui sont mes parents. Même dans le cas contraire, ils s'en ficheraient sûrement. Peut-être que je décrocherai le rôle, ou pas…

Soudain, je ne suis plus si sûre d'en avoir envie. Les sourcils froncés, je fixe le script en priant pour que les mots redeviennent nets. En vain. Mon esprit est trop occupé à tourbillonner.

Je voudrais parler à Hal, ou à Alice, ou même à Mabel. Hal saurait pourquoi je me sens comme ça. Alice, elle, me donnerait des conseils pour éviter d'être nerveuse et confuse. Quant à Mabel, elle me serrerait simplement dans ses bras en me disant que tout ça n'a aucune importance.

Et… je voudrais avoir ma mère ou mon père auprès de moi, comme les autres, pour qu'ils me racontent des anecdotes sur leurs premières auditions, leurs premiers rôles, n'importe quoi.

Je ne veux pas faire ça toute seule. En fait, je ne suis plus sûre de vouloir le faire tout court. J'ai adoré ma formation de théâtre. Toutefois, ce qui m'a le plus plu, ce n'est pas jouer, mais aider les autres à monter leurs extraits de pièces. J'ai préféré être la metteuse en scène que la star.

Je ne veux pas que d'autres personnes m'expliquent comment jouer. Je veux l'expliquer aux autres.

Je cligne soudain des yeux. Peut-être que je ne veux pas devenir actrice. En tout cas, pas tout de suite.

Ce n'est pas seulement à cause de cette prise de conscience que je ne me sens pas à ma place. Je pense aussi à mes parents. Je voulais un rôle dans *Heatherside* en partie pour me rapprocher de mon père – pour l'obliger à se souvenir de moi et à me réintégrer dans sa vie. Il est parti à Édimbourg avec sa petite amie, à la poursuite d'un nouveau rêve au festival Fringe, et m'a totalement oubliée. *Heatherside* était un moyen pour moi de le récupérer.

Sauf que ce que j'ai trouvé à Londres cet été me fait hésiter, car ici, j'ai Mabel et Hal. Deux personnes sans véritable raison de m'intégrer dans leur vie – pourtant, ils l'ont fait. Ils m'ont aidée, se sont occupés de moi, ont passé de bons moments avec moi, m'ont fait plaisir, se sont inquiétés pour moi – et moi, je les ai remerciés par des mensonges, tous plus blessants les uns que les autres.

Je ne les mérite pas. Mais je sais que j'ai besoin d'eux. Mabel… J'ignore ce qui va se passer quand elle apprendra la vérité. Je ne la reverrai sans doute plus jamais, et cette pensée me fait très mal. Hal, en revanche… J'ai encore le temps de m'excuser auprès de lui, de réparer notre amitié. Une amitié dont je n'avais pas saisi l'importance avant de la perdre.

Et si je dois forcer mon père à passer du temps avec moi contre son gré, est-ce que ça en vaut vraiment la peine ?

– Hé, où tu vas ? demande ma voisine lorsque je me lève.

– Faire quelque chose de plus important.

Je laisse mon script et mon numéro à la réception, puis sors sous le soleil de Londres, tout sourire. Je me sens bien.

Ce matin, Borough Market est particulièrement animé. J'achète de petits caramels au cas où mes excuses ne suffiraient pas, puis je me faufile dans les ruelles en faisant un détour pour réfléchir à ce que je vais dire à Hal avant d'arriver au musée. Après avoir payé l'entrée à trois livres cinquante, je parcours le musée jusqu'à ce qui constitue apparemment la plus vieille salle d'opération d'Europe. Je suis en avance, mais j'ai le pressentiment que je ne suis pas la seule.

Et j'ai raison. Là, déjà assis dans la galerie, les yeux baissés sur la table d'opération, se trouve Hal.

– Tu envisages de couper ta propre jambe ? je demande.

Bon, d'accord, ce n'est pas ma meilleure phrase d'accroche, mais il fallait bien dire *quelque chose*, non ?

– Ton message m'a surpris, confie-t-il en se tournant lentement vers moi. Tu ne devrais pas être ailleurs aujourd'hui ?

– J'ai peut-être pensé qu'arranger les choses avec toi était plus important, je réplique en lui offrant les caramels.

On va apparemment en avoir besoin.

– Plus important que ton audition ? lance-t-il d'un ton sceptique.

– En fait, oui.

Je pourrais m'arrêter là, seulement je tente une nouvelle expérience : la franchise.

– Enfin… ce n'est pas tout. Je suis allée à l'audition, puis je suis repartie avant que ce soit mon tour.

– Pourquoi ?

– Je… J'ai décidé que je ne voulais pas du rôle dans *Heatherside*. Ni peut-être dans n'importe quelle série.

– Pourquoi ? répète Hal, l'air surpris. Ce n'était pas la seule raison de ce ridicule échange de vacances avec… Alice ?

Il baisse les yeux en prononçant son nom. Je réalise une nouvelle fois à quel point je l'ai blessé en lui faisant croire qu'elle avait des sentiments pour lui. Alice a raison. Flasher sur quelqu'un, ça craint.

Soudain, les portes s'ouvrent et d'autres visiteurs commencent à affluer, prêts pour la démonstration historique.

– Viens, fait Hal, la bouche pleine de caramel. Sortons d'ici. De toute façon, la suite ne va pas te plaire.

Dehors, la Tamise scintille sous le soleil. Assis sur un muret le long du fleuve, nous regardons passer les bateaux.

Hal me tend le sachet de caramels et j'en prends un.

– Alors, pourquoi tu as décidé de ne pas passer l'audition ?

Je soupire avant de répondre :

– Pour deux raisons, en fait. D'abord… je ne sais pas si tu l'as remarqué, mais je ne suis pas très douée pour laisser les autres me donner des ordres.

À ces mots, Hal éclate de rire.

– Je me suis rendu compte que ce qui m'a vraiment plu dans ma formation de théâtre, ce n'est pas jouer, mais monter le spectacle. Travailler avec les comédiens pour que leurs scènes soient les meilleures possibles.

– Je te vois très bien en metteuse en scène qui mène tout le monde à la baguette, confirme-t-il. Tu ne m'as pas dit qu'il y avait deux raisons ?

La deuxième est la plus importante. Je tortille l'emballage en papier de mon caramel en cherchant les bons mots.

– Je crois que… j'ai pris conscience que je ne le faisais pas pour les bonnes raisons. Je voulais ce rôle seulement pour que mon père s'occupe de nouveau de moi. Mais je ne veux plus chercher son attention. C'est mon père. S'il m'aime, il devrait avoir *envie* de passer du temps avec moi, non ?

– Oui, il devrait, concède Hal. Les parents sont nuls, parfois.

– Je sais. Les miens ne voulaient pas de moi cet été. Contrairement à toi, j'ajoute avec un regard en coin. Tu as traîné avec moi sans y être obligé. Alors je me suis dit que je préférais avoir ce genre d'amitié que chercher l'attention d'autres personnes.

– Je ne comprends pas, réplique-t-il en secouant la tête. Enfin, je sais que je t'ai juste servi d'alibi quand tu en avais besoin. Et maintenant, je sais aussi que tu me menais en bateau en me faisant croire qu'Alice était intéressée alors que c'est faux. J'aurais dû m'en apercevoir dès le début.

– Je pense sincèrement que vous formeriez un super couple, j'insiste avant d'ajouter devant son regard noir : C'est vrai ! Bon, je n'aurais pas dû te faire marcher comme ça sans en parler d'abord à Alice. J'ai eu tort et je suis vraiment désolée. Mabel m'a dit que tu l'avais appelée toutes les demi-heures hier soir pour savoir si j'étais rentrée. Tu t'es inquiété pour moi, après tout ce que j'ai fait ?

Hal hausse les épaules.

– Je crois que je me sens un peu responsable de toi. Pas parce que j'ai promis à Mabel de veiller sur toi pendant ton séjour à Londres, ni parce que je connais Alice. Mais parce que tu es mon amie, et je voulais m'assurer que tu étais en sécurité. C'est tout.

– Oh, je fais sans savoir comment réagir. Euh… merci ? Et désolée. Encore une fois.

Un ami. Je croyais en avoir eu avant. Seulement aucune de ces amitiés n'a jamais ressemblé à celles que j'ai bâties avec Alice et Hal cet été.

Nous mangeons nos caramels en silence. Puis, une fois le sachet vide, Hal reprend la parole.

– J'accepte tes excuses.

Je suis soudain soulagée d'un poids dont je n'avais même pas conscience.

– Bien. Parce que peu importe comment ça a commencé, on est vraiment amis maintenant, OK ? Et ça compte pour moi.

– Pour moi aussi, admet-il.

Je penche la tête en arrière pour contempler les pans de ciel bleu entre les immeubles.

Assise là avec Hal, j'ai du mal à me rappeler exactement comment cet été a débuté. Alice et moi avons échangé nos places en pensant que personne ne le remarquerait ou ne s'en soucierait.

Nos proches ne l'ont en effet pas remarqué. Mais je suis sûre qu'ils vont tous s'en soucier. Mabel, tante Sofia et tous les amis qu'Alice s'est faits en Italie. D'une certaine façon, pendant qu'on essayait de prouver quelque chose… on a trouvé de nouvelles personnes qui tiennent à nous et veulent aussi s'occuper de nous.

Comment va réagir Mabel quand elle découvrira que je ne suis pas celle qu'elle croyait ? Un terrible sentiment naît alors dans ma poitrine et commence à s'étendre en moi comme les racines d'une horrible plante. Celle de la culpabilité.

ALICE

Un peu plus tard, après avoir rangé toutes nos affaires dans nos sacs, nous longeons la mer pour acheter des glaces sur un stand de l'autre côté de la plage.

Sur le chemin du retour, je laisse les vagues s'échouer sur mes pieds tout en léchant mon cornet à la fraise. Rosa est partie devant tandis que Luca marche à côté de moi, à l'écart des vagues.

– L'été prochain, on devrait aller sur une autre plage plus loin sur la côte, déclare-t-il soudain.

Je me fige alors que je porte la glace à ma bouche.

– L'été prochain ?

– Ben, ouais.

Il me lance le genre de regard qui signifie : « T'es folle ? » J'ai l'habitude avec mes amis, mais pas avec Luca.

– Enfin, si on habite toujours chez Sofia et Mattias, bien sûr, ajoute-t-il. Maintenant que tu les connais, tu reviendras les voir, non ?

– Je… Ouais, j'imagine.

D'ici l'été prochain, Papa aura appris la vérité, j'en suis certaine. Après ça, il ne me quittera sans doute plus jamais des yeux.

Willa, en revanche... Luca a raison, elle devrait en principe revenir. Comment va-t-elle contourner ce problème ? Y a-t-elle même songé ? Ou s'est-elle simplement dit qu'elle trouverait une solution plus tard ?

– On pourrait aussi visiter Naples, poursuit-il. La prochaine fois, je viendrai peut-être te chercher avec Sofia à Londres. Ce serait sympa.

– Très sympa, j'approuve d'une voix faible.

Willa et moi n'avons absolument pas pensé à la suite. Malgré tous nos grands projets, aucune de nous deux n'a réfléchi un seul instant à ce qui se passerait après cet été.

– Ce n'est pas si mal que mes grands-parents ne veuillent pas de nous, lance Luca en regardant la mer plutôt que moi. Comme ça, on pourra passer de nouvelles vacances ensemble.

– Oui, sûrement.

La gorge nouée, je suis sur le point de pleurer. Car c'est aussi mon souhait, mais la décision ne m'appartient pas.

Je ne parle pas beaucoup sur le chemin du retour. Rosa joue avec Luca à un étrange jeu de devinettes, essentiellement en italien, alors ce n'est pas comme si je pouvais vraiment participer, malgré mes leçons avec la fillette.

À notre arrivée à la ferme, des fanions sont suspendus aux fenêtres de devant et une guirlande lumineuse est accrochée aux branches des oliviers et des lauriers. Au-dessus de la porte pend une banderole faite maison, sur laquelle on peut lire : *Benvenuti a casa!*

Bienvenue à la maison !

Rosa pousse un cri de surprise et se précipite vers Sofia, qui l'attend sur le seuil, pour la serrer dans ses bras.

– On reste ? demande Luca, toujours légèrement en retrait. Pour de bon ?

Mattias, debout à côté de Sofia, acquiesce.

– Vos grands-parents nous l'ont confirmé aujourd'hui, ainsi que les services sociaux. Nous sommes officiellement votre famille d'accueil à long terme.

– Vous êtes coincés avec nous, renchérit Sofia, rayonnante. Et avec les animaux.

– Tant mieux, j'interviens en essayant de conserver un sourire sincère. Vous manqueriez terriblement à Achille et Hercule.

– J'ai préparé des lasagnes, déclare Sofia avant de s'écarter pour nous laisser entrer. Mon traditionnel repas d'accueil.

– Qui est aussi, comme par hasard, le préféré de Luca, ajoute Mattias.

– Et le mien ! s'exclame Rosa. Où est Antonio ? Je peux aller le lui annoncer ?

Tous les trois disparaissent dans la maison. Luca, lui, reste dehors, les yeux levés vers la banderole, la guirlande, les fanions et la maison hétéroclite tout entière.

– Tu es content ? je demande à voix basse. De rester, je veux dire ?

– Ça ne me paraît pas encore réel. Enfin... tout a toujours été temporaire pour nous. Mais une famille d'accueil à long terme... c'est pour de bon. Je devais penser que cet endroit était trop beau pour être vrai. Qu'à tout moment, on nous dirait qu'il est temps de repartir.

Je m'assieds sur le perron en pierre et tapote la place à côté de moi jusqu'à ce qu'il s'y installe.

– Pourtant, tout à l'heure, tu parlais de l'été prochain.

– On fait toujours ça, réplique Luca avec un demi-sourire triste. Enfin, Antonio le faisait quand on était petits. Et maintenant, c'est mon tour avec Rosa. On parle de l'endroit où on habite comme si c'était notre vrai foyer. Comme si on allait y rester pour toujours. Ça l'aide à ne pas avoir peur.

Il cesse de sourire et poursuit :

– Sauf quand on était dans des familles où on ne voulait vraiment pas rester. Dans ce cas, on disait qu'on allait bientôt rentrer à la maison. Avec notre mère, peut-être. Ou même notre père. Ou bien nos grands-parents. On ne se souvenait pas très bien de Papa, ni de Mamie et Papi, mais comme ça, on les idéalisait encore plus.

J'ai mal pour lui, de l'entendre parler de son enfance malheureuse avec autant de franchise.

– Je suis contente que tu puisses rester ici.

– Parce que ça veut dire qu'on se reverra l'été prochain, pour sûr ? demande Luca en levant les yeux vers moi.

Je secoue la tête et détourne le regard.

– Parce qu'à mon avis, tu seras heureux ici. Et pas seulement jusqu'à tes dix-huit ans. Je pense qu'avec Sofia et Mattias... une fois que tu fais partie de la famille, c'est pour la vie.

Nous regardons tous les deux par-delà l'oliveraie, vers le village perché sur la colline, le braiment des ânes en bruit de fond.

Je ne suis pas à ma place ici. Et je ne pourrai jamais l'être. Surtout quand ils apprendront que je leur ai menti tout l'été. Sauf si... j'arrive à leur expliquer. Leur faire comprendre. Implorer leur pardon. Si c'est moi qui leur avoue la vérité, plutôt que s'ils la découvrent par Willa ou sa famille... peut-être qu'ils parviendront à me pardonner. Peut-être qu'ils ne me détesteront pas totalement. Il faut que j'en parle à Willa. Ce soir.

– Tu sais que ça vaut pour toi aussi ? lance soudain Luca. Enfin, tu viens juste de rencontrer ta tante cet été. Mais tu fais partie de la famille et Sofia t'aime. Tu seras toujours chez toi ici, si tu as besoin de revenir.

– J'espère, je réponds à voix basse.

Je n'ai jamais été aussi sincère.

WILLA

Mabel est en train de cuisiner. Pour de vrai.

Depuis mon arrivée chez elle, nous avons mangé dehors, acheté des plats à emporter ou fait des sandwichs avec des produits du traiteur. Mais ce soir, elle prépare un vrai repas par elle-même.

– J'ignorais que tu savais faire ça, je lâche en la voyant devant la cuisinière.

– J'improvise peut-être un peu au fur et à mesure, admet-elle avec un petit sourire. Mais je voulais te préparer au moins *un* repas fait maison pendant ton séjour chez moi.

Je ne réplique pas que si elle a tellement perdu l'habitude de cuisiner, j'aurais préféré savourer encore une fois un plat à emporter du restaurant chinois d'en face. Dans le couloir, un téléphone sonne – la ligne fixe. C'est vraiment étrange qu'elle en ait encore une.

– Tu peux répondre ? demande Mabel en versant quelque chose dans la casserole sans cesser de remuer.

– Bien sûr.

Je file décrocher.

– Allô ?

– Alice ? fait une voix que je n'avais encore jamais entendue. Bonjour, ma chérie ! Je viens d'essayer de t'appeler sur Skype, mais tu ne répondais pas.

Oh mon Dieu ! C'est le père d'Alice. Bon, qu'est-ce que je suis censée faire ?

Tenter d'imiter Alice, je suppose. Les yeux fermés, je m'efforce d'entendre sa voix dans ma tête, puis de la copier, avec l'accent et tout.

– Euh… salut, Papa. (Oh, c'est vraiment bizarre.) Désolée, je n'ai pas entendu. Mon ordi est dans ma chambre.

– Tu te sens bien, ma puce ? Tu as l'air légèrement… différente d'hier. Peut-être un peu enrhumée.

– Sûrement le pollen des fleurs d'en bas, j'improvise. Je deviens peut-être allergique.

C'est toujours une meilleure raison que « je ne suis pas ta fille ».

– C'est tout, tu es sûre ?

Oh, il ne me croit pas. Duper les gens qui ne connaissent pas Alice, c'est une chose. Mais son propre père ? Même moi, je n'y arriverai pas.

– Je vais…, je commence avant de feindre une quinte de toux en éloignant le combiné de ma bouche. Bien, je conclus d'une voix rauque. J'ai juste… besoin d'eau.

Je continue de tousser.

– Alice ? demande Mabel en entrant dans le couloir. Ça va ?

Je désigne ma gorge et tousse une nouvelle fois pour faire bonne mesure.

– J'ai besoin d'eau, je répète d'une voix enrouée.

Puis je lui tends le téléphone avant de me précipiter dans la cuisine pour boire. J'entends Mabel répondre :

– Je crois qu'elle va bien, juste un chat dans la gorge. Alors, les nouvelles données sont concluantes, aujourd'hui ?

Pendant qu'ils parlent tranquillement de sciences, je me réfugie dans ma chambre en attendant que le dîner soit prêt. Mon cœur bat toujours la chamade. C'était moins une. Tout devient trop risqué, trop réel.

Je sais, avant même de voir le texto d'Alice sur mon portable, que le moment est venu. En fait, je crois que je le sais depuis ma conversation avec Hal ce matin – le coup de fil du père d'Alice n'en est que la confirmation.

Cet incroyable échange de vacances est terminé. L'heure est venue d'avouer la vérité.

TEXTOS

Alice : Bon, cette fois, tu ne m'en dissuaderas pas. On doit avouer la vérité.

Willa : Je sais.

Alice : Je suis sérieuse. Même si tu ne le fais pas, moi, je vais le faire. Après, tu n'auras plus le choix. Si tu vois ce que je veux dire.

Willa : Alice, je suis d'accord avec toi.

Alice : C'est vrai ?

Alice : Je croyais que j'allais devoir me battre pour te convaincre.

Willa : Ouais, moi aussi. Mais c'était avant que je doive me faire passer pour toi auprès de ton père.

Alice : Avant que quoi ?!

Willa : Tout va bien, j'ai fait semblant de tousser et j'ai filé le téléphone à Mabel.

Willa : Le fait est que tu as raison. Il est temps.

Willa : Mais comment on va s'y prendre ?

Alice : On doit le faire exactement au même moment. Sinon, ça va être des coups de téléphone, le chaos et tout. Alors il faut synchroniser nos montres.

Willa : De quoi ?

Alice : C'est juste un truc que dit mon père. En gros, il faut qu'on s'accorde sur l'heure.

Alice : Mettons qu'on le fait toutes les deux demain à midi, heure italienne. Donc à 11 heures pour toi.

Willa : Ça marche. En général, Mabel est rentrée de son footing à cette heure-là.

Alice : Super. On fait comme ça.

Willa : Euh…

Willa : Alice ?

Willa : Qu'est-ce qui va se passer *après* qu'on leur aura parlé ?

Alice : Je n'en ai aucune idée.

ALICE

Quand je vais me coucher ce soir-là, j'éprouve un étrange mélange de soulagement et d'angoisse, que je ressens toujours à mon réveil le lendemain matin.

Je n'ai pas très bien dormi. Après avoir écrit un moment dans mon journal intime, j'ai mis une éternité à trouver le sommeil. Puis j'ai fait toutes sortes de rêves bizarres, sur Sofia, Willa, Luca, Papa, et même une vague silhouette blonde qui, je le savais, était Mabel. Ils n'avaient aucun sens, mais tout le monde semblait crier. J'espère juste que ce n'était pas une prémonition.

Les nerfs encore à vif, je descends prendre mon petit déjeuner. Plus que quelques heures à attendre. Dans deux heures, pour être précise, la vérité éclatera – ici et à Londres.

– Qu'est-ce qui t'arrive ? demande Luca alors que je me concentre un peu trop pour étaler la confiture sur mon petit pain.

– Rien.

Sauf que je n'arrête pas de penser : *C'est la dernière fois que je fais ça.* Le dernier petit déjeuner, la dernière conversation, le dernier sourire. Car, quoi qu'il se passe après midi, rien ne sera plus pareil.

Je n'avais jamais fait ça avant. Jamais enfreint de règles. Jamais sauté sans regarder. Jamais agi sans prévoir. Et j'ai adoré chaque instant. Bon, d'accord, peut-être pas la totalité. Mais si on fait la moyenne, le résultat reste assez extraordinaire.

J'ignore ce qui va se passer ensuite. C'est… terrifiant. Mais aussi un peu excitant. Libérateur, peut-être. Comme crier à la cascade.

Après avoir rajouté de la confiture sur mon petit pain pour faire bonne mesure, je balaie lentement du regard la cuisine de Sofia pour en mémoriser les moindres détails.

Le coup frappé à la porte nous fait tous sursauter. Mattias se lève pour aller ouvrir et, tandis que nous attendons de découvrir le mystérieux visiteur, un sentiment de nervosité me noue l'estomac. Je mets un moment à comprendre pourquoi. Mattias parle anglais. Pourquoi utiliserait-il cette langue ? Sauf si…

– Willa ! Regarde qui est venu te voir !

Trop tard pour m'enfuir. Je me fige, le dos tourné à la porte.

– Quoi, pas de câlin pour ton bon vieux papa ?

Scott Andrews. Acteur. Et père de Willa.

Que faire ? Que ferait Willa ? Et Alice ?

Le cœur battant la chamade, je prends conscience de la réalité. Il n'y a plus rien à faire à part affronter les conséquences de mes actes.

Sofia se lève pour étreindre son demi-frère perdu de vue. De l'autre côté de la table, Luca essaie d'attirer mon attention, l'air préoccupé. Même Antonio ne semble pas très bien comprendre pourquoi je ne me précipite pas pour accueillir mon père. Quant à Rosa, elle se contente de chiper un autre petit pain pendant que personne ne la regarde.

– Willa ? appelle Sofia d'une voix douce.

Je ne peux plus repousser le moment fatidique. Après avoir rassemblé mon courage, je me lève donc. Puis, en me mordant la lèvre, je me retourne vers l'homme qui n'est pas mon père.

C'est là que la situation dégénère.

WILLA

La tension est trop forte pour moi.

Je regarde l'heure sur mon nouveau portable. Seulement 9 heures du matin. À Los Angeles, je serais sûrement encore au lit, alors qu'ici, je m'agite dans l'appartement comme une petite enfant qui ne tiendrait pas en place.

Il n'y a qu'une seule solution. J'envoie un texto à Hal pour lui demander de me retrouver au café au coin de la rue.

– On va le faire, j'annonce dès qu'il s'assied avec sa tasse. À 11 heures ce matin – midi en Italie –, Alice et moi, on va tout avouer.

Il hausse les sourcils par-dessus sa moustache de cappuccino.

– Tu vas révéler à Mabel que tu n'es pas Alice?

J'acquiesce.

– Dans… (Je consulte de nouveau mon téléphone.) … une heure et trente-sept minutes. En attendant, il faut que tu m'occupes.

Hal fait de son mieux, je dois le reconnaître. Il me confisque même mon portable pour m'empêcher de regarder l'heure toutes les trente secondes et le met en mode silencieux.

Mais je n'arrête pas de penser à ce que je vais dire à Mabel. À part Hal, elle est la personne qui me connaît le mieux dans cette ville. Elle m'a accueillie chez elle à bras ouverts, a essayé de me comprendre et de me soutenir, même si je ne me comprends pas toujours moi-même. Mabel est celle que j'ai le plus trahie. Alors elle mérite la vérité.

Hal finit par renoncer à me faire la conversation.

– Viens. Il nous reste encore une heure. On va retourner chez Mabel et regarder une série B pourrie.

– Tu ferais ça pour moi ? je demande avec un sourire.

Il pousse un soupir exagéré avant de répondre :

– C'est pour moi que je le fais. Même moi, je ne supporte plus d'attendre.

Sur le chemin du retour, Hal fait des blagues et se moque de mes goûts en termes de séries. En temps normal, je l'ignorerais, mais je sais qu'il essaie seulement de me distraire. Je me lance donc dans une défense acharnée de la téléréalité. J'affirme qu'observer la nature humaine nous aide à en apprendre plus sur nous-mêmes – clairement le genre de réflexion que pourrait faire Alice – quand j'ouvre la porte de l'appartement et entre en riant.

C'est alors que je vois Mabel debout au pied de l'escalier, le téléphone à la main et le visage blême.

ALICE

– Mais qui es-tu ?

Le père de Willa a l'air tellement perplexe que je ne peux m'empêcher d'avoir pitié de lui.

Sofia nous regarde, aussi déconcertée.

– Scott ? Qu'est-ce que tu veux dire ?

Je grimace.

C'est Luca qui comprend le premier.

– Oh mon Dieu ! Qui es-tu ?

Aucune cascade magique ne peut faire disparaître la situation. Tout en moi me hurle de courir me cacher en laissant ma propre honte derrière moi. De me couvrir les yeux pour ne pas voir la déception, la confusion et la colère dans les yeux de ceux qui ont été mes amis.

À la place, je rassemble tout mon courage et prends une profonde inspiration avant de me lancer.

– Je m'appelle Alice Wright. Je suis une amie de Willa. On s'est rencontrées à l'aéroport de Los Angeles et… on a échangé nos vacances, sans le dire à personne.

Lorsque je croise le regard de Sofia, j'ai l'impression que mon cœur va se briser.

– Je suis vraiment désolée de vous avoir menti à tous. On était… On avait prévu d'avouer la vérité à tout le monde aujourd'hui. Mais… pas comme ça.

Surtout pas dans ces conditions. Devant l'expression tourmentée de Luca, les poings serrés le long de son corps, je devine que j'aurai beaucoup de mal à regagner sa confiance. Si seulement j'avais suivi mon instinct en lui avouant tout hier, dans la grotte marine… Mais j'ai attendu trop longtemps.

Quand j'essaie de capter son regard, il recule en secouant la tête. Puis, sans dire un mot, il sort en trombe.

– Antonio ? lance Sofia à voix basse.

Il n'en faut pas plus à ce dernier pour prendre Rosa par la main et la faire sortir de la cuisine, à la suite de Luca. J'entends la fillette protester. Elle veut rester, alors que moi je veux partir, plus que jamais.

– Ma fille et toi… vous avez échangé vos places ? répète le père de Willa, incrédule. Où est-elle en ce moment ? Elle va bien ? Avec qui est-elle ?

Pour quelqu'un qui s'est débarrassé de sa fille tout l'été pour mener sa propre vie, il a l'air beaucoup plus paniqué que Willa ne m'avait amenée à le croire.

– Elle est à Londres. Elle va bien, je vous le promets, je réponds sur le ton le plus rassurant possible.

– Mais pourquoi ? Pourquoi diable faire une chose pareille ? s'écrie Scott.

J'ai les yeux brûlants de larmes, mais je les retiens.

– C'est à Willa qu'il faudra le demander, je réplique en essayant de garder mon calme. Je sais seulement qu'elle était furieuse qu'on l'envoie passer l'été chez des gens qu'elle n'avait jamais rencontrés.

Je me tourne alors vers Sofia.

– À mon avis, elle aurait adoré si elle était venue ici. Moi, en tout cas, j'ai adoré.

– Et toi, Alice ? demande Mattias qui se tient à présent derrière sa femme, une main posée sur son épaule pour la soutenir. Pourquoi es-tu venue ici ? Qu'y avait-il de si terrible là où tu étais censée aller ?

Je baisse les yeux, honteuse.

– Mon père… est aussi parti pour l'été, travailler en Australie. On devait passer les vacances ensemble. À la place, il s'est arrangé pour que j'aille à Londres, chez sa nouvelle petite amie. Une femme que je n'ai jamais rencontrée.

– Donc ma fille est quelque part à Londres avec une femme que personne ne connaît, à fabriquer Dieu sait quoi ! crie Scott.

Apparemment, il a déjà dépassé le stade de l'incrédulité et de la panique pour arriver à celui de la colère.

– Il faut que je parle à Willa. Tout de suite.

– Elle a toujours son portable, j'indique tout bas. Chaque fois que sa mère ou vous lui avez parlé cet été, c'était vraiment elle. Je l'ai mise au courant de ce qui se passait ici pour qu'elle sache quoi dire.

Ma voix devient de plus en plus faible à mesure que je prends conscience de l'ampleur de notre fiasco.

Nous n'avons pas menti seulement aux gens qui nous ont accueillies, mais aussi à nos parents, encore et encore. Et s'il était arrivé quelque chose à l'une de nous, pire que de se faire voler son sac comme Willa à Londres… que se serait-il passé ? Comment nos parents l'auraient-ils appris ?

Le père de Willa quitte la pièce en trombe, téléphone à la main, en tapant sur l'écran d'un doigt. Je m'empresse de sortir mon portable de ma poche pour la prévenir par texto.

Sofia continue à me fixer. La déception et le sentiment de trahison se lisent clairement sur son visage.

– Je crois qu'on ferait mieux d'appeler la personne avec qui tu es censée être en ce moment pour lui expliquer la situation. Pas toi ?

Je ne l'avais encore jamais entendue s'exprimer d'un ton aussi glacial. En temps normal, elle respire la bienveillance, la joie et le bonheur. Pas aujourd'hui. J'ai brisé l'amour et la confiance qu'elle m'avait si généreusement accordés.

Enfin, ce n'est pas si grave. Je ne suis pas sa nièce, elle ne me reverra donc plus jamais. Finalement, c'est cette pensée qui déclenche le flot de larmes.

Tout en reniflant, je compose le numéro de Mabel que Papa m'a donné, puis je remets le téléphone à Sofia. Il est temps pour moi de rentrer à la maison.

TEXTOS

Alice : Willa, décroche !

Alice : Ton PÈRE est là.

Alice : Et, sans surprise, il a remarqué que je n'étais pas toi.

Alice : RAPPELLE-MOI !

Willa : Désolée ! C'est Hal qui avait mon portable.

Willa : Et au fait, TROP TARD.

WILLA

– Je ne comprends pas.

Assise en face de moi à la table de la cuisine, Mabel me fixe comme si elle essayait de déchiffrer les réponses sur mon visage.

– Pourquoi faire une chose pareille ? Alice… sauf que ce n'est pas ton nom, n'est-ce pas ? Tu t'appelles Willa, c'est ça ?

J'acquiesce. Qu'est-ce que je suis censée répondre ?

– Et toi…, poursuit-elle en levant les yeux vers Hal, debout à côté de la table.

Il n'a pas été invité à s'asseoir. De toute façon, il n'y a que deux chaises.

– Tu n'as pas l'air très étonné. Tu étais au courant ?

Il hoche la tête.

– Je… J'ai rencontré la vraie Alice, tu te souviens ? Je savais que Willa n'était pas elle, mais…

– Je l'ai supplié de jouer le jeu, j'interviens. Ce n'est pas sa faute. J'ai menacé de lui causer des ennuis sinon.

– Non, c'est faux, rétorque Hal en me lançant un étrange regard. C'est juste qu'elle… avait l'air désespérée. Elle m'a dit qu'Alice avait besoin de mon aide, et puis… j'ai pensé que puisque l'échange avait déjà eu lieu, tout ce que je pouvais faire, c'était m'assurer qu'elle n'ait pas trop de problèmes.

« Problèmes ». Le mot est un peu faible pour décrire notre situation.

« Fiasco catastrophique » me paraît plus approprié. Enfin, Alice trouverait que j'exagère.

Comment s'en sort-elle en Italie, avec ma famille, et surtout mon *père* ? Il ne réagit pas très bien quand les choses ne se passent pas comme il le souhaite…

– Tu aurais dû m'en parler, ou même à ton père, insiste Mabel d'un ton dangereusement calme. Nous révéler la vérité.

– Je le sais maintenant, réplique Hal, la tête baissée de honte. Je suis désolé.

Mabel reporte son attention sur moi.

– Quant à toi, je ne sais même pas quoi te dire. Je t'ai accueillie chez moi, j'ai tout fait pour que tu passes de bonnes vacances… et toi, tu me mens depuis ton arrivée.

– Et j'ai eu tort, j'admets.

Seulement, je suis incapable de m'arrêter là.

– Mais…

Hal pousse un grognement.

– Non, Hal, intervient Mabel avec un regard dur. Si *Willa* a une excuse pour ce qu'elle a fait, je veux l'entendre.

– Pas une excuse, je m'empresse de corriger. Une explication. Alice et moi, on a mal agi et on le sait. C'est pour ça qu'on avait prévu d'avouer la vérité à tout le monde aujourd'hui. Le truc, c'est qu'au moment où on a organisé cet échange, on ne te connaissait pas, ni ma tante en Italie. Mets-toi un peu à la place d'Alice.

Mabel semble intéressée. Toujours furieuse, mais aussi curieuse.

– OK.

– Elle pensait qu'elle allait passer un été de rêve avec son père en Australie. Puis tout à coup, on la met dans un avion pour l'envoyer dans une ville qu'elle ne connaît pas bien, chez une femme qu'elle n'a jamais rencontrée et qui est soi-disant une « vieille amie » de son père. *Tout le monde* sait que ça veut dire « copine ».

À ces mots, Mabel esquisse une petite grimace de gêne.

– Mais il a fallu qu'elle lui pose la question pour qu'il avoue. Il ne lui avait *jamais* parlé d'une petite amie jusqu'à ce qu'il soit obligé de l'envoyer ici. Il ne lui a rien dit sur toi. Ni sur la place que tu occuperais dans leur vie après son retour d'Australie, ni si vous avez l'intention de vous marier, ni s'il faudra qu'ils déménagent à Londres. *Rien* de tout ça. Alors franchement, tu ne peux pas lui en vouloir de ne pas avoir eu envie de venir chez toi !

Mabel ouvre la bouche, puis la referme. Je jette un coup d'œil à Hal, qui arbore un tout petit sourire en coin.

– Tu as peut-être raison, reconnaît-elle au bout d'un moment. Et toi, alors ? Qu'y avait-il de si terrible en Italie pour préférer venir ici, Willa ?

Je hausse les épaules.

– Pour moi… ce n'était pas tant que je ne voulais pas aller en Italie, mais plutôt que je voulais venir à Londres. Je… n'ai pas participé au stage scientifique ces deux dernières semaines. À la place, j'ai suivi une formation de théâtre, à laquelle j'étais inscrite depuis des *mois* avant que mon père décide de partir à Édimbourg.

– C'est pour ça que tu es venue ici ? Une formation de théâtre ? s'étonne Mabel, incrédule.

– Oui, ça et le fait que je ne voulais plus que mes parents prennent des décisions pour moi sans même m'en parler d'abord, j'admets.

– Comme Jon avec Alice, murmure-t-elle.

– *Exactement.* Ni mon père ni ma mère n'avaient de temps à me consacrer cet été, alors s'ils ne voulaient pas s'occuper de moi, je me suis dit qu'ils se ficheraient bien de savoir où j'allais vraiment.

– En fait, réplique Mabel avec un petit sourire, j'ai entendu ton père quand je parlais à ta tante Sofia. Je crois qu'il ne s'en fichait pas totalement.

J'imagine. J'espère seulement qu'il ne crie pas trop sur Alice.

– Alors, qu'est-ce qui va se passer maintenant ? je demande.

– Sofia et ton père vont nous retrouver à l'aéroport d'Heathrow demain, avec Alice. Il faut que j'appelle Jon, pour le mettre au courant. Sauf qu'il est reparti sur le bateau… Enfin, dès que je pourrai le prévenir, je suppose qu'il prendra le premier avion pour rentrer. (Mabel soupire en secouant la tête.) Dieu sait comment je vais lui expliquer tout ça. Et quand je vais lui dire que je ne me suis même pas rendu compte que la fille qui vivait avec moi n'était pas la sienne, sans parler de tout le mal que s'est donné Alice pour ne pas me rencontrer… Eh bien, elle n'aura sûrement plus à craindre que je fasse partie de sa vie.

Je frissonne. C'était en effet le plan, ce que j'avais promis d'accomplir pour Alice. Seulement maintenant, ça ne me paraît plus vraiment un succès, mais plutôt une erreur.

Je tends le bras par-dessus la table pour attraper la main de Mabel.

– Elle devrait. Je veux dire, tu devrais faire partie de sa vie.

– Willa, répond-elle avec un petit sourire triste, si ces dernières semaines – et aujourd'hui en particulier – m'ont appris quelque chose, c'est que je ne suis pas faite pour être la belle-mère de qui que ce soit.

– Non ! Tu as été fantastique. Par exemple, quand j'ai eu mes règles… Bon, ce n'était pas vraiment la première fois, mais j'aurais bien aimé ! (Hal grimace à côté de moi en m'entendant parler de règles, mais je l'ignore.) Tu as été super, j'insiste. Vraiment super. Je sais que je n'ai pas toujours été facile, pourtant tu t'es montrée sympa et compréhensive. Tu m'as laissée libre mais pas trop, et tu t'es… préoccupée de moi. Tu t'es chargée de moi alors que tu n'étais pas obligée, et tu t'es souciée de mes sentiments et de mes souhaits. Tu as aussi discuté avec moi, plus que mes parents depuis des *mois*.

Je la regarde dans les yeux en espérant qu'elle comprenne ce que j'essaie de lui dire.

– Alice aurait de la chance de t'avoir comme belle-mère et je vais m'assurer qu'elle le sache.

ALICE

Après avoir attendu que le père de Willa arrête de me crier dessus pour se mettre à crier à la place sur son ex-femme au téléphone, je finis par réussir à m'échapper pour partir à la recherche de Luca.

Bien sûr, il est avec Achille et Hercule.

– Je n'ai rien à te dire, déclare-t-il dès que j'apparais à la porte de l'écurie.

Il est assis entre les deux ânes, sachant que je n'aime pas m'approcher trop d'eux si je n'y suis pas obligée. Ce ne sont pas des chevaux, mais ils peuvent toujours décocher une ruade.

Seulement, si je veux me réconcilier avec Luca, je dois prendre ce risque.

– C'est peut-être moi qui ai quelque chose à te dire, je réplique en avançant, une main tendue pour caresser Achille entre les deux oreilles comme j'ai vu Rosa le faire. Je pars demain matin et il faut que tu saches à quel point je suis désolée avant que je m'en aille.

– D'accord. Tu es désolée. C'est super. Salut.

Il refuse toujours de me regarder.

Je m'accroupis avec précaution entre les pattes avant des deux ânes, là où Luca sera forcé de me voir.

– J'ai fait une erreur. Je ne devrais pas être ici, mais à Londres, avec une femme qui est apparemment la copine de mon père. Seulement…

Comment trouver les mots pour décrire tout ce que l'Italie m'a apporté cet été ?

– Je ne peux pas regretter ce que j'ai fait, parce que si je n'étais pas venue ici, je ne vous aurais pas rencontrés, toi et ta famille. Et si je ne vous avais pas rencontrés, je ne serais pas devenue l'Alice que je suis aujourd'hui.

– Et qui est-elle ? demande Luca d'un ton amer. Je croyais te connaître. Je pensais qu'on t'avait envoyée loin de chez toi, comme moi. Que tu avais trouvé un foyer ici, comme moi, parce que personne nulle part ailleurs ne voulait de toi. Alors qu'en fait, tu as une famille, non ? Des gens qui voulaient de toi cet été.

– Pas mon père. On devait passer de super vacances ensemble en Australie quand, tout à coup, il a décidé de m'expédier chez sa copine que je n'ai jamais rencontrée, et dont il ne m'avait même pas parlé.

Je ne cherche pas la compassion de Luca. Ce que je veux, c'est qu'il sache que je suis toujours la même – enfin, plus ou moins.

– Alors tu avais une nouvelle famille qui t'attendait ? Pas seulement ton père, mais aussi une femme qui voulait apprendre à te connaître ? Devenir ta belle-mère, peut-être ?

– Je… je suppose.

Je ne l'avais pas vu sous cet angle. Je considérais Mabel comme quelqu'un qui voulait s'incruster là où n'était pas sa place, pas comme quelqu'un qui voulait faire partie de ma famille pour améliorer les choses.

– Pendant des années, reprend-il, j'aurais tout donné pour avoir une seule personne qui veuille de nous, qui veuille *vraiment* nous intégrer à sa famille. Toi, tu avais l'occasion d'en bâtir une nouvelle et tu as craché dessus. Tu t'es enfuie et tu as menti.

Je ne peux pas le nier.

– C'est vrai. J'en suis désolée.

– Alors pourquoi tu l'as fait ? demande Luca au bout d'un moment.

– Parce que… c'était un moyen de ne pas affronter la réalité. D'éviter de tourner la page.

J'aurais pu prétendre en vouloir à mon père de s'être débarrassé de moi ou de ne pas m'avoir parlé de Mabel plus tôt. Mais pendant mon séjour en Italie, j'ai eu tout le temps de réfléchir à mes choix et j'ai compris la véritable raison pour laquelle j'ai accepté le plan de Willa.

La cascade a dissipé tout ce qui encombrait mon esprit – la peur, le chagrin – jusqu'à ce qu'il ne reste plus que la vérité. Il est désormais temps d'avancer.

Luca se déplace légèrement et pousse les ânes pour que je m'asseye à côté de lui, le dos contre le mur en bois de l'écurie. Combien de conversations avons-nous eues, assis là, épaule contre épaule ? Dans cette position, nous ne pouvons pas voir le visage de l'autre, et, d'une certaine manière, c'est ainsi plus facile d'évoquer les sujets importants. Ce que nous gardons au fond de nous et ne confierions à personne d'autre.

Comment ai-je pu m'imaginer quitter Luca et sa famille à la fin de l'été sans plus jamais penser à eux ?

– En quoi te faire passer pour quelqu'un d'autre t'a aidée ?

J'essaie de trouver une façon de le lui faire comprendre.

– Ma mère est morte il y a quelques années. Depuis, c'est mon père et moi contre le reste du monde.

– Je suis désolé. Mais ce n'est pas une excuse.

– Je sais. Seulement… en allant à Londres rencontrer la copine de Papa, tout devenait concret. Mon père qui tourne la page, ma mère qui est vraiment partie. Bien sûr, je le savais déjà. Sauf que le fait qu'il tombe amoureux d'une autre rendait les choses définitives. Et l'idée de faire ce que j'avais l'habitude de faire avec ma mère, mais avec quelqu'un de nouveau… me donnait l'impression de trahir sa mémoire.

Or à ce moment-là, je n'étais pas prête à gérer cette situation, ni à parler de mes sentiments à mon père.

– Alors à la place, tu es devenue Willa.

Je hausse une épaule.

– Pendant un moment, ça me paraissait plus facile que d'être Alice.

– Et maintenant ?

– Maintenant, il est temps de redevenir moi-même.

Luca finit par relever les yeux.

– De toute façon, tu es plus Alice que Willa, j'imagine.

– C'est vrai, je concède. Mais plus tout à fait l'Alice qui a pris l'avion à Los Angeles. Une meilleure version, j'espère.

– Grâce à une cascade magique ?

– Grâce à toi, je confie à voix basse. À toi, Rosa, Sofia, Mattias et même Antonio. C'est vous qui m'avez transformée.

– Oh, fait Luca en se détournant, l'air gêné. Alors, qu'est-ce qui a changé chez toi ?

– Je pense… j'*espère* être devenue plus courageuse. Plus disposée à affronter mes problèmes. Et j'ai aussi appris des choses sur la famille. Ce n'est pas qu'une question de liens du sang. Ce sont les gens qui nous aiment, quels qu'ils soient. Comme Sofia et Mattias vous aiment. Ils sont votre famille maintenant, même si ce n'était pas le cas au début.

– Et la tienne aussi, ajoute-t-il à mi-voix. On l'est tous.

Je secoue la tête.

– Sofia est la tante de *Willa*, pas la mienne.

– Mais ce n'est pas Willa qui a passé l'été ici, à manger des glaces et nourrir les poules, rétorque Luca en se tournant vers moi. On a beau être contrariés, ça ne change pas le fait que tu es l'une des nôtres, Alice. Tu étais perdue et effrayée, alors tu es venue ici. Et tu sais ce que ressent Sofia pour les créatures apeurées et abandonnées.

Pour la première fois depuis que j'ai entendu frapper à la porte ce matin, un petit sourire commence à apparaître sur mon visage. En fin de compte, je ne perdrai peut-être pas totalement la famille que j'ai trouvée en Italie.

WILLA

Je danse d'un pied sur l'autre, les yeux rivés sur le tableau des arrivées à l'aéroport d'Heathrow. À côté de moi, Mabel n'arrête pas de me jeter des coups d'œil, comme si elle craignait que je prenne la fuite.

C'est sûrement ce que j'aurais fait au début de l'été. Mais à présent, je sais qu'il est temps d'affronter les conséquences de mes actes.

Nous gardons le silence. Je crois que nous avons tellement parlé hier soir que nous sommes à court de mots. De toute façon, que reste-t-il à nous dire à part au revoir ?

Mon père doit nous retrouver à l'aéroport. Il a pris le même vol que Sofia et Alice, bien sûr. Ma mère, qui a obtenu une pause dans son tournage, arrive aussi en avion. Elle avait surtout l'air surprise que j'aie réussi à lui cacher un secret tout l'été, et de ne pas avoir remarqué que je n'étais pas là où j'étais censée être quand nous nous parlions au téléphone. Elle a quand même ajouté que puisque c'était arrivé sous la responsabilité de mon père, ce devrait être à lui de tout arranger – sauf qu'elle le croit incapable de faire les choses correctement.

Mabel est parvenue à joindre Jon sur un téléphone satellite d'urgence. Il arrive donc d'Australie, ce qui n'est pas rien, car son patron ne va sans doute pas apprécier qu'il soit parti en plein milieu de son voyage de recherche. Malgré tout, il vient car Alice a besoin de lui. Et pour ça, il me plaît encore plus.

Mabel, elle, semble croire qu'il vient car il ne l'estime pas capable de gérer la situation – surtout après avoir entendu ma mère, au téléphone avec moi, pester contre mon père.

Hier soir, j'ai envoyé des textos à Alice pour lui raconter comment Mabel avait pris la nouvelle et à quel point elle avait peur de ne pas être la belle-mère qu'il fallait. J'espère qu'Alice lui laissera une chance, mais je n'en suis pas certaine. Elle est parfois difficile à cerner, surtout quand elle ne répond que par monosyllabes. Je me demande si elle a changé depuis la dernière fois que je l'ai vue, si ces trois semaines à se faire passer pour moi l'ont transformée, comme c'est mon cas.

Leur avion finit par atterrir. Avec Mabel, nous regardons le statut du vol changer sur le tableau. D'un instant à l'autre…

Impatiente, je joue avec la poignée de la valise d'Alice en attendant qu'ils débarquent et récupèrent leurs bagages. Puis les voilà enfin. C'est Alice qui me repère en premier, puis Papa et Sofia. Alice et moi échangeons un regard contrit tandis qu'ils approchent.

Je jette un coup d'œil à Mabel avant de me précipiter à leur rencontre – je cours vers Alice, pas vers mon père. Cette dernière, fidèle à elle-même, se fige une seconde lorsque je la prends dans mes bras, puis elle se détend et me rend mon étreinte.

– Je t'avais dit que c'était de la folie, plaisante-t-elle.

J'éclate de rire, malgré tout.

– Mais c'était cool, non ?

Alice recule et sourit avant de répondre :

– C'étaient mes meilleures vacances.

Hmm. Moi qui avais peur qu'elle m'en veuille – de l'avoir convaincue de faire cet échange ou pour la façon dont il s'est terminé. En fait, elle paraît presque… libérée. Comme si elle avait enfin accepté d'être elle-même. Ça lui va bien.

Je dirige ensuite mon attention vers Papa, debout à côté de ma mystérieuse tante. Le temps qu'il longe le cordon de séparation pour arriver jusqu'à nous, son expression est passée du soulagement à la colère, puis à la résignation, et enfin à la déception. À présent, il pose ses mains sur mes épaules et me dévisage, comme pour s'assurer qu'il a bien la bonne fille, cette fois. Puis il soupire et s'adresse à Mabel :

– Merci de vous être occupée de ma fille. Je suis désolé qu'elle… enfin, pour le dérangement.

Je fixe mes pieds en essayant de ne pas rougir, mais elle réplique :

– C'était un vrai plaisir d'accueillir Willa chez moi. Elle pourra revenir quand elle veut.

Je m'écarte aussitôt de mon père pour serrer Mabel dans mes bras de toutes mes forces. Contrairement à l'étreinte raide et maladroite que je lui ai accordée à mon arrivée, quand elle pensait encore que j'étais Alice, celle-ci vient vraiment de moi.

– Merci, je chuchote.

– Je suis sérieuse, murmure-t-elle. Tu seras toujours la bienvenue chez moi.

Je me retourne alors vers Papa, qui me tire par le bras.

– Ta mère vient de m'envoyer un texto. Elle récupère ses bagages, donc elle ne devrait plus tarder. Je lui ai dit qu'on la retrouverait au café là-bas. Ça te va ?

Je jette un dernier coup d'œil à Alice et Mabel, qui hochent toutes les deux la tête. Alors que Papa m'entraîne vers le café, j'entends Mabel lancer :

– Bonjour, Alice.

ALICE

– Bonjour, Alice.

Mabel m'adresse un sourire timide, que j'essaie de lui rendre. Je suis reconnaissante du soutien silencieux de Sofia qui se tient à ma gauche. Franchement, elle aurait dû suivre son demi-frère et sa nièce. Je ne peux pas m'empêcher de penser que sa présence à mes côtés signifie quelque chose.

Luca a peut-être raison. Je suis sans doute l'une de ses créatures perdues.

– Bonjour, je réponds d'une voix rauque.

Nous n'avons pas beaucoup parlé dans l'avion. Le père de Willa regardait par le hublot pendant que Sofia lisait son livre. Ils m'avaient placée entre eux, comme s'ils craignaient que je m'enfuie à la première occasion.

– Comment s'est passé le vol ? demande Mabel poliment.

Elle n'est pas comme je l'imaginais. Avant de la voir en personne, je pensais qu'elle ressemblerait à Maman, brune comme moi avec les yeux noisette. Mais elle a des cheveux blonds à hauteur d'épaules et des yeux d'un vert vif qui me fixent avec sérieux.

– Très bien, je réponds. Euh… je suis vraiment désolée pour… tout.

Je sais que ce n'est pas terrible, comme excuses. C'est juste qu'après les dernières vingt-quatre heures, je ne sais plus comment dire pardon.

Mabel balaie mes excuses d'un geste de la main.

– On pourra en reparler quand ton père sera là. Il espérait trouver une place sur le premier vol, mais, de toute évidence, il va mettre un certain temps à arriver.

J'écarquille les yeux. Papa n'a pu me passer qu'un rapide coup de téléphone depuis le bateau hier soir, et je ne savais pas si les silences étaient dus à la mauvaise connexion ou au fait qu'il ne trouvait simplement pas les mots.

– Attends, il abandonne son voyage de recherche ? Il ne devrait pas. Ça faisait des *années* qu'il attendait d'aller sur ce récif.

– C'est ce que je lui ai dit, réplique Mabel avec un petit sourire. Seulement tu connais ton père. Tu es ce qui compte le plus au monde pour lui. Et si tu étais tellement malheureuse que tu as eu besoin de t'enfuir comme ça… Il ne sera pas tranquille avant de t'avoir vue de ses propres yeux et de s'être assuré que tu vas bien.

– C'est le cas, je m'empresse de la rassurer. Je vais bien. Et je suis désolée. Sofia et Mattias… ont été formidables. Et les enfants qu'ils accueillent aussi. Je… J'ai eu beaucoup de chance de pouvoir passer ce séjour avec eux. Et je sais que je n'étais pas là où j'étais censée être et que j'ai eu tort, mais j'ai énormément appris pendant mon séjour là-bas.

Je jette un coup d'œil à Sofia, qui m'encourage d'un signe de tête. Alors, après avoir pris une profonde inspiration, je me force à prononcer les phrases que je me répète depuis notre départ d'Italie :

– Je ne me suis pas rendu compte... Quand Papa m'a annoncé qu'il m'envoyait chez toi, je ne savais pas exactement quelle relation vous aviez ni ce qu'il ressentait pour toi. Si c'était du sérieux ou s'il essayait juste de me trouver une mère de substitution. Je crois que je ne voulais pas accepter cette idée. Je pensais qu'en venant ici, en passant du temps avec toi, voire en t'appréciant, je trahirais la mémoire de ma mère. Alors j'ai simplement... évité le problème. Je sais que ce n'est pas une solution. Et vivre avec Sofia m'a appris que la famille ne se limite pas aux liens du sang. L'amour non plus. Laisser de nouvelles personnes entrer dans notre vie n'en exclut pas les autres, ni leurs souvenirs. Je suis désolée d'avoir dû aller aussi loin pour le comprendre. Mais si tu en as toujours envie... j'aimerais apprendre à te connaître. S'il te plaît.

Mabel a les yeux écarquillés et la bouche entrouverte. De stupeur, je suppose. Puis elle la referme et cligne des paupières avant de répondre :

– Ça me plairait beaucoup, Alice. On a une journée devant nous avant l'arrivée de ton père. On pourrait aller chez moi et repartir de zéro avec un bon dîner ? Pour commencer, j'aimerais bien que tu me racontes tes aventures en Italie.

– Il y avait beaucoup de glaces, je plaisante avec un grand sourire, que me rend Mabel.

– C'est ce que je préfère. Et si on en prenait pour le dessert ?

Londres ne sera peut-être pas si terrible que ça, finalement.

WILLA

Papa va nous chercher des cafés, puis mes deux parents me scrutent par-dessus la table. Je prends un instant pour savourer le fait de les voir ensemble pour la première fois depuis des mois. Ensuite, je commence à m'impatienter.

– Les mots que vous cherchez, c'est : « Tu nous déçois tellement, Willa. On croyait t'avoir mieux éduquée que ça. Nous mentir, à nous et à tout le monde... Qu'est-ce qui t'a pris ? »

J'ai eu droit à suffisamment de sermons de Papa pour en connaître les grandes lignes. Mais ce dernier secoue la tête et jette un coup d'œil à Maman.

– Oui, qu'est-ce qui t'a pris ? Ça m'attriste, parce que avant, je savais toujours ce que tu pensais et ce que tu ressentais. Est-ce qu'on s'est éloignés au point de ne plus arriver à se comprendre ?

Je hausse les épaules, les yeux baissés sur ma tasse de café.

– J'en sais rien. Enfin, c'est toi qui es parti.

– C'est pour cette raison que tu as fait ça ? demande Maman. Parce que ton père et moi, on s'est séparés ?

– Non.

Sauf que si, un peu. Seulement pas dans le sens où elle l'entend.

– Ce n'est pas à cause de votre rupture, mais parce que tu t'es éloigné, Papa, et puis toi aussi, Maman. Aucun de vous deux ne voulait de moi cet été. Vous étiez trop occupés par vos carrières, ta nouvelle copine et ta crise de la quarantaine. On dirait que vous m'avez complètement oubliée !

– C'est faux, réplique Papa. Je ne pourrais jamais t'oublier. J'ai pensé à toi tous les jours.

– Tu n'avais simplement pas envie d'en faire plus. Tu ne voulais pas avoir à gérer ma présence au quotidien.

Ma remarque le fait réfléchir. Cette fois, c'est lui qui fixe son café d'un air coupable.

– J'ai cru… Je voulais suivre ma formation de théâtre à Londres. Tu m'avais promis que je pourrais y aller, Maman. Et toi, Papa, tu m'as assuré que ça ne poserait pas de problème parce que de toute façon, tu travaillerais l'après-midi. Tout était *prévu*.

– Alors c'était pour ça ? s'étonne Papa. Une stupide formation de théâtre ?

– Ce n'était pas stupide !

Je sens les larmes me piquer les yeux, mais je refuse de les laisser couler.

– C'était important pour moi et vous le saviez.

– C'était juste un stage d'été, affirme Maman, plus pour mon père que pour moi. Rien d'exceptionnel.

– Si, au contraire, parce que la directrice de casting d'*Heatherside* assistait à la représentation, et, si elle nous appréciait, on était invités à auditionner pour faire partie de la nouvelle famille de la série. Si j'avais décroché le rôle, j'aurais pu voir Papa tous les jours de tournage, même si vous ne vous reparlez plus jamais tous les deux !

J'ai peut-être renoncé à ce rêve en comprenant que ce n'est pas vraiment ce que je veux et que, si je dois forcer mon père à passer du temps avec moi, ça n'en vaut pas la peine. Malgré tout, ça me fait souffrir de penser à tout le mal que j'ai dû me donner pour attirer leur attention.

Mon éclat de colère est accueilli par un silence. Alors autant le combler.

– Moi, au moins, je sais que j'ai fait une erreur, je poursuis d'un ton plus calme. J'ai pensé à moi d'abord, et aux autres… pas du tout. J'ai mal agi, menti et triché, et j'en suis désolée. Mais vous deux… vous ne voulez même pas admettre que vous avez fait quoi que ce soit de mal.

Mes parents échangent un long regard.

– Tu voulais voir ton père ? demande Maman. Pourquoi tu ne me l'as pas dit, tout simplement ?

– Parce que tu étais trop fâchée contre lui. Et le but, c'était qu'on se construise une nouvelle vie ensemble, toutes les deux. Comment j'aurais pu t'avouer à quel point il me manquait après ce qu'il a fait ?

– On a eu tort, reconnaît Papa après un long et lourd silence. Je sais que j'ai mal géré les choses avec la séparation. On n'aurait pas dû faire passer nos problèmes avant ton bonheur.

– On aurait dû mieux organiser cet été, concède Maman. Nous assurer que l'un de nous deux serait là pour passer du temps avec toi. Seulement tout est si… compliqué entre nous depuis le départ de ton père.

– J'ai remarqué, je marmonne.

– Je suis désolé, Willa. Sincèrement, insiste Papa en me prenant la main par-dessus la table. On n'a jamais voulu que tu te retrouves coincée au milieu de tout ça. Et tu m'as vraiment manqué. C'est pour ça que je suis parti en Italie. Je voulais vous faire la surprise à tous.

– C'était réussi.

C'est bien beau de s'excuser, mais comment vont-ils arranger la situation ?

– Alors… tu as obtenu l'audition ? s'enquiert Maman. Non pas que ce soit important… Sauf que ça l'est pour toi, donc…

– Oui, je réponds. Mais… je n'y suis pas allée. Je me suis rendu compte que même si j'adore jouer la comédie, je ne crois pas que ça me plaise assez pour en faire déjà mon métier. En fait, je pense que je préfère la mise en scène.

Mes parents échangent un regard amusé.

– Ça ne m'étonne pas, raille Maman.

C'est agréable de les voir se sourire de nouveau, pour la première fois depuis des mois – même si ça ne dure que quelques secondes. Puis, juste au moment où je me dis que nous allons retomber dans un silence gêné, Papa se lève d'un bond.

– Partons à Los Angeles, maintenant. Tous les trois.

– Quoi ? demandons Maman et moi en chœur.

– Il faut que tu y retournes pour ton tournage, non ? lance mon père à ma mère. Eh bien, je vais venir aussi, pour passer du temps avec Willa pendant que tu travailles. Le festival est terminé, alors je fais une petite pause avant de reprendre *Heatherside* le mois prochain. De toute façon, Willa devra retourner à l'école avant. D'ici là, on aura une semaine environ. Et quand tu ne travailleras pas, tous les trois, on discutera pour trouver comment gérer tout ça, les vacances et le reste de l'année, afin que chacun y trouve son compte. Je ne veux plus jamais passer autant de temps sans voir ma fille. D'accord ?

Maman acquiesce, l'air légèrement sous le choc. Je me demande un bref instant où Papa logera pendant son séjour là-bas, car l'appartement que ma mère loue pour nous n'a que deux chambres et le canapé n'est pas très confortable.

Mais se soucier de la logistique, c'est plutôt le genre d'Alice. Moi, je vais me concentrer sur la vision d'ensemble.

Mes deux parents, côte à côte, qui discutent amicalement des solutions pour améliorer ma vie et m'incluent en plus dans la conversation ? Ça me paraît aussi invraisemblable que de recevoir une licorne à Noël. Cela dit, s'ils sont prêts à essayer, je ne vais certainement pas refuser. Je me lève et j'attrape ma valise.

– Attendez, il faut que j'aille rééchanger mes affaires avec Alice, j'annonce juste au moment où une nouvelle idée me vient à l'esprit. D'ailleurs, je dois aussi parler avec Sofia et Mabel avant qu'on entame nos discussions.

Pas de doute, je suis clairement redevenue Willa. Or Willa Andrews trouve toujours un moyen d'obtenir ce qu'elle veut. Cet été ne fera pas exception.

ALICE

Ça colle tout de suite entre Mabel et Sofia, ce qui ne devrait sans doute pas me surprendre. Elles parlent encore de la côte italienne quand Willa et son père reviennent du café. Cette dernière tire ma valise derrière elle avec un regard d'une effrayante détermination.

La dernière fois que j'ai vu ce regard, j'ai fini par me faire passer pour Willa Andrews pendant trois semaines. J'ai presque peur de lui demander ce qu'elle mijote maintenant.

– Il faut qu'on rééchange nos affaires, lance-t-elle en s'approchant.

– Il y a encore des vêtements à moi là-dedans ? je plaisante.

– J'ai peut-être brûlé ta robe de gamine, réplique-t-elle avec un haussement d'épaules. Mais je te promets que je l'ai remplacée par des fringues *beaucoup* plus belles.

Je ne vais pas me plaindre, car je me suis habituée au style de Willa ces dernières semaines.

Après avoir ouvert sa valise, je sors le sac rempli de souvenirs que je tiens à conserver de mon aventure italienne : un carnet acheté à la petite papeterie du village, la recette du gâteau au citron de la grand-mère de Sofia, une bouteille d'huile d'olive de Mattias pour mon père, ce genre de choses.

Willa fait de même, mais pas avec autant de soin. Alors que j'avais rassemblé ce que je voulais garder, elle ne semble pas avoir réfléchi à l'échange à l'avance, si bien qu'elle déballe tous mes vêtements – et un certain nombre que je ne reconnais pas – dans le terminal de l'aéroport, puis les remet dans ma valise une fois qu'elle a récupéré ses affaires.

– Ton père m'avait confié que tu aimais bien que tout soit propre et rangé, fait remarquer Mabel en observant le numéro de Willa. J'ai supposé que tu étais désordonnée parce que tu ne m'appréciais pas. Mais en fait, c'est simplement Willa.

– Désolée, je réponds pour la énième fois.

Mabel hausse les épaules.

– J'aurais dû comprendre plus tôt.

– Je suis plutôt contente que tu n'aies pas compris. Je pense que ça va mieux se passer, maintenant.

– Moi aussi.

Willa referme ma valise et me la rend.

– Bon.

– Bon, je répète.

– On devrait remettre ça un de ces jours, lance-t-elle avec une lueur malicieuse dans les yeux.

C'est plus fort que moi. J'éclate de rire.

– Non, je suis sérieuse ! s'exclame Willa avant de me faire pivoter face aux adultes. Alice et moi, on a réfléchi. On est vraiment devenues amies cet été, et on s'est aussi fait des copains à Londres et en Italie. Ça nous embêterait beaucoup de ne plus jamais les revoir, et de ne plus nous revoir toutes les deux.

Son père échange un regard avec Mabel et Sofia.

– Alors, à quoi avez-vous pensé ?

– Je suis contente que tu poses la question ! répond Willa d'un ton léger.

Mais je sais qu'elle ne plaisante pas. Qu'on lui demande son avis était justement l'un des changements qu'elle souhaitait.

– Je pense que l'été prochain, Alice et moi, on devrait partir en vacances ensemble. Une semaine en Italie avec tante Sofia, et une autre à Londres avec Mabel et Jon. Qu'est-ce que vous en dites ?

– Tu ne m'as pas demandé mon avis, à moi, je marmonne à Willa pendant que les adultes se rassemblent pour discuter.

– C'était vraiment nécessaire ? réplique-t-elle. Je me suis dit qu'après m'être fait passer pour toi pendant trois semaines, je savais ce que tu voulais. La même chose que moi, non ?

J'imagine une semaine en Italie avec Luca et les autres, cette fois en tant qu'Alice, et avec Willa pour se joindre à la fête. Puis je la vois me tenir compagnie à Londres si je dois loger chez Mabel.

– Ouais, d'accord. Tu avais raison.

– Je le savais ! s'écrie-t-elle, rayonnante de satisfaction. Tu pourrais peut-être même venir à Los Angeles avant, si ça te dit ?

– J'adorerais.

Les adultes se retournent vers nous.

– Alors ? demande Willa.

– Il faut que j'en parle au père d'Alice, prévient Mabel.

– Et on devra prendre ces projets en compte dans nos discussions sur les vacances, ajoute le père de Willa tandis que sa mère acquiesce.

– Mais puisque vous trouverez sûrement un autre moyen d'arriver à vos fins si on refuse, raille Sofia en souriant, je pense que c'est une excellente idée.

– Génial ! s'exclame Willa.

Elle me prend par les épaules et nous nous serrons fort dans les bras.

J'ai l'impression d'être de retour à la Cascata della Fuga. Je vais pouvoir revoir Luca. Ainsi que Rosa, Antonio, Mattias, Sofia, Achille, Hercule, et même les poules.

Et surtout, je vais pouvoir conserver l'amitié que j'ai bâtie avec Willa.

Peut-être même que j'aurai l'occasion de construire une vraie relation avec Mabel. Pas comme avec une nouvelle mère, mais un nouveau membre de ma famille.

Si cet échange de vacances m'a appris quelque chose, c'est qu'on peut trouver une famille partout et qu'elle n'est jamais assez grande. La mienne s'est assurément étendue cet été. Et je ne pourrais pas en être plus heureuse.

TEXTOS

Willa : Bonne chance avec ton père demain.

Alice : Merci !
Et bonne chance pour tes négociations avec tes parents.

Alice : Tiens-moi au courant.

Willa : Ça marche. Toi aussi.

Willa : Il faut qu'on commence à préparer nos futures vacances…

Alice : Carrément !

Willa : Je me demandais, tu crois que si on racontait à Mabel qu'on est en Italie et à Sofia qu'on est à Londres, quelqu'un remarquerait qu'on est parties passer une semaine à Paris l'été prochain… ?

PAPIER À BASE DE FIBRES CERTIFIÉES

Le Livre de Poche s'engage pour l'environnement en réduisant l'empreinte carbone de ses livres. Celle de cet exemplaire est de :
350 g éq. CO_2
Rendez-vous sur www.livredepoche-durable.fr

« Pour l'éditeur, le principe est d'utiliser des papiers composés de fibres naturelles, renouvelables, recyclables et fabriquées à partir de bois issus de forêts qui adoptent un système d'aménagement durable. En outre, l'éditeur attend de ses fournisseurs de papier qu'ils s'inscrivent dans une démarche de certification environnementale reconnue. »

Édité par la Librairie Générale Française - LPJ
(58 rue Jean Bleuzen, 92 170 Vanves)

Composition Nord Compo
Achevé d'imprimer en Espagne par Liberdúplex
Dépôt légal 1re publication mai 2023
32-4649-4 / 01 - ISBN : 978-2-01-723300-8
Loi n° 49-956 du 16 juillet 1949 sur les publications destinées à la jeunesse
Dépôt légal : mai 2023